KB139128

설아의 선택

설아의 선택

초판 1쇄 찍은 날 | 2019년 6월 20일
초판 1쇄 펴낸 날 | 2019년 6월 28일

지은이 | 문희
펴낸이 | 예경원

편집 | 주승아

펴낸곳 | 예원북스
등록번호 | 제396-2012-000132호
등록일자 | 2012. 7. 25
YRN | 제1-0253호

주소 | 경기도 고양시 일산동구 호수로 646-24 위너스21-Ⅱ 206A호 (우) 10401
전화 | 031-819-9431 팩스 | 031-817-9432
http://cafe.naver.com/yewonromance
E-mail | yewonbooks@naver.com

ISBN 979-11-6424-564-2 03810

설아의 선택

문희 장편 소설

YEWONBOOKS ROMANCE STORY

여원

Contents

프롤로그

　부유층들만 산다는 한남동 저택들 가운데에서도 가장 눈에 띄는 태신건설 본가는 건설사의 오너가 사는 집이란 걸 부각하듯 현대적인 디자인과 규모로 유명했다. 사람들이 이 집의 모습과 인테리어를 아는 이유는 유명 잡지에 한 번 소개되기도 했고 건축 대상도 받았기 때문이었다.

　그 후로 건축물 이야기만 나오면 태신 본가가 빠지지 않았다. 태신건설 본가는 훌륭한 디자인으로 유명하긴 했지만, 이곳이 유명한 진짜 이유는 밖에서 보면 지붕조차 보이지 않을 정도로 높은 담장 때문이었다.

　그 안에서 무슨 일이 일어나는지 알 수 없을 만큼 폐쇄적인 곳이 바로 태신건설 본가였다. 집 자체에서 범접할 수 없는 카리스마가 풍겼지만 태신건설 본가에는 언젠가부터 흉흉한 소문이 돌았다.

10년 전에 갑작스럽게 세상을 떠난 부인과 어느 순간부터 감쪽같이 사라진 딸에 관한 이야기 때문이었다. 그리고 부인이 죽고 그 집에 들어온 둘째 부인과 딸은 마치 동화 속에 나오는 새어머니와 의붓딸같이 묘사되었다.

하지만 소문이란 언제나 시간이 지나면 사라지기 마련이었다. 그 주변에 사는 사람들을 제외하고는 모두 그 집을 그냥 담장이 높은 집, 아니면 태신건설 본가라고만 알았다. 그 안에서 무슨 일들이 벌어지는진 짐작조차 하지 못한 채…….

새소리에 잠이 깬 설아는 가녀린 팔을 힘껏 펼치며 기지개를 켰다. 이렇게 아침 햇살을 받으며 일어나는 시간이 설아에게는 더없이 소중했다. 이 시간이 오기를 종일 기다리는 그녀였다.

침대 위에 무릎을 꿇고 앉은 설아는 방 안의 창문을 활짝 열었다. 그러자 나뭇가지 위에서 지저귀는 직박구리가 그녀와 눈을 마주치고 고개를 갸웃거리고 있었다.

"안녕!"

설아는 새를 보며 밝게 인사했다. 그녀의 인사에도 직박구리는 날아갈 생각도 하지 않고 그 자리에 앉아서 그녀를 바라보았다. 이렇게 또 하루가 시작되고 있었다. 다시 한 번 기지개를 켠 설아는 자리에서 일어나 침대를 정리하고 샤워를 한 후에 낡은 의자에 앉아 볕을 쬐었다. 하얀 피부는 햇빛을 받아 더욱 빛을 발했다.

금방이라도 부러질 것 같은 가녀린 팔목은 의자 팔걸이 위에 올려져 있었고 흐린 갈색 눈동자는 빛을 받아 신비로움을 자아내고 있었다. 갈색 머리는 손질한 지 오래되어 허리까지 길게 자라 있었다. 몇 달 전 그녀가 직접 가위로 머리를 자르고 난 뒤로 그대로였다.

"언제쯤 나갈 수 있을까?"

이곳에서 지낸 시간은 한없이 길었다. 엄마가 돌아가시고 그녀는 아버지에게 버려져 집 안의 별채에서 지내게 되었다. 학교는 홈스쿨링으로 대신했고 대학은 엄두도 내지 못했다. 심지어 홈스쿨링도 몇 년 전부터 받지 못했다. 그녀는 책 읽는 걸 너무 좋아했지만, 아버진 그녀가 똑똑해지는 걸 바라지 않았다.

"그냥 조용히 살아라. 그 누구의 눈에도 띄지 말고."

이 집에선 아버지의 말은 곧 법이었다. 태신건설의 회장인 아버진 밖에서는 호인 중의 호인이었지만 집 안에서는 폭력적인 사람이었다. 설아의 엄마도 아버지의 모진 폭력에 시달리다가 결국 죽음을 맞이했다.

설아는 엄마의 죽음은 당연하다는 생각을 했다. 그렇게 오랜 시간 지속적인 폭력에 시달렸으니 15년을 견딘 게 오히려 이상했다. 아버지와의 15년 동안의 결혼생활은 엄마의 죽음으로 마무리되었다.

어린 시절, 엄마는 언제나 진한 화장을 했었다. 어린 마음에 엄마는 이렇게 진한 화장을 좋아하는 줄 알았다. 하지만 그게 아버지의 폭력의 흔적을 가리기 위함인 줄은 초등학교에 들어가면서부터 알게 되었다.

엄마가 돌아가시기 얼마 전부터는 아버지의 폭력이 엄마뿐만 아니라 그녀에게까지 이어졌고, 이를 말리기 위해 엄마는 평소보다 2배는 더 고통받아야 했다.

그렇게 엄마의 몸은 서서히 망가져 갔고, 아버지의 폭력에 더는 버티지 못하고 며칠간 시름시름 앓다가 그렇게 세상을 등졌다.

사람들은 이 집의 담벼락이 왜 그렇게 높은지 알지 못할 것이다. 그 이유는 바로 추악한 아버지의 모습을 가리기 위한 것이다. 이 담장은 어머니와 그녀의 눈물이었고, 아무에게도 들키지 않으려는 아버지의 비겁함이었다.

그녀도 어린 시절부터 아버지의 모진 매질을 견뎌야 했다. 그
녀의 몸에도 아버지가 때릴 때 생긴 상처들이 있어서 잊으려고
노력해도 그때의 일들이 떠올랐다. 세상에서 가장 무서운 사람이
아버지였다. 그리고 새어머니……

엄마가 죽고 얼마 되지 않아 아버지는 아름다운 여자와 그녀보
다 한두 살 어려 보이는 여자아이를 집으로 데려왔다. 새어머니
와 아버지는 어머니를 만나기 전부터 연인 관계였고 재벌가의 딸
인 엄마와 결혼하기 위해 둘은 아주 은밀하게 만났다. 그리고 그
녀보다 한 살 어린 여동생을 낳은 것이었다.

"내가 오늘부터 너의 엄마야. 얘는 네 동생 다희고."

그 한마디에 설아는 자신의 편을 얻었다고 생각했었다. 하지만
그것도 잠시, 새어머니는 본색을 드러내기 시작했다. 아버지를
부채질해서 설아를 별채에 가두도록 한 게 바로 새어머니였다.

그렇게 설아가 별채에 갇힌 지 10년이 되었다. 아버지는 발걸
음을 끊었지만, 새어머니는 그녀에게 수시로 찾아와 분풀이하곤
했다.

처음엔 욕설로 시작된 분풀이는 폭력으로까지 이어졌다. 아름

다운 얼굴의 새어머니는 이곳 별채에서는 마녀였다. 아버지와 싸운 날이나 '첩'이란 소리를 들은 날이면 그녀에게 달려와 심한 매질을 했다.

"이게 다 네 엄마 때문이야. 알아?"

왜 돌아가신 엄마 잘못인지 설아는 알 수 없었다.

조선 시대도 아니고, 그녀는 10년이나 오로지 밥을 가져다주는 도우미 아주머니와 아침마다 찾아오는 새들을 벗 삼아 지루한 시간을 보내고 있었다.

처음엔 원망이 가득했고 그다음부터는 이곳에서 나가기만 하면 복수를 할 거란 생각뿐이었다. 그리고 지금은 모든 게 무기력해져 버렸다.

그나마 다행인 건 요즘은 새어머니마저도 그녀를 내버려 둔다는 것이었다.

"아가씨!"

도우미 아주머니가 큰일이라도 난 것처럼 방 안으로 뛰어 들어왔다.

"아가씨, 사모님께서……."

"사모님……. 새어머니?"

"네, 이쪽으로……."

말이 끝나기가 무섭게 거의 2년 만에 새어머니의 얼굴을 보게 되었다. 세월의 흔적을 찾아볼 수 없는 새어머니는 여전히 아름다웠지만 차가운 얼굴로 그녀의 앞에 섰다.

"무슨 냄새야?"

새어머니는 손으로 코를 쥐며 인상을 썼다. 지난번 폭우로 집 안에 비가 새서 곰팡내가 나긴 했지만, 코를 쥘 정도는 아니었다. 차분한 베이지색 니트 원피스에 같은 색 카디건을 걸친 새어머니는 재벌가 사모님 포스를 뽐내고 있었다.

"너, 씻기는 하는 거야?"

설아의 자존심 따위는 아무것도 아닌 것처럼 여기는 새어머니였다. 오늘은 또 무슨 일로 트집을 잡을까? 라는 생각이 들자 몸이 자동으로 움츠러들었다.

"죄라도 지었어? 왜 몸을 움츠리고 그래?"

"네?"

2년 만에 별채로 들어온 새어머니의 입에서는 그녀를 무시하는 말들이 쏟아져 나오기 시작했다.

"아줌마, 관리가 이렇게 안 돼서 되겠어요? 이 꼴로 어떻게 선을 보게 해?"

선? 이건 또 무슨 소리인 건지…….

"죄송합니다."

도우미 아주머니가 고개를 숙였다. 도우미 아주머니는 새어머니의 완벽한 하수인 같았다. 그녀가 맞을 때도 도우미는 옆에 서서 지켜볼 뿐, 말리지 않았다. 그리고 그녀의 일거수일투족을 다 보고했다. 설아는 그 사실을 알고 있었지만 따질 상황이 되지 않았다. 그녀는 힘이 없었다.

"일단은 냄새가 나니까 씻겨요. 그리고 옷 입혀서 대기시키고."

손가락으로 밖을 가리키는 새어머니의 얼굴은 귀찮고 더러운 것을 치우는 것 같은 표정이었다. 설아는 아버지한테 맞을 때보다 새어머니가 별채에 찾아와 그녀를 괴롭힐 때가 더 힘들었다. 새어머니는 그녀를 때리는 것은 물론, 정신적으로도 너무나 힘들게 만들기 때문이었다.

설아는 새어머니가 미웠다. 죽이고 싶을 정도로……

"네, 알겠습니다."

도우미가 그녀의 팔을 잡았다.

"무슨……"

놀란 설아가 새어머니를 보며 물었다.

"넌 알 필요 없어. 시키는 대로만 하면 돼. 식충이처럼 밥이나 축내고 있는 너에게 우리가 기회를 주는 거야. 은혜를 갚을 기회

말이야."

"……."

새어머니의 아름다운 얼굴이 추악하게 일그러졌다. 새어머니 뒤로 사람들이 들어왔다.

"누, 누구세요? 뭐 하는 거예요?"

"아가씨, 얌전히 계세요."

북!

실랑이하다가 그녀의 옷이 찢어졌다. 옷이라고는 달랑 세 벌뿐인데, 이렇게 찢기고 나니 마치 살가죽이 찢기는 기분이 들었다. 하지만 여자들의 손길은 거침이 없었고 설아는 이들을 뿌리칠 힘이 없었다.

"봐 줄 만은 하네. 난 또 뼈만 앙상할 줄 알았는데……."

좋다는 건지 싫다는 건지. 구시렁거리던 새어머니가 그녀의 방을 나가자 새어머니가 부른 여자들이 설아의 팔을 양쪽에서 잡았다.

설아를 욕실로 끌고 들어간 그들은 몸의 구석구석을 씻기고 알수 없는 오일을 발라 주었다. 향이 좋다고는 할 수 없었지만 10년만에 집 안에서 다른 향을 맡으니 그녀 역시 이상한 기분이 들었다.

"왜 이러는 거예요?"

"······."

안으로 들어온 여자들은 말은 물론 눈도 마주치지 않고 자기할 일만을 했다. 설아는 그녀들에게 왜 이러는지 묻다가 결국은 포기해 버렸다. 설아에게는 뭔가를 반드시 해야 한다는 의욕이 없었다.

10년간 별채에 딸을 방치한 아버지를 원망하다가 그도 어느 순간 시들해졌다. 그렇게 무기력해지던 끝에 오늘 이런 일까지 당하니 저항할 마음마저 사라졌다.

"다 됐습니다."

거울 앞에 앉아 있는 여자는 분명 아침에만 해도 행복하게 햇볕을 쬐던 설아가 아니었다. 화장이란 걸 하자 창백하기만 했던 얼굴에 마법처럼 없었던 생기가 불어넣어졌고, 화사한 핑크색 원피스는 그녀의 마른 몸매를 커버해 주었다.

"가시죠."

"어디를요?"

"회장님께서 계시는 본관이지 어디겠습니까?"

여자 중에 가장 지위가 높아 보이는 사람이 그녀를 무시하는 투로 말했다. 하긴 이 집의 딸이지만 설아는 잊힌 존재였다. 그러니 당연히 일하는 사람들도 그녀를 무시하는 것이었다. 설아는 10년 만에 처음으로 별채에서 나왔다.

묶여서 생활한 건 아니지만 왠지 다리가 후들거렸다. 10년의 세월 동안 그녀는 모든 걸 잃어버렸다. 자신감마저도……

아버지가 있는 본관은 엄마와의 추억이 있는 곳이기도 했다. 하지만 지금 설아의 머리는 텅 비어 어머니와의 추억이 조금도 생각나지 않았다. 지금은 그저 아버지에 대한 두려움만이 가득했다.

엄마가 죽기 며칠 전까지 아버지는 엄마를 골프채로 무섭게 때렸었다. 그리고 엄마는 며칠을 앓다가 그렇게 세상을 떠났다. 그 일은 조사 한 번 받지 않고 처리가 되었다. 장례식장에서의 아버지의 독사 같은 눈물이 떠오른 건 그때였다.

그런 아버지의 얼굴을 마주 보는 일은 엄마와의 추억을 떠올리지도 못할 정도의 두려움이었다.

"뭐 하세요?"

저도 모르게 현관에서 멈춰 선 설아에게 여자의 짜증 섞인 목소리가 들렸다.

"후……"

한숨을 내쉰 설아는 떨리는 발걸음으로 집 안에 들어섰다. 거실의 분위기는 예전과는 달랐다. 모던한 느낌의 인테리어를 선호하던 엄마와는 달리 새어머니는 이태리풍의 화려한 가구들로 집 안을 가득 채웠다.

그리고 거실 소파에는 아버지가 앉아 있었다. 10년 전보다 주름이 깊게 팬 얼굴의 아버지는 아주 무서운 얼굴을 하고는 그녀를 보았다. 어릴 때 맞았던 기억에 몸이 먼저 반응했다. 아무런 일이 일어나지 않는데도 몸의 곳곳이 맞은 것처럼 아팠다.

"앉아!"

목소리에 짜증이 가득했다. 아주 꼴도 보기 싫다는 게 그대로 느껴졌다. 왜 이렇게 자신의 딸을 미워하는지 알 수 없었지만, 지금은 그보다 아버지에 대한 두려운 마음이 설아를 뒤덮고 있어서 그녀는 마치 리모컨으로 조종되는 인형처럼 아버지의 말을 따랐다.

"쯧쯧쯧, 몰골 하고는……."

아버지는 인상을 쓰며 마음에 안 든다는 표정을 짓고 있었다. 10년 만에 자신의 딸을 보는 아버지의 얼굴이 아니었다.

"여보, 왜 그러세요. 예쁘기만 한데……."

새어머니는 오스카상을 받아도 될 정도로 달라진 목소리를 내며 그녀 편을 드는 척했다. 이중적인 새어머니의 모습에 설아는 소름이 돋았다.

"저래서 정 사장하고 선이나 보겠어?"

"……."

"왜 그러세요? 설아가 잘해야지 우리에게도 좋은 일인데……."

"차라리 다희가 가면 좋았을 텐데……. 쯧쯧쯧……."

무슨 말을 하는지 이해가 되지 않았다. 그냥 다시 별채로 돌아가고 싶은 마음뿐이었다.

"지금부터 내 말 잘 들어. 30분 후에 차가 올 거야. 그러면 그 차를 타고 가서 남자를 만나면 돼. 만에 하나 남자가 널 마음에 들어 하지 않는다면 집으로 돌아올 생각도 하지 마."

"설아야, 넌 그 남자와 결혼해야 해. 그게, 너희 외할아버지가 그렇게 약속을 하셨다는구나. 너도 이 집에서 나가니 좋고 우리도 대한그룹과 사돈지간이 되니 좋지 않겠어?"

"대한그룹?"

대한그룹은 우리나라 기업들 중에 최고의 기업이었다. 그런데 그런 그룹의 아들이 왜 자신과 선을 본다는 건지 이해가 가지 않았다.

그리고 보니 아주 어렸을 때 외할아버지의 품에 안겨 어떤 분을 본 기억이 있긴 했다. 그런데 그 사람이 맞는지는 자신은 없었다.

외할아버지와 친구인 분이었는데 잘 기억나지 않았다.

"하여튼 복도 많아. 잘생긴 재벌가의 황태자와 결혼이라니……."

새어머니는 정말 부러워하는 눈치였다. 다희가 대한그룹에 시집갔으면 하는 바람인 것 같았다.

"아직은 몰라. 저 몰골을 어떤 남자가 좋아하겠어."

아버지가 한심하다는 듯 말했다.

"아니에요. 남자들은 가냘파 보이는 여자들을 좋아하니까 괜찮을 거예요."

"에헴……."

"그리고 예쁜 건 사실이니까. 엄마를 닮아서 그런가?"

새어머니가 아버지를 떠보듯이 말했다.

"에헴……."

아버지는 뭐가 그렇게 마음에 들지 않는지 계속해서 헛기침만 하고 계셨다. 그리고 그로부터 30분 후에 검은색 리무진이 집 앞에 도착했다. 10년 만에 처음으로 밖을 구경하게 된 설아는 창밖을 보느라 정신이 없었다.

그녀를 빼고 모든 게 달라졌다. 설아는 저도 모르게 창밖을 보던 시선을 거두고 의자에 깊숙이 몸을 기댔다. 그리고 고개를 숙였다.

더 이상 달라진 세상을 보고 싶은 마음이 사라졌다. 모든 게 두렵고 무서웠다. 믿기지 않는 일이지만 별채로 당장 들어가 몸을 숨기고 싶다는 생각뿐이었다.

"아가씨, 내리시죠."

차가 멈춘 것도 모르고 멍하게 있던 설아는 남자의 말에 깜짝 놀라 고개를 들었다.

"내리시죠, 정 사장님께서 기다리고 계십니다."

"……."

차에서 내리려다 주춤하는 설아를 남자가 잡아 주었다.

"천천히 내리세요. 괜찮습니다."

50대로 보이는 남자는 참 푸근한 인상이었다. 이렇게 부드러 운 미소를 지어 주는 사람은 참 오랜만이었다. 남자의 손을 잡고 내린 설아는 어색한 미소를 지었다. 그녀가 내린 곳은 도심에서 벗어난 교외의 한 레스토랑이었다.

남자의 안내를 받으며 안으로 들어가자 텅 빈 레스토랑 안에는 자신의 맞선 상대인 정 사장으로 보이는 사람이 자리에 앉아서 누군가와 통화를 하고 있었다. 휴대전화를 귀에 대고 있는 정 사 장의 시선이 그녀를 향했다. 그러다가 이내 시선을 창밖으로 돌 렸다.

"이쪽으로……."

남자의 안내를 받으며 정 사장이 앉아 있는 테이블에 갈수록 설아는 가슴이 답답해졌다. 마치 아버지를 보는 기분이었다. 왜 처음 보는 남자에게 이렇게 두려움이 느껴지는 것일까? 설아는 남자와 눈도 마주치지 못하고 바닥만 보았다.

"사장님, 백설아 씨입니다."

"……."

남자가 그녀를 정 사장에게 소개했지만, 설아는 그 자리에 얼어붙어 버렸다.

"앉아."

"……."

낮은 저음의 남자는 관심도 없다는 듯 툭하고 말을 뱉었다.

"앉으라는 말 못 들었나. 아니면 귀가 먹은 건가?"

"아, 아뇨."

설아는 저도 모르게 말을 더듬었다.

"다행이라고 해야 하나? 말은 더듬어도 귀는 먹지 않아서?"

그녀를 비꼬는 말에 설아의 자존감은 더 낮아지고 있었다.

"앉을 건가, 말 건가?"

설아는 조심스럽게 자리에 앉았다.

"이름이 뭐라고?"

"백설아……."

"후, 답답한 스타일이군."

"……."

"끝까지 날 보지 않을 건가?"

"······."

설아는 남자의 얼굴을 보는 것조차 두려웠다. 혼자 10년을 지냈다. 그러다 보니 옆에 사람이 있다는 게 불안 그 자체였다. 거기다가 남자는 아버지처럼 무섭게 그녀를 다그쳤다.

"핫!"

남자가 갑자기 몸을 일으켜 그녀의 턱을 잡더니 자신을 보게 했다. 얼떨결에 그의 얼굴을 본 설아는 더 겁이 났다. 잘 정돈된 눈썹과 커다랗지만 쌍꺼풀이 없는 눈. 그리고 깎아 놓은 것 같은 높은 콧날, 거기에 고집스럽게 다문 입술까지. 뭐 하나 빠지는 게 없는 사람이었다.

"그래, 그렇게 봐야지."

"······."

하지만 가장 인상적인 건 그의 눈동자였다. 옅은 갈색 눈동자인 설아와는 다르게 남자의 눈동자는 암흑과도 같은 흑색(黑色)이었다.

눈동자의 색 때문인지 그의 눈은 깊고 어두운 느낌이었다. 마치 설아를 암흑 속에 가둘 것 같은 분위기였다.

또 갇혀 살 수는 없었다. 아니 싫었다.

"아, 아파요."

정 사장은 여전히 그녀의 턱을 꽉 쥔 채로 그녀를 보고 있었다.

이렇게 무례한 사람은 처음이었다. 하지만 왠지 남자는 이런 상황이 익숙한 사람 같았다.

겉모습은 완벽한 도시 남자였지만 그가 풍기는 느낌은 오히려 거친 세계 남자에 가까웠다.

"날 계속 보겠다고 말하면 놓아주지."

설아가 고개를 끄덕이자 놓아줄 것 같지 않던 그의 손이 그녀의 턱에서 떨어져 나갔다. 그리고 한참 동안 설아를 뚫어지게 보았다. 그의 시선에 설아는 온몸이 타들어 가는 느낌이었다. 마른 침을 삼키며 어쩔 줄을 모르고 있는 설아였다.

그와 눈이 마주쳤을 때 설아는 처음 그녀를 보았을 때와는 그의 시선이 달라졌음을 느꼈다. 마치 먹이를 보고 꼭 잡고야 말겠다는 맹수의 표정이 그에게서 느껴졌다. 잘못 느꼈을 수도 있지만…….

그를 힐끗 보며 설아는 속으로 생각했다. 이 남자가 그녀를 별채에서 꺼내 줄 수 있는 유일한 사람이라는 걸 말이다. 그녀는 혼자서 아무것도 할 수 없는 상태였다.

도망을 친다고 해도 다시 붙잡혀 오거나 굶어 죽거나, 둘 중의 하나였다.

좀 무섭기는 하지만 만약 이 사람과 결혼을 한다면 최소한 지금의 별채에서는 나올 수 있을 것이다. 거기까지 생각이 미치자

이 사람과 결혼을 해야겠다는 마음이 생긴 설아였다. 그렇게 된다면 장례식 이후로 한 번도 가 보지 못한 엄마의 무덤에도 갈 수 있고…….

갑자기 엄마 생각이 들자 목이 메어 왔다.

"할아버지의 성화에 못 이겨 나왔어."

"……."

정 사장은 귀찮다는 듯이 말했다. 그의 잘생긴 얼굴에 깊은 주름이 잡혔다.

"하지만 이런 식으로 결혼하는 건 아니지 않나? 무슨 조선 시대도 아니고. 서로에 대해 아무것도 모르는 상태에서 결혼은 좀 무리인 것 같아."

"아뇨, 할게요."

"……."

지금 절박한 건 정 사장이 아니라 설아였다. 그의 바짓가랑이라도 잡아야 한다.

"결혼하겠다고?"

정 사장은 놀란 눈으로 설아를 보았다. 그가 예상치 못한 답인 것 같았다.

"네, 하고 싶어요."

"하! 웃기는군."

그는 시니컬하게 웃으며 그녀를 바라보았다.

"왜 하고 싶다는 거지?"

그녀의 말이 못 미더웠는지 결혼하고 싶은 이유를 묻는 정 사장을 설아가 뚫어지게 보았다. 그들의 시선이 허공에서 부딪쳤다.

"더는 갇혀 살기 싫어요."

"……."

갇혀 산다는 그녀의 말을 들은 정 사장은 조금 놀란 표정이었다. 아니, 그의 얼굴은 굳어 있었다. 갇혀 산다는 의미를 알아들은 걸까?

"혹시 제가 마음에 들지 않나요?"

"오늘 처음 본 여자에게 결혼하자 할 만큼 정신 나간 놈은 아니야."

그는 일말의 망설임도 없이 정확하게 자신의 마음을 말했다.

"……저희 외할아버지께서는 돌아가셨지만, 정 사장님 할아버지께서는 아직 살아 계신 건가요?"

"맞아."

그렇다면 최소한 이 결혼은 진행이 될 것 같았다. 설아는 저도 모르게 안심이 되었다.

"그 표정은 뭐지?"

"……."

"할아버지 때문에 내가 결혼할 거라고 생각하는군."

정 사장은 노골적으로 싫은 내색을 했다. 하지만 이상하게 그의 검은 눈동자는 그녀를 뚫어지게 보고 있었다. 설아는 그의 시선에 얼굴이 붉어졌다. 지금까지와는 다른 시선이었다. 마치 그녀의 옷을 벗기듯이 그의 시선이 얼굴에서 목으로, 그리고 가슴으로 향했다.

몸이 뜨거워졌다. 갑작스러운 신체의 변화에 설아는 그의 시선을 황급히 피해 버렸다. 하지만 그는 그 후로도 노골적으로 설아를 바라보았다.

"전, 그러니까……."

그의 표정에 놀라 설아는 말을 얼버무렸다. 지금 이 상황에선 정신을 똑바로 차려야 하는데 잘되지 않았다. 어쩌면 그녀의 인생에서 마지막 기회일지도 모르는 일이었다. 이제껏 무기력하게 살아서 뭔가를 해야겠다는 의지 없이 지내다 보니 남을 설득하는 능력이 제로였지만, 어떻게 해서든지 그의 마음을 잡아 볼 생각이었다.

"또 말을 더듬는군. 원래 그런가?"

"아뇨, 조금 긴장해서……."

그사이에 음식이 나왔다. 지금은 천상의 음식이 나온다고 해도 먹을 마음이 없었다. 오로지 설아의 머릿속엔 '탈출'이라는 단어 뿐이었다.

"제가 어떻게 하면…… 정 사장님의 마음에 들까요?"

"……."

"전 쥐 죽은 듯이 살 수 있습니다. 신경에 거슬리는 짓도 하지 않고 그저 묵묵히 집안일만 하면서……."

다음에 할 말이 떠오르지 않아서 설아는 말끝을 흐렸다.

"내가 생각하는 결혼은 그런 게 아니야."

그는 여전히 결혼엔 관심이 없는 모양이었다.

"네?"

"난 어른들의 결혼을 원해."

그의 손의 다시금 그녀의 턱을 잡았다. 그리고는 느닷없이 그녀의 입술에 입을 맞추었다. 첫 키스였다. 키스가 어떤 느낌일지 궁금한 적은 있었지만 갑작스럽게 키스를 당하니 머리가 멍했다.

"으읍!"

그녀가 턱을 빼려고 했지만 정 사장의 힘은 당할 수가 없었다.

"핫!"

그가 손에 힘을 주어 아프게 그녀의 입술을 벌렸다. 그리고 그 안에 혀를 밀어 넣었다.

이렇게 오픈된 공간에서 그는 왜 그녀에게 이런 짓을 하는 것일까? 하지만 그것도 잠시, 설아는 이 새로운 세계에 매료되어 버렸다.

그의 혀가 거칠게 밀고 들어오긴 했지만, 그녀의 입안에서는 더없이 부드러웠다. 왜 부드럽단 생각이 드는 것일까?

츄읍 츄읍.

낯선 소리가 그녀의 귓가를 울렸다. 그가 그녀의 혀를 빨아들이는 소리였다. 순간 정신이 든 설아가 그의 어깨를 밀어냈다.

"헉헉헉……."

설아의 입에서 거친 호흡이 뿜어져 나왔다.

"이것보다 더한 걸 해야 하는 게 결혼이야."

정 사장이 설아를 뚫어지게 보며 말했다.

"……할 수 있어요."

설아가 떨림을 숨기며 당차게 말하자 정 사장이 묘한 표정을 지으며 그녀를 바라보았다.

"할 수 있다?"

"네, 전 할 수 있어요."

두려웠지만 지금은 그를 설득하려면 이 방법이 최선이었다. 그가 한숨을 쉬었다. 그의 작은 몸짓에도 설아는 신경이 곤두섰다.

뭐가 마음에 들지 않는 걸까? 라는 생각에 미칠 것만 같았다.

잠깐의 침묵에도 설아는 입술이 바짝바짝 마르고 있었다. 이렇게 다른 사람의 눈치를 보고 있는 건 처음이었다.

별채에서의 기나긴 시간 동안 그녀 주변엔 밥을 가져다주는 도우미뿐이었기 때문에 사람을 상대하는 방법이 서투른 설아는 이렇게 정 사장의 눈치를 살필 수밖에 없었다.

"내가 뭘 원하는지 알기나 해?"

"그게 뭐든지, 결혼만 할 수 있다면……."

"좋아, 생각해 보지."

"전…… 지금 바로 답을 듣고 싶어요."

"너무 급하군. 특별한 이유라도 있는 건가?"

"……."

설아는 자세한 말은 하지 않았다. 그녀가 10년간이나 갇혀 지내고 방치되어 있었다는 건 그리 좋은 일이 아니란 생각이 들었기 때문이다. 그런 생활을 한 그녀의 정신이 온전할 리 없다고 생각할 것이다. 누가 정신병에 걸린 여자를 아내로 맞이하겠는가?

하지만 그녀는 무기력한 걸 제외하고는 멀쩡했다.

"원래 입이 짧은 건가? 아니면 다이어트?"

"아뇨, 다이어트는 해 본 적 없어요."

"난 마른 여자는 좋아하지 않아."

설아는 저도 모르게 음식을 먹기 시작했다. 그의 마음에 들고 싶었다. 하지만 난감한 마음이 들긴 했다. 그녀는 어릴 때부터 엄마를 닮아 마른 체형이었다. 갑자기 살이 찔 수도 없고 집에 돌아가도 걱정이었다.

도우미가 가져다주는 밥은 살이 찌는 식단이 아니었다. 돼지밥 수준은 아니었지만 거의 채식 위주의 식사였다.

"노력할게요."

"뭘?"

"살이 찌도록, 노력해 볼게요."

"나와 그렇게 결혼을 하고 싶나?"

"네."

그가 또다시 알 수 없는 표정을 지었다. 답은 하지 않았지만, 이상하게 그가 거절하지 않을 거란 생각이 들었다.

점심을 먹고 차를 다 마실 때까지 그는 무슨 생각을 하는지 그녀의 얼굴만 보고 있었고, 설아는 그런 그를 계속해서 의식했다. 설아는 아직도 그와 키스를 한 입술이 화끈거리고 아팠다. 입술이 퉁퉁 부은 것 같았다.

그렇게 어색한 시간을 마친 그들은 헤어졌다. 그는 끝까지 결혼한다는 말은 하지 않았다. 입술이 타들어 가는 설아였지만 이제는 기다리는 방법뿐이었다.

또다시 별채에 갇힌 설아는 그동안 꾹꾹 참았던 서러움의 눈물을 밤새 쏟아 냈다.

1. 기다림은 한숨이 되어

늦은 밤, 소리 없이 고요한 별채에 사람 발걸음 소리가 들렸다. 차분하다기보단 신경질적인 구둣발 소리였다. 한 번도 들어 본 적 없는 소리에 설아는 침대에서 몸을 일으켰다. 새어머니 같지는 않은데, 뭔가 이상했다.

벌컥!

문이 열리더니 그곳엔 처음 보는 젊은 여자가 서 있었다. 꽤 예쁜 얼굴이었지만 인상을 쓰고 있어서 그런지 차가워 보이는 얼굴이었다.

검은 미니 톱 원피스를 입고 가슴을 훤하게 드러낸 여자는 잘은 모르지만, 인공적인 아름다움이 느껴지는 여자였다.

그리고 머리서부터 발끝까지 굉장히 과한 느낌이 들었다. 그녀보다는 몇 살 더 많은 느낌의 여자는 고개를 돌리며 그녀의 방을 살폈다.

"누구세요?"

"기억력도 바닥인 거야?"

"네?"

여자가 그녀의 방을 빙 둘러 걷기 시작했다. 설아는 어안이 벙벙한 얼굴로 무례하게 그녀의 방을 살피고 있는 여자를 보고 있었다.

"꼭 결혼해야겠어?"

"네?"

여자는 알다가도 모를 소리만 했다.

"정하준 알지?"

"……."

정 사장의 여자 친구인가? 말도 안 되지만 순간 이런 생각이 들었다. 그들이 키스한 걸 아는 걸까? 순간 설아의 얼굴이 붉게 달아올랐다. 잊으려고 애를 썼는데도 순간순간 그의 입술의 느낌이 자꾸만 떠올랐다.

하지만 그래서 찾아온 거라고 하기엔 태신건설 본가의 담장은 너무 높았다. 이렇게 무례하게 자신의 방까지 찾아와서 이럴 정도라면 대단한 성격의 여자임이 분명했다.

"무슨 말을 하는지 모르겠군요. 그리고 여긴 어떻게 들어왔죠?"

"내 집에 내가 있는데 뭐가 문젠지 모르겠네."

"내 집?"

"맞아, 내 집. 지긋지긋한 내 집. 언니 집인가?"

"……."

'언니'라는 말이 이렇게 소름이 끼치는 단어인지 처음으로 알게 되었다.

백다희……. 10년 만에 보는 얼굴이었다. 거의 변장에 가까운 화장을 하고 있으니 더 몰라보았다.

거기다가 너무 성숙한 모습이라서 그녀보다 나이가 많은 사람이라고 생각했었다. 너무 놀라서 설아는 말을 이어 갈 수가 없었다.

"그 결혼 안 하면 안 될까?"

"……."

"내가 정하준을 좋아해."

"……."

"답답하게 왜 이래? 계속 그렇게 아무 말도 안 할 거야?"

인상을 팍 쓰며 여자는 말했다.

"그러니까……. 백다희?"

"뭐가 '그러니까.' 야? 동생도 몰라보는 거야? 아무리 10년 동안 방구석에 처박혀 살았어도 그렇지, 어떻게 그래? 웃긴다 진짜."

"난, 네가 이렇게 커 버린 줄도 모르고……."

그녀보다 몇 살은 더 위의 언니인 줄 알았다. 짙은 화장과 노출이 심한 옷차림은 다희를 스물네 살 이상으로 보이게 했다. 훨씬 더 성숙해 보였다.

"그런 소리 집어치우고 정하준 포기하라고."

"……그럴 수 없어."

다희가 포기하라고 해도 포기할 수 있는 상황도 아니고, 다희는 그녀에게 그럴 말을 할 자격이 없었다. 아무런 이유 없이 본인이 마음에 드는 남자라고 언니에게 포기하라고 강요할 수는 없었다. 설아는 조용하지만 단호하게 말했다.

"뭐?"

"난, 여기서 나가고 싶어. 그리고…… 어른들의 약속이기도 하고."

"약속 같은 소리 하고 있네."

다희는 어릴 때도 똑 부러지는 아이였다. 아버지 앞에선 굉장히 얌전한 척했지만 그녀와 둘이 있거나 도우미들이 있는 곳에선

막말을 서슴지 않았었다. 지금처럼 말이다.

"다희야……."

"소름 끼치니까 내 이름 부르지 마."

"……."

"언니인 척하지 마. 넌 여기서 죽어서 나가도 아무도 관심 없는 종자니까."

목에 핏대를 세운 다희가 그녀에게 소리쳤다.

"난 오래전부터 하준 오빠를 찜했고, 일이 이렇게 될 줄은 몰랐어. 그러니까 네가 포기해."

이제 언니라고도 부르지 않았다.

"아니, 싫어."

설아도 뜻을 굽히지 않았다.

"뭐?"

"넌 다른 남자들을 만날 수 있지만, 난 정 사장님이 아니면 여기를 탈출할 수가 없……."

짝!

설아의 고개가 사정없이 옆으로 돌아갔다. 얼굴이 불에 덴 듯 화끈거렸다. 너무 놀란 나머지 설아는 고개를 돌린 채로 잠시 멍하게 있었다.

"정신이 없어? 아니면 미친 거야? 네가 진짜 내 언니라도 되는

줄 알아? 벌레만도 못한 널 우리 엄마가 살려 준 거야. 안 그랬으
면 너도 네 엄마처럼 쥐도 새도 모르게 죽었을걸."

"무슨…… 소리야?"

"……아니, 아무것도 아니야."

뭔가 이상한 느낌이었다.

"우리 엄마가, 왜?"

설아가 다희의 팔을 잡았다.

찰싹!

"악!"

이번엔 제대로 뺨을 맞은 설아가 바닥에 그대로 쓰러지고 말았
다.

"재수가 없으려니까. 착각하지 마. 넌 이제 이 집의 딸이 아니
야. 이 집의 딸은 나 혼자라고. 알았어?"

"……."

"그러니까 넌 대한그룹의 며느리가 될 수 없어. 대한그룹의 며
느리이자 하준 오빠의 부인은 오로지 나니까. 생각 잘 하는 게 좋
을 거야."

마치 경고하듯이 말을 쏟아부은 다희는 방을 나섰다.

"아 참, 우리 잤어."

"……."

그가 동생과 잠자리를 했다니 믿어지지 않았다. 그러면서 어떻게 그런 자리에 나올 수 있었는지 이해가 가지 않았다. 동생의 남자를 빼앗는다는 게 어떤 건지 모르지만 지금은 가슴이 뜯겨 나가는 기분이었다.

"여길 못 나가는 거야?"

설아의 머릿속에 당장 떠오른 생각은 이곳을 벗어날 수 없다는 사실이었다. 그리고 아직 그가 어떤 결정을 했는지 알 수 없는 상황이기도 했다.

다희가 저렇게 말할 정도면 분명히 그도 다희를 마음에 두고 있다는 뜻일 것이다.

"그래서 그날 바로 결혼하자는 말을하지 않은 거구나……."

눈물이 터져 나오려고 했다.

"그런 행운이 나에게 올 리가 없지."

설아는 그렇게 서럽게 울음을 터트렸다.

하루가 지났는데도 입술에 설아의 감촉이 남아 있었다. 사춘기 소년도 아니고……. 어제 그는 얼빠진 놈 같았다. 평정심을 유지하기 위해 안간힘을 썼지만 그리 좋은 결과는 아니었다. 키스를 해 버렸으니 말이다.

"마음에 안 들어."

그답지 않았다. 처음 보는 여자와 키스를 한 게 그답지 않다는 게 아니라, 하루가 지난 오늘까지 어제의 키스에서 헤어 나오지 못하는 게 그답지 않았다. 원나잇도 하는 마당에 그깟 키스쯤이야. 하지만 어제 키스는 그깟 키스가 아니었다.

설아는 그를 첫눈에 사로잡는 무언가가 있었다. 그렇다고 단정 지어 그녀에게 반했다고 말할 수는 없지만 싫었던 건 아니었다. 할아버지의 강요만 없었어도 그는 어제 설아에게 다시 만나자고 얘기했을지도 몰랐다.

할아버지의 말에 당장 결혼까지 하는 효자는 못 되었다. 그리고 그렇게 할아버지의 의견에 끌려다니는 것도 좋지 않았다. 거기다가 점심시간에 호출까지 당하니 하준의 기분이 좋을 리가 없었다.

대한그룹 본가에 싸늘한 정적이 흐르고 있었다. 하준은 오랜만에 하는 할아버지와의 독대가 영 불편했다. 무더운 여름에 슈트 재킷까지 걸치고 집 안의 정자에 앉아 있는 건 고역이었다.

그의 이마에 벌써 땀이 맺히고 있었다. 그 앞에서 할아버지는 부채질하며 그를 보고 계셨다.

"전 결혼하기 싫습니다."

먼저 말하는 게 나을 것 같았다. 이건 설아가 마음에 들고 안 들고의 문제가 아니라 하준을 마음대로 하려는 할아버지가 문제였다.

"왜?"

그의 말이 마음에 들지 않았는지 할아버지의 부채질이 빨라졌다.

"어떻게 처음 보는 여자와 결혼을 합니까? 조선 시대도 아니고."

"마음에 안 들어? 박색이야?"

할아버지의 여자 보는 수준이 딱 드러났다. 예쁘면 다라고 생각하시는 것 같았다.

"예쁩니다."

"그런데?"

"예쁘다고 무조건 결혼하는 건 아니지 않습니까? 전 사연이 많아 보이는 사람들은 별로……."

"사연?"

분명히 설아는 사연이 많아 보였다. 그런 단점을 다 가릴 만큼 예쁘긴 했지만, 그가 좋아하는 글래머 스타일도 아니고 오히려 가녀린 몸을 가진 여자였다. 그가 거칠게 안기라도 하면 부러질 것 같은 느낌이 들기도 했다.

그래서 키스할 때 턱만 잡았는지도 모른다. 하지만 짧은 키스라도 충격적인 키스였다. 또 그 생각이 떠오르자 머리가 복잡해졌다.

"사연은 무슨, 가슴이 작구먼."

"할아버지!"

"내가 너를 몰라? 네가 여태까지 데리고 다닌 아이들은 다 수박을 가슴에 달고 다닌 여자들이었잖아."

"그 정도는 아닙니다."

그가 풍만한 여자들을 좋아하긴 했지만, 그 정도로 가슴만 큰 여자들을 만난 적은 없었다.

"아니긴."

할아버지는 그에 대해서 뭐든 아는 것처럼 말씀하셨다.

"할아버지, 저는 싫습니다."

"그래?"

"네."

"내가 죽은 친구와의 소중한 약속을 저버리게 되는데도?"

할아버지는 언제나 이런 식이었다. 그를 난처하게 해서 본인이 원하는 답을 얻어 내는 스타일이었다.

"그건 할아버지의 약속이지 제 약속이 아닙니다."

"그래서?"

"전 싫습니다."

"뭐가 마음에 안 드는 거야?"

"전 일을 할 나이지 아직 결혼할 나이가 아닙니다."

그도 물러서지 않았다. 이렇게 하나씩 양보하다가 그는 지금까지 할아버지에게 끌려다녔다. 이번만은 물러설 수 없었다.

"할아비의 마지막 소원도 못 들어주는 거야? 형제라도 있으면 좋으련만, 네 아버지가 낳아 놓은 건 너 하나뿐이니 나도 어쩔 수가 없다."

"할아버지!"

"당장 데려와."

"누구를요?"

"사랑채는 비워 놓았다. 우리 집안 식구가 될 아이니 미리 데려와 교육시키는 것도 나쁘지 않을 것 같구나."

"……."

하준은 입을 다물어 버렸다. 설아라는 여자가 싫은 건 아니었지만 이런 식으로 결혼하는 건 싫었다. 할아버지와 이야기를 마친 후에 그는 거실로 향했다.

거실에는 아버지와 어머니가 그를 기다리고 있었다. 두 분의 눈에 호기심이 가득 차 있었다.

"앉아."

"저 회사 들어가 봐야 합니다."

"그러게 어제 말하라고 했지?"

어머니가 궁금하신지 그를 보고 채근했다.

"전 싫습니다."

"영 아니야?"

"그건 아니지만……."

"하긴 워낙에 소문 자체도 없는 아가씨라서 말이야. 재벌가의
여식들은 흔히들 서로의 입에 오르내리기 마련인데, 한 번도 그
런 적이 없는 아가씨라 좀 신기하긴 했지."

"……."

"맞아, 유학을 간 것도 아니고 대학을 나온 것도 아니고 말이
야. 몸이 안 좋아?"

하준은 설아의 말이 떠올랐다. 다시는 갇혀 살기 싫다던 얘기
말이다. 사람들은 설아가 어떻게 살았는지를 모르고 있었다. 그
저 돈 많은 집의 딸이니 유학을 갔다고 생각하는 모양인데, 실상
을 안다면 파장이 클 것 같았다.

"그런 것 같진 않지만 마르긴 했어요."

그는 굳이 설아에 관한 이야기를 어머니에게 말하지 않았다.

"아팠나?"

어머니도 설아가 마른 체형이라는 게 마음에 걸리시는 모양이
었다.

"정말 안 할 거야?"

"네."

어른들의 걱정을 뒤로하고 그는 회사로 출발했다. 오늘 갑작스
럽게 할아버지가 부르지만 않았다면 그는 설아를 만난 것 자체를
어른들에게 말하지 않았을 것이다.

솔직히 싫은 건 아니었다. 설아는 묘한 여운을 남기는 여자였
다.

그가 만난 화려한 여자들과는 많이 달랐지만, 그를 자극하는
묘한 구석이 있었다. 처음엔 불쌍해 보였고 두 번째는 아픈가 하
는 생각이 들었고, 세 번째엔 보기보다 강하다는 느낌을 받았다.
그리고 설아의 가는 몸을 안으면 어떤 기분일까라는 아주 묘한
생각이 들기도 했다.

처음 보는 여자의 옷을 벗기는 상상은 처음 해 본 그였다.

"요즘 너무 안 했더니 별 미친 생각을 다 하고 있군."

회사에 도착한 그는 오후 업무를 처리하느라 바쁜 시간을 보냈
다. 오늘 점심은 본가에서 먹었지만, 그는 매일 샌드위치나 햄버
거로 식사를 대신할 때가 많았다.

"오늘 바쁘십니까?"

어느새 김 실장이 그의 옆으로 와서 물었다.

"매일 바쁘지. 왜?"

이렇게 반짝이는 눈빛으로 그를 바라볼 땐 다 이유가 있기 마

련이었다.

"오늘 대학 동기 모임이 있습니다."

"바빠."

하준은 사적인 모임엔 잘 나가지 않았다. 사람들이 그를 너무 떠받드는 게 부담스러웠다.

"그러지 마시고 오늘은 참석하시죠."

규인이 이렇게 다시 한 번 묻는다는 건 포기하지 않겠다는 굳은 의지를 보이는 것이었다.

"왜?"

"제 체면을 봐서요."

그의 비서실장이자 오른팔인 규인은 하준과 같은 한국대학 출신이었다. 고등학교 때부터 늘 붙어 다니는 친구가 이번에 동기 모임의 회장이 되었다. 그러니 면을 세워 달라는 부탁을 하는 것이었다.

"알았어."

"감사합니다. 모두 좋아할 겁니다."

싫어한다는 것에 전 재산을 걸 수도 있었다. 하지만 하준은 한국대학 동기 모임의 인원이 많다는 걸 알고 있었다. 경영학과라 인원이 많은 것도 있었지만, 대한그룹의 후계자인 그가 속한 모임이라서 그의 눈도장을 찍기 위해 동기들뿐만 아니라 다른 사람들도 많이 나온다는 것도 알았다.

대한그룹의 직원들도 있고 연관된 사람들도 있기 때문이었다.

"오늘 저녁 약속은 없어?"

"네."

"네가 안 잡은 건 아니고?"

"그럴 리가요."

영악한 녀석이었다. 모임에 가기 전 하준은 규인에게 많은 양의 일들을 넘겨주었다. 그만 당할 수는 없으니까 말이다. 규인은 이를 악물고는 그가 준 산더미 같은 일들을 처리했다.

그렇게 바쁜 하루가 끝이 나고 하준은 퇴근 후에 규인과 함께 동기모임이 있는 곳으로 향했다. 레스토랑 정도를 빌렸을 줄 알았는데 규인과 함께 도착한 곳은 호텔이었다.

"서울호텔에서 한다고?"

"응, 네가 아낌없이 지원해 줘서 돈이 넘쳐 나고 있거든."

그가 얼마 전 규인에게 후원금을 준 걸 말하는 모양이었다. 둘이 호텔에 들어서자 언제나처럼 사람들의 시선이 그들에게 집중되었다.

하준이 대기업의 후계자이기도 했지만, 모델 뺨치는 외모 때문에 그는 언제나 사람들의 이목을 집중시켰다.

하지만 하준은 그들의 시선이 달갑지 않았다. 그는 튀는 것보다는 되도록 평범한 삶을 원했다. 그건 그가 대한그룹의 아들로 태어나면서 빼앗긴 권리였다.

"몇 층이야?"

"21층 레인보우 홀."

"촌스럽다. 바꾸라고 해."

서울호텔도 대한그룹의 계열사였다.

"알았다."

회사에서는 철저하게 상하 관계였지만 평소에 둘은 친구였다.

"이번 선은 어땠어?"

"······."

지난번 선을 볼 때는 규인이 그를 대신해서 출장을 갔기 때문에 설아에 관한 내용을 규인은 모르고 있었다.

"왜? 마음에 안 들어?"

"조선 시대도 아니고, 처음 보는 여자와 결혼을 한다는 게 마음에 안 들어."

"그래도 여자는 괜찮은가 봐? 싫다는 소리 안 하는 거 보니까."

"······."

레인보우 홀에 들어서자 생각보다 많은 사람이 자리를 가득 메웠다.

"다음부터는 후원금 없다."

"정 사장님 또 왜 이러십니까?"

"사람 많은 거 싫어하는 거 몰라?"

"미안."

규인도 하준 못지않게 차가운 성격의 소유자였지만 둘 다 서로의 감정을 건드리지 않았다. 그건 오랜 친구에 대한 배려였다.

"다음부터는 이러지 마."

그는 이렇게 마무리 짓고 동기들의 무리가 있는 곳으로 향했다. 사람들은 그를 어려워하면서도 그와 말이라도 섞고 싶어 했다.

그래서 그들은 규인을 부러워했고 규인도 그걸 잘 알고 있었다. 이렇게 그를 시기적절하게 이용하는 걸 보면 말이다.

사람들 사이에서 지루해하는 하준에게 오늘도 어김없이 여자들이 몰려들기 시작했다. 그를 어려워하는 남자들과는 다르게 여자들의 공세는 조금 더 적극적이었다.

"선배님……."

누군지도 모르는 여자들이 하나둘 나타나 선배라는 소리와 함께 그의 주변을 에워싸기 시작했다. 그에게 눈웃음을 짓는 여자들은 다 한국대 출신의 엘리트들이었다.

한국 최고의 엘리트들이라서 그런지 대놓고 들이대지는 않았지만 그래도 귀찮게 느껴지기는 했다.

"저기 다희가 왔네. 한국대 최고의 퀸카시다."

친구 중에 누군가 다희에 관한 이야기를 꺼냈다. 그도 다희를 잘 알았다. 똑똑한 후배이자 태신건설의 딸, 재혼한 부인의 딸이긴 해도 태신건설의 후계자란 소리가 들릴 정도로 당찬 여자였다.

"오빠."

다희가 웃으며 그의 앞에 섰다.

"잘 지내셨어요?"

"응, 너도 잘 지냈어?"

"네."

밝게 웃는 얼굴이 아주 아름다웠다. 하지만 다희에게는 후배 이상의 감정이 들지 않았다.

"학교 졸업하고 처음으로 이렇게 선배님들과 마주하니 조금 이상해요."

"왜?"

"좀 나이 든 느낌이랄까요?"

"하하, 다희가 워낙 동안이니……."

규인은 다희를 굉장히 예뻐했다. 아니 마음이 있는 눈치였다.

"회사 생활은 어때?"

"……"

규인의 말에 다희는 말을 하지 않았다. 아무래도 규인에게 관심이 없는 것 같았다. 다희가 자신에게 관심이 있다는 건 예전부터 알고 있었다. 하지만 자신의 언니와 결혼 얘기가 오가는 그에게 이렇게 들이대는 건 옳지 않다는 생각이 든 하준이었다.

　"왜 언니 얘기는 묻지 않지?"

　하준은 규인이 잠깐 자리를 비운 사이, 다희와 둘만 남게 되자 이렇게 물었다.

　"제가 알아야 하는 건가요? 당연히 언니는 하준 오빠의 스타일은 아닐 거라고 생각했고, 어차피 둘은 결혼하지 않을 건데 제가 굳이 먼저 이야기할 필요는 없죠."

　다희답게 똑 부러지는 말이었다.

　"그래서?"

　"제가 도전해 보려고요."

　"언니의 정혼자를 뺏겠다고?"

　"정확히 말해서 정혼자가 아니라, 어른들끼리 그랬으면 좋겠다고 이야기를 나누신 정도 아닌가요?"

　할 말이 없게 만드는 다희였다. 어머니가 달라서 그런가? 설아와는 같은 자매라고 하기엔 많은 부분이 달랐다.

　"오빠가 언니를 좋아하는 것도 아니고, 그래서 오빠에게 제 마음을 숨길 필요는 없다고 생각했어요.”

“하지만 내가 언니와 결혼을 한다면?”

“언니보다 내가 더 낫지 않아요? 제가 더 오빠 스타일 같은데 요.”

그녀의 말대로 그가 생각하고 있던 이상형은 얌전하고 수수한 설아보다 당당한 커리어우먼 같은 다희가 더 가까웠다. 하지만 이상하게 다희에게는 마음이 가지 않았다. 그에게 다희는 향기가 없는 꽃과 같았다.

“뭐가 이렇게 진지해?”

규인이 양손에 샴페인을 들고 돌아왔다.

“아니야.”

규인이 다희에게 샴페인 잔을 건넸다. 그가 자리를 피해 줄 차례이다.

하준의 뒷모습을 보며 다희는 샴페인을 한 모금 마셨다. 규인 과 잠시 대화를 나누다가 헤어진 지금은 친구들과 함께했다.

“아까, 하준 선배가 뭐래?”

친구들은 하준과 그녀의 관계가 궁금한 모양이었다.

“그냥 안부.”

“그래도 넌 참 대단해. 난 좀 부담스럽던데…….”

부담스러운 게 아니라 그의 근처에 갈 레벨이 안 되는 것이었다. 우리나라 최고 기업의 황태자이자 모델 뺨치는 외모의 그는 아무나 상대하는 사람이 아니었다. 최소 그녀 정도의 레벨은 되어야 했다.

"어머, 저기……."

그녀의 유일한 라이벌이 등장했다. 한국대를 졸업한 몇 안 되는 연예인이었다. 정하준과 동기인 윤보리였다. 요즘 최고로 주가를 올리고 있는 윤보리는 정하준이 나오는 자리는 늘 참석했다.

"정말 예쁘긴 하다. 볼 때마다 놀라워. 성형 하나 안 한 얼굴이라던데……."

성형이라는 소리에 움찔한 그녀였다. 사실 다희야말로 온몸 구석구석 손을 대지 않은 곳이 없었다. 엄마는 항상 아름다움은 여자들의 최대의 무기라고 말했었다.

그리고 그녀가 고등학교를 졸업하고 한국대에 입학하게 되었다는 통보를 받은 날부터 엄마는 그녀의 모든 곳을 성형해 주었다.

결과는 아주 만족스러웠다. 그런 다희의 눈으로 볼 때 윤보리도 고친 구석이 많았다. 티가 거의 안 나는 건 사실이었지만 말이다. 눈웃음을 치며 정하준의 옆에 붙어 있는 윤보리를 다희가 매섭게 째려보고 있었다.

"잘 어울리지 않아?"

"맞아, 저건 화보다 화보야."

친구들은 그녀의 표정을 보지 못했는지 윤보리와 정하준이 잘 어울린다면서 아주 난리였다.

"너는 어떤 것 같아?"

"별로."

"……."

그녀가 싫어한다는 걸 눈치챘는지 친구들은 더는 말을 하지 않았다.

"오늘 규인 선배가 신경 많이 쓴 것 같아. 이 정도의 규모는 처음이지?"

"맞아, 호텔에서 모인 것도 처음이고……."

친구들이 화제를 돌렸다.

"이건 다 하준 선배가 후원금을 많이 내놓아서야."

"그런 얘기를 듣긴 했어."

"하준 선배에 대해 모르는 게 없네. 둘이 무슨 사이야?"

"결혼할 사이?"

"……."

그녀의 당찬 말에 친구들은 입을 다물었다. 다희의 성격을

아는 친구들이었다. 그녀는 한다면 하는 스타일이었다. 일이든 사랑이든. 오늘 그녀는 하준에게 선전 포고했고, 하준을 그녀의 남자로 만들기 위해 좀 더 적극적인 방법을 취할 생각이었다.

시간은 참 잘 가는 것 같았다. 정 사장과 만난 지 한 달이 흘렀는데도 그에게선 아무런 반응이 없었다. 설아는 여전히 혼자였고, 두려웠다. 이러다가 미치는 게 아닐까 싶었다.

"도망쳐야 하나?"

처음으로 드는 생각이었다. 밖에 나가서는 아무것도 할 수 없다는 생각이 들었지만 그래도 여기보다는 나을 것 같았다.

"아가씨!"

그녀의 유일한 말벗인 도우미가 들어왔다. 벌써 식사 시간이었다. 하루에 세 번 식판에 들고 오는 밥과 '맛있게 드세요.' 라는 말이 전부였지만 아무런 대화가 없는 그녀에겐 사람의 소리를 듣는 유일한 시간이었다.

"큰일 났어요."

도우미가 '맛있게 드세요.' 가 아닌 다른 말을 하니 몹시 당황스러웠다.

"회장님께서……."

회장이라는 말에 몸이 사시나무 떨리듯이 떨려 왔다. 어릴 때 아버지에게 맞았던 기억들이 몰려와 두려웠다. 아버지가 왜? 라는 말조차 입 밖으로 나오지 않았다.

쾅!

문이 열리고 아버지가 그녀의 방으로 들어왔다. 그의 얼굴은 그림자가 저서 잘 보이지 않았다. 하지만 그가 화가 많이 났다는 걸 알 수 있었다.

"도대체 왜."

"……."

"넌 하는 짓이 왜 그 모양인 거야?"

"……."

아버지가 무슨 일 때문에 이렇게 화가 났는지 알 수가 없었다.

"정 사장이 이 결혼을 하지 않겠다고 말했다는데, 그날 도대체 어떻게 군 거야?"

하늘이 무너지는 기분이었다. 물론 그가 자신을 마음에 들어 하지 않는 건 알았지만, 그래도 이렇게 어른들의 약속을 깨 버릴 줄은 몰랐다.

조금이나마 이 집에서 벗어날 거란 기대를 했는데 마음 한구석이 무너져 내리는 느낌이었다.

"마음에 드는 구석이 하나도 없어!"

툭!

아버지가 그녀의 머리를 손으로 내리쳤다. 힘이 얼마나 좋은지 그녀는 그 자리에서 휘청거렸다.

"엄마를 닮아서 매력이라고는 하나도 없는 쓸모없는 년!"

"……."

설아는 처음으로 어금니를 꽉 깨물었다.

"지금이 회사에 얼마나 중요한 시긴 줄 알아? 우리 태신건설이 살아남으려면 대한그룹을 잡아야 해. 기회가 온 줄 알고 좋아했는데, 그 기회를 놓쳐!"

짝!

또 한 번 손이 날아들었다. 아버지라고 부를 수 없는 사람이었다. 뺨이 화끈거리고 입안에서는 피 맛이 났다. 이번엔 아버지의 손이 온몸을 향해 날아들었다. 예전의 엄마처럼 그녀는 속수무책으로 맞을 수밖에 없었다.

"아버지!"

그때였다. 생각지도 못한 곳에서 구원의 손길이 뻗쳐 왔다.

"제가 정 사장님과 결혼할게요. 학교 선배이기도 하고 저와도 잘 알아요."

"뭐?"

"그래서 이번 파티에서 제가 결혼하고 싶다고 말했어요. 오빠도 긍정적이었고요."

쓰러져서 바닥에 누워 있는 그녀의 머리 위에서 아버지와 다희가 이야기했다. 그녀의 존재 따위는 아무것도 아니었다.

툭!

아버지가 발로 그녀의 배를 찼다.

"넌 하나도 쓸모가 없어. 네 동생을 봐. 얼마나 똑똑한지."

"……."

"그럼, 그렇게 해. 아버지가 밀어줄 테니."

"네, 아버지!"

콧소리까지 섞어 가며 아버지에게 애교를 부리는 다희였다. 설아의 입장에서는 도저히 상상할 수 없는 일이었다.

"나가요. 여기는 몸에 해로운 곰팡내가 너무 나요."

"그래, 나가자꾸나."

다희의 아버지였지만 설아의 아버지이기도 했다. 근데 왜 설아와 돌아가신 엄마에게만 그렇게 모질게 구는지, 설아는 알 수 없었다.

"아가씨……."

곁에 있던 도우미가 그녀를 일으켰다. 너무 놀랐는지 도우미는 아무런 말도 하지 못했다. 이 도우미는 몇 년 동안 그녀를 돌봐 왔지만, 아버지의 폭력적인 장면은 처음 보았다.

"괜, 괜찮으세요?"

괜찮을 리가 없었다. 온몸이 욱신거리고 뼈가 부러진 것처럼 아팠다. 이렇게 계속 맞으며 살다간 엄마처럼 골병이 들어 죽을 것 같았다.

"윽!"

도우미의 부축을 받으며 일어나다가 심한 가슴 통증을 느낀 설아는 겨우 침대에 앉을 수 있었다.

"이건…… 아무리 그래도 너무하시네요."

도우미가 눈물을 훔쳤다. 그녀를 걱정해서라기 보단 갑작스런 폭력에 놀란 것 같았다.

"……"

너무 비참한 나머지 두 눈에 눈물이 흘러내렸다. 아파서 우는 게 아니었다. 계속 이렇게 살 수밖에 없나 하는 생각이 들었기 때문이었다.

"제가 사모님께 의사라도 모셔 올 수 있게 부탁……"

"아니에요. 들어주실 분들이 아니니 괜한 일 했다가 혼나지나 말아요. 그냥 내버려 두시면 돼요."

"아가씨……"

설아는 침대에 누워 밤새 흐느껴 울었다. 그냥 그녀를 가만히 내버려 두었다면 무기력하게 살긴 했겠지만 이렇게 가슴이 아프진 않았을 것이다.

"희망을 품게 하질 말았어야죠."

설아의 목소리가 가늘게 떨렸다.

2. 인연의 시작

　민철은 여든이 넘은 노인이라고 하기엔 너무나 정정한 모습이었다. 젊었을 때는 꽤 크다는 소리를 들었을 법한 몸이었다. 할아버지가 이렇게 크니 대한그룹의 남자들이 키가 크고 덩치가 좋은 것 같았다.

　버버리 셔츠에 짙은 네이비색 바지를 입고, 부채질을 하며 그를 보고 있는 정민철 명예회장의 모습은 아주 당당했다.

　"어쩐 일로 이렇게 회사까지 찾아 주셨는지……."

　"허허, 갑작스러운 방문에 놀랐나 보군."

　"아닙니다. 저야 이렇게 와 주신 것만으로도 영광입니다."

　남 앞에서 설설 기는 스타일은 아니지만 정 명예회장은 안하무

61

인인 창수가 보기에도 만만치 않은 사람이었다.

"그 집 장녀와 우리 손자 녀석의 혼담 때문에 온 것이오. 우리 은희가 살아 있었으면 좋았겠지만 은희가 그렇게 갑작스럽게 세상을 떠나고, 이도영 사장마저 죽고 나니 이 일을 실행할 사람이 이제 나뿐이라오."

"……"

창수는 마뜩잖은 표정을 지었다. 이렇게 직접 자신을 찾아올 줄은 몰랐기 때문이었다. 죽은 장인과 대한그룹 회장이 친구인 줄 알았다면, 그리고 그들 간에 이런 약속이 존재하는 줄 알았다면, 그는 설아를 그렇게 가둬 두진 않았을 것이다.

"왜 표정이 그런지 모르겠소만……"

"아, 아닙니다. 제 딸아이가 그 댁의 며느리가 된다는 건 기쁜 일이지만, 소문에 정 사장님이 이 결혼을 싫어하신다고 들어서……"

"아니, 잘못 들으신 겁니다. 그리고 그렇다고 해도 난 약속을 어길 생각이 없소이다."

"아, 예……"

그렇다면 다희는 어떻게 해야 할지 난감했다. 솔직히 설아보다는 다희가 대한그룹의 며느리가 되면 더 좋은 건 사실이었다. 말이 안 통하는 설아보다 그가 아끼는 다희가 훨씬 그의 부탁을 잘 들어줄 것이기 때문이었다.

똑똑똑.

문을 열고 들어선 건 다희였다. 회의 중에 그의 연락을 받고 뛰어 올라온 모양이었다. 옷차림이 조금 화려하긴 했지만 그래도 다른 날에 비해선 얌전한 차림이었다.

"회장님, 찾으셨습니까?"

"이리 와서 인사드려. 대한그룹의 정민철 명예회장님이시다."

"처음 뵙겠습니다. 백다희입니다."

"……."

회장은 다희에게 눈길조차 주지 않았다.

"회장님, 제 딸아이입니다."

"설아 말고 또 딸이 있었구면."

"네, 제가 재혼해서 얻은 딸입니다."

회장은 여전히 다희에겐 눈길도 주지 않았다. 아마도 자신의 친한 친구의 손녀가 아니라서 관심 밖인 모양이었다.

"다희는 정 사장과 같은 대학, 같은 과를 나왔습니다. 어릴 때부터 워낙에 똑똑한 아이라서 설아하고는 비교도 되지 않죠."

"그런가?"

"네, 저는 하준 선배와 아주 친합니다."

"그래? 우리 하준이는 여자들에게 별로 관심이 없는데 별일이군."

"우리 다희가 워낙 똑똑하고 예뻐서……."

"……."

더는 말을 하면 안 될 것 같았다. 이상하게 느낌이 좋지 않았다. 하지만 다희의 생각은 달랐다.

"회장님 저는 하준 선배를 남자로 생각하고 있습니다. 하준 선배도 절 좋아하고요. 그래서 제가 언니 대신에……."

"아가씨가 아주 버릇이 없구먼."

"네?"

"낄 자리 안 낄 자리 다 끼어들고. 백 회장, 자네가 그렇게 가르쳤나?"

정 명예회장이 정색을 하며 말했다. 다희는 안중에도 없는 것 같았다.

"다희야."

일단 이쯤에서 물러서는 게 맞는 것 같았다. 정 사장의 마음이 다희에게 가 있다면 시간을 두고 진행하는 것도 나쁘지 않을 것이다. 정 명예회장을 설득하는 것보다 그게 더 빨라 보였다.

"네."

"오늘은 인사를 드렸으니 그만 가 봐."

"하지만……."

"어서."

일단은 다희를 내보낸 창수는 정 명예회장의 눈치를 살폈다.

"백 회장의 생각도 그러한가?"

"네?"

"둘째를 우리 하준이의 짝으로 생각하느냐 말일세."

"……"

신중하게 대답해야 한다는 생각이 들었다. 회사가 많이 힘들어진 상황에서 대한그룹과 사돈이 된다는 건 하늘이 준 기회였다. 설아가 며느리가 되든 다희가 며느리가 되든 결과적으로는 다 좋은 일이었다.

지금 상황을 보면 정 사장보다는 정 명예회장이 칼자루를 쥐고 있는 것이 분명했다.

"저야 첫째가 되든 둘째가 되든 상관없습니다. 대한그룹과 사돈을 맺는다면 영광이죠."

창수는 얼굴 가득 가식적인 미소를 지으며 말했다.

"아니지, 난 오로지 설아와의 혼담에만 관심이 있어. 자네의 둘째는 관심이 없다는 말이야. 만약에 설아를 며느리로 삼을 수 없다면, 이 혼담은 없던 일이 되는 걸세."

"……"

생각보다 정 회장의 생각은 굳건했다.

"알겠습니다. 전 그냥 소문만 믿고 좀 불안했습니다."

"우리 하준이의 마음은 내가 알아서 돌릴 생각이니, 내가 하는 일에 협조만 해. 그러면 자네의 사업에도 도움이 될 걸세."

노골적으로 사업 이야기를 꺼내는 걸 보니 정 명예회장이 단단히 마음을 먹은 모양이었다.

"알겠습니다."

"난 그런 줄 알고 설아를 맞을 준비를 하지."

"상견례는……."

"필요 없네."

"……."

그를 무시하는 처사였지만 그의 사업에 힘을 실어 준다는 말에 그는 자존심을 접었다. 지금은 태신건설의 미래가 더 중요했다.

같은 집 안이라도 별채는 음침했다. 설아가 사는 별채는 밤이면 사람 한 명 살지 않는 폐가 같은 느낌이 강했다. 그래서 경호원들을 제외하고는 밤에 별채 근처에 오는 사람은 아무도 없었다.

다희는 오전에 대한그룹 정민철 명예회장을 만나고는 불안해졌다. 이렇게 계속 두었다가는 설아가 언제 하준에게 시집갈지 모르는 일이었다. 그렇게 되도록 내버려 둘 수는 없었다. 다희는 이제껏 자신이 가지고 싶은 걸 갖지 못한 적이 단 한 번도 없었다. 그녀는 똑똑했고 아버지의 힘이긴 했지만, 사람을 부릴 수 있는 충분한 돈도 있었다.

"진작 이렇게 해야 했어."

검은 가방을 손에 든 다희는 별채로 들어섰다.

"언니……."

오늘은 어젯밤과는 다르게 다정하게 설아를 불렀다. 솔직히 어제 아버지가 설아를 때리는 모습을 봤을 때는 그녀가 그대로 죽어 버렸으면 하는 생각이 들었다. 왜 이렇게 끈질기게 살아서 그녀의 것을 빼앗으려는지 알 수 없었다.

"언니……."

10년 동안 방치했다는 건 스스로 목숨을 끊으라는 소리와 같은 말이었다. 그런데 멍청한 건지 아니면 정말 독한 건지, 설아는 끈질기게 살고 있었다. 어제 아버지에게 많이 맞았는지 설아는 침대에서 겨우 몸을 일으켜 세웠다.

"괜찮아?"

마음에도 없는 소리였지만 설아의 꼴을 보니 정말 괜찮은지 궁금했다. 이렇게 중요한 때에 움직이지도 못할 정도면 안 되었기 때문이었다.

"약은 먹었어?"

"……."

"벙어리야? 답도 못하게?"

순간적으로 짜증이 밀려왔다. 설아의 입술은 터져 피딱지가 붙어 있었고 얼굴도 심하게 부어 지방 이식을 받은 것처럼 보였다.

"여기가 싫지?"

"……."

"내가 나가게 해 줄게."

드디어 설아가 그녀의 말에 반응을 보였다.

"이거 받아. 현금으로 5천만 원이야. 이 정도면 당분간 조용히 살 수 있을 거야. 그리고 돈 떨어지면 나한테 연락해. 가방 속에 연락처 넣어 두었으니까."

"왜……."

"언니는 여길 빠져나가길 원하고, 난 정하준을 원하니까."

다희는 똑 부러지게 자신의 마음을 말했다.

"일어나, 내가 경호원을 피해 이 집에서 나가는 길을 안내해 줄게."

"……."

"일어나라고!"

그녀를 믿지 못하는 얼굴이었다.

"빨리 움직여. 안 그러면 못 빠져나가."

그녀의 말에 설아가 몸을 일으켰다. 다희는 속으로 다행이라고 생각했다. 이제 설아를 내쫓고 그녀가 태신건설의 딸로 대한그룹의 정하준과 결혼을 하면 되는 것이었다. 다희의 얼굴에 미소가 번졌다.

할아버지의 성화에 못 이겨 태신건설 본가로 향하는 하준의 얼굴은 그 어느 때보다도 굳어 있었다. 리무진 밖으로 시선을 고정한 그는 고민에 휩싸였다. 이런 식의 결혼은 정말이지 싫었다.

하지만 할아버지의 고집이 어찌나 센지 꺾을 엄두도 내지 못했다. 급기야 오늘은 설아를 집으로 데려오지 않으면 주주 총회를 열어서 회사의 경영진을 전문 경영인으로 모조리 바꿔 버리겠다고 엄포를 놓았다.

그 때문에 회장인 아버지까지 자리를 내놓을 판국이었다.

"후……."

창밖을 보다 보니 어디서 많이 보던 실루엣이 스쳐 지나갔다. 키스의 여운이 아직까지 남아 있는 건지 길 가는 여자까지 설아로 보이는 통에 그는 헛웃음을 지었다.

"헛, 기가 차……."

정말 기가 찰 노릇은 그녀가 정말 설아라는 것이었다.

"차 세워!"

그가 급하게 소리치자 윤 기사가 급정거를 했다.

끼이익!

"무슨 일입니까?"

놀란 규인이 그를 보며 물었다. 아니길 바랐지만 지금 그의 눈앞에 정신없이 빠르게 걸어가고 있는 여자는 분명 설아였다. 잠옷 같은 흰색 원피스를 입고 휘청거리며 걷는 게 안쓰러울 정도였다.

차에서 내린 그는 자신을 부르는 규인을 무시한 채 빠르게 걷고 있는 여자를 향해 뛰었다.

"잠깐!"

그는 저도 모르게 그녀의 가녀린 어깨를 잡았다.

"백설아?"

"……."

고개를 돌린 여자는 너무나 놀란 얼굴을 하고 그를 올려다보았다. 죄를 짓고 도망치다가 경찰에 붙잡힌 것 같은 사람의 얼굴이었다. 그녀는 필사적으로 검은색 가방을 안고는 그를 올려다보았다.

"어머!"

너무 놀랐는지 설아는 그 자리에 주저앉았다.

"······일어나."

"······."

그녀의 팔을 잡고 일으키는데, 놀란 설아가 몸을 부들부들 떨었다. 그 모습은 맹수에 잡힌 사냥감 같았다.

"그냥······ 가게 해 주세요."

"뭐?"

"저와 결혼하고 싶지 않으시잖아요. 저도 이제 제 갈 길을 가려고요."

설아는 공포에 질린 얼굴을 하고는 그를 보았다. 어두운 곳이었지만 설아의 얼굴은 그날과는 많은 차이가 있었다. 그는 저도 모르게 설아의 턱을 손으로 잡았다.

"뭐, 뭐 하시는 거예요?"

"······."

굳이 얼굴을 살피지 않아도 설아가 구타를 당했다는 걸 알 수 있었다.

"누가 이랬지?"

"······."

"말해."

"······상관하실 일 아니에요."

설아가 억지로 고개를 돌렸다.

"난 상관있어."

"왜요?"

"우린 결혼할 거니까."

"……."

설아의 턱이 떨리는 게 그의 손끝에서 느껴졌다. 두려움에 떠는 것이라는 걸 알 수 있었다. 아마도 그가 이렇게 그녀의 턱을 잡고 있어서 그날의 키스를 생각나게 하는 모양이었다. 설아의 입술을 바라보는 하준은 그녀의 입술을 애써 피하고 있었다. 그렇지 않으면 길가에서 설아의 입술을 삼키게 될 수도 있었기 때문이었다.

"집으로 가지."

그의 목소리가 욕망으로 인해 갈라졌다.

"아뇨, 돌아갈 수 없어요."

"왜?"

"난…… 돈을 받았어요."

"뭐?"

"그리고 떠나기로 약속했어요. 안, 안 돼요!"

하준은 본능적으로 설아가 꼭 쥐고 있는 가방을 빼앗아 들었다.

"이리 줘요."

"……."

그가 가방을 열었다. 거기엔 5만 원권의 돈다발이 들어 있었다. 언뜻 보기에 5천만 원 정도 되는 것 같았다.

"이 돈으로 뭘 하려고."

"이제 독립을 하려고요. 혼자서 살아 보려고……."

"안 돼!"

그가 가방을 한 손에 들고 다른 한 손으로는 설아의 가녀린 손을 잡았다.

"놔주세요."

"사람들이 봐."

길가에 지나는 사람들이 그들을 힐끗거리며 보고 있었다.

"난 가야 한다고요."

"이 돈은 돌려줄 거야. 그리고 오늘부터 넌 우리 집으로 갈 거니까, 그 집에 돌아가지 않아도 돼."

"……."

그 집에 가지 않아도 된다는 말에 설아가 의욕을 잃고 얌전하게 그를 따라왔다. 정말 그 집으로는 돌아가기 싫은 모양이었다.

"타."

리무진 문을 열어 주고는 그는 설아를 차에 태웠다.

"어?"

규인이 놀란 얼굴로 그를 보았다.

"김 비서는 앞에 타."

"네."

차 뒷좌석에 설아와 나란히 앉은 그는 차 안에 차단막을 내리고 불을 켰다. 그리고 설아의 얼굴을 살폈다.

"왜, 왜 이러세요?"

설아가 또다시 얼굴을 피했다.

"누가 이랬지?"

하준은 속에서 화가 끓어오르는 걸 느꼈다. 한 번도 남의 일에 관심을 가진 적이 없었는데 설아에 관한 일은 왜 이렇게 자기 일처럼 느껴지는지 알 수 없었다.

"……."

"백 회장인가?"

"……."

"어떻게 여자에게 손찌검하지? 해도 해도 이건 너무하는군."

그가 설아의 입술을 손으로 쓸었다. 부드러운 입술 끝에 피딱지가 걸렸다.

"미쳤어. 어떻게 이렇게 때릴 수가 있지?"

"……신경 쓰지 말아요."

설아는 떨리는 목소리로 말했다. 두려운 것이다. 이렇게 학대를 받았으니 당연한 반응이었다. 그래서 더 화가 났다.

"우린 결혼할 거야. 어떻게 신경 쓰지 않을 수 있겠어?"

"……결혼하기 싫어했다고 하던데요?"

"……."

"게다가 다희와 그렇고 그런 사이라고……."

"다희와는 아무런 관계도 아니야. 다희가 그러던가? 우리 사이에 뭔가 있다고? 그런 일 없어."

"하지만……."

그는 설아가 왜 이러는 건지 대충 짐작이 갔다.

"아버지에게 맞고 동생에게선 나와 관계가 있다는 이상한 말 듣고. 그래서 돈은 누가 준 거야?"

"다희요……."

"그럴 줄 알았지. 제대로 막장 드라마를 쓰고 있어."

그들이 대화하는 사이에 그녀의 집에 도착한 모양이었다.

"전…… 안 내려요."

"나만 다녀올 거야. 김 비서, 잘 지키고 있어."

"네."

그는 이렇게 말하고는 태신건설 본가로 들어섰다. 손에는 설아에게서 빼앗는 돈 가방을 들고서.

딩동!

그가 초인종을 누르자 집 안에서 다희가 쏜살같이 뛰어나와 문을 열어 주었다.

"오빠, 어떻게 된 거예요?"

늦은 저녁인데도 풀 메이크업을 한 다희는 그가 온다는 연락을 받고 늦은 시간까지 기다린 모양이었다.

"왜 오늘 우리 집에 온다고 한 거예요? 오빠네 할아버지께서 오늘 회사에 다녀가셨는데, 그것 때문인가요?"

계속해서 질문하는 다희를 뒤로하고 그는 집 안으로 걸어 들어갔다.

"오빠, 좋아한다고요!"

"……."

아직 그의 손에 들린 돈 가방을 보지 못한 모양이었다. 저렇게 달려드는 걸 보니 말이다. 이런 상황에서 가장 우습게 되는 건 자기 자신일 텐데, 다희는 알지 못하고 있었다.

"하준 오빠!"

그는 굳은 표정으로 거실까지 들어섰다. 그가 온다는 소식에 거실에는 태신그룹의 백창수 회장과 그의 부인인 왕년의 스크린 스타 김선영이 앉아 있었다.

"어서 오게."

백 회장이 반가운 얼굴로 하준을 맞이해 주었다.

"오늘 할아버님도 오셨는데, 무슨 일인가?"

"드릴 말씀이 있어서 왔습니다."

"우선 앉지."

"네."

그가 소파에 앉자마자 다희가 쪼르르 달려와서 하준의 옆에 앉았다.

"그렇게 좋아? 우리 다희가 속마음을 숨기지 못해요."

김 여사가 딸의 편을 들며 말했다.

"내가 봐도 이렇게 멋진데, 다희가 반할 만하네."

김 여사는 그와 다희의 얼굴을 번갈아 바라보며 흐뭇하게 웃었다. 설아는 완전히 무시된 상황이었다.

"우리 다희와 친하다고?"

이젠 백 회장까지 상황을 몰아가고 있었다.

"친하진 않지만, 후배니까 몇 번 마주한 적은 있습니다."

설아를 그렇게 때려 놓고 다희에게는 이렇게 잘해 주는 백 회장의 가족들을 보고 나니 하준은 그들의 가식에 치를 떨었다.

"전 오빠를 진지하게 생각하고 있어요."

"……."

갑작스러운 딸의 고백에 김 여사의 얼굴엔 미소가 가득했고 백 회장도 싫은 표정은 아니었다. 다희가 적극적으로 나오면 그가 좋아할 줄 아는 모양이었다. 착각은 자유라는 말이 있는데, 이럴 때 하는 말 같았다.

"저는 할아버지의 뜻대로 이 집의 큰 따님과 결혼하고 싶습니다."

그가 그들의 바람에 초를 쳤다.

"오빠!"

"처음엔 별생각이 없었는데 오늘 결심하게 됐습니다."

"왜, 왜 그런 생각이 들었나?"

백 회장이 놀라 말까지 더듬거렸다.

"큰따님이 지금 어디 있는 줄 아십니까?"

"……."

"설아야, 제 방에 있겠지."

"그 방을 좀 보고 싶습니다."

순간적으로 백 회장의 얼굴이 굳었다.

"설아는 지금 아파. 그래서 불러 줄 수가 없네."

뻔뻔해도 그렇게 뻔뻔할 수가 없었다. 하준의 눈에 백 회장이 집사에게 눈짓하는 게 보였다. 당장 가 보라는 뜻이었다. 물론 설아가 그곳에 있을 리가 없었다. 백 회장은 설아가 도망친 걸 아직 모르는 눈치였다.

"오빠, 설아 언니에게 관심도 없으면서 왜 그래요?"

다희가 자꾸 그의 신경을 건드렸다. 다희가 똑똑하고 예쁜 건 알겠지만 그녀의 인성이 이 정도로 바닥인 줄은 상상도 해 보지 못했다. 그에게 관심이 있는 후배라는 생각뿐이었는데 말이다.

집사가 백 회장의 뒤로 와서 그에게 설아가 없음을 알렸다.

"……찾아."

백 회장의 얼굴이 사색이 되었다.

"찾으실 필요 없습니다."

"뭐? 우리가 뭘 찾는 줄 알고……."

백 회장의 목소리가 흐려졌다. 뭔가 눈치챈 모양이었다.

"설아는 제가 보호하고 있습니다."

"뭐? 자네가?"

"네."

백 회장의 표정은 혼자 보기 아까울 정도로 일그러졌다.

"여기 오다가 길거리에서 발견했습니다. 도망을 치고 있더군요."

"……."

"이건 제가 돌려 드리는 게 맞을 것 같아서 가지고 왔습니다."

"이보게, 이건 돈 아닌가?"

"아빠, 언니가 돈을 훔쳐서 도망친 모양이에요. 언니도 이 결혼을 하기 싫어했잖아요."

어떻게 해서든지 상황을 모면하려는 게 눈에 보였다.

"정 사장, 뭔가 오해를 한 모양인데……."

"전 아직 아무런 말도 하지 않았습니다. 오해하지도 않았고요. 일단 이 돈은 집을 나가라고 누군가가 준 것이니 돌려 드리는 겁니다. 설아가 앞으로 이 집의 돈을 쓸 일은 없을 것 같습니다."

"오빠, 누군가가 날 말하는 거야?"

"왜 너라고 생각하는 거야? 난 몰라서 누군가라고 말한 것뿐인데?"

다희의 얼굴 또한 심하게 굳었다. 이제 더 이상 이 집에 있을 이유가 없는 것 같았다.

"설아는 집에 보내."

백 회장이 그에게 명령하듯 말하자 하준의 인상이 더 굳어졌다.

"맞아요. 우리 큰딸을 돌려주세요."

김 여사가 가증스럽게 말했다.

"병원에 데려가서 진단서부터 끊겠습니다."

"정 사장, 진단서라니. 우리 설아가 다치기라도 했다는 말인가?"

하준의 시선이 붕대에 둘러싸인 백 회장의 손으로 향했다.

"친딸인데 어떻게 그렇게 하실 수 있습니까?"

"……오해일세."

"일단 지금 제가 설아를 데려가지 못한다면 이 문제는 경찰서에서 해결하셔야 될 겁니다. 이건 엄연히 학대니까요."

"정 사장님, 학대라니요?"

김 여사가 목에 핏대를 세웠다.

"그럼 전 이만 가 보겠습니다."

하준이 자리에서 일어나자 백 회장의 얼굴은 더욱 창백해졌다. 일어나는 하준을 막아야 하는데 달리 방법이 생각나지 않는 모양이었다.

"우린 이 결혼을 시킬 수 없어."

"설아는 성인이고 스스로 선택할 수 있습니다."

"정 사장!"

백 회장이 그를 불러 세웠다.

"이러지 말고……."

"아 참, 저도 깜빡한 말이 있습니다. 다시는 설아를 찾지 마십시오. 그땐 제가 어떻게 행동할지, 저도 장담할 수 없으니까요."

하준은 인사도 하지 않고 그 자리를 떴다. 다희가 뒤에서 그를 불렀지만, 그는 쳐다보지도 않았다. 상종 못할 인간들이었다.

차에 오르자 설아가 두려움이 가득한 눈으로 그를 보았다.

"집으로 가지."

"난…… 안 가요."

"지금 달리 갈 곳은 있고?"

"……."

그녀는 말없이 눈물만 흘렸다. 하준은 이런 설아의 모습을 보니 불쌍하기도 하고 답답하기도 했다. 세상 물정을 전혀 모르는 사람 같았다.

하준이 설아를 보며 이상하다고 느끼는 점은 그저 불쌍하다는 감정만으로 끝나지 않는다는 것이었다. 설아에게는 그를 끌어당기는 알 수 없는 힘이 있었다. 인정하고 싶진 않지만, 그녀에 대해 알고 싶은 마음이었다. 여자를 알고 싶어 하다니, 이해가 되지 않았다.

연애를 안 해 본 것도 아니고 여자들과 잠자리를 안 해 본 것도 아닌데, 설아는 뭔가 그를 강하게 끌어당기는 자석 같았다.

툭!

이런저런 생각을 하는데 갑자기 설아의 머리가 그의 어깨에 닿았다. 잠이 든 것이었다. 무게가 거의 느껴지지 않을 정도로 설아는 말랐다. 그는 마른 여자를 좋아하지 않았다. 하준은 어깨에 기대어 잠이 든 설아를 말없이 바라보았다.

자신은 할아버지의 뜻에 고분고분 따르는 스타일은 아니었다. 그래서 이번 결혼을 거부했던 건지도 몰랐다. 치기 어린 마음에 어른들의 말을 들으면 지는 기분이 들었기 때문이었다. 하지만 이번은 조금 달랐다.

차가 도착했지만, 설아는 일어나지 않았다.

"제가 업을까요?"

규인이 잠들어 있는 설아를 보고 말했다.

"김 비서가 왜?"

설아를 업고 가겠다는 말에 괜히 화가 났다. 그리고 저도 모르게 설아를 안아 들었다.

"사장님……."

하준의 행동에 규인이 놀란 표정을 지었다. 하지만 설아를 안아 들은 하준이 더 놀랐다. 너무 가벼운 것에 비해 그녀의 가슴은 상당히 풍만했다.

"흠!"

그는 헛기침을 한 번 하고는 아무렇지 않은 척 한동안 설아가 머무를 별채로 향했다. 별채 앞에는 설아를 기다리는 도우미가 서 있었다. 50대의 도우미와 20대 초반의 도우미가 그들을 놀란 눈으로 보고 있었다.

"사장님, 작은 사모님은 괜찮으신 겁니까?"

"피곤해서 잠이 든 모양입니다."

"네."

그제야 도우미가 굳은 얼굴을 풀었지만 설아의 얼굴을 보더니 다시 얼굴이 굳어졌다.

"의사는 안 불러도 될까요?"

"일단 자게 두십시오. 내일쯤 주치의를 불러들이겠습니다."

"네, 저희가 알아서 할 테니 너무 걱정하지 마세요."

50대의 도우미는 그가 어릴 때부터 이 집에서 일해 온 오 집사였다. 여자 도우미들을 총 관리하는 분이었다. 그리고 젊은 도우미는 설아를 전담하게 될 도우미인 것 같았다. 그는 설아를 별채에 두고 할아버지와 부모님이 계시는 본채로 향했다.

전통적인 한옥 구조인 태명당은 그 이름에 맞게 사방이 트여 자연광이 잘 스미는 곳이었다. 하지만 밤이면 은은한 조명이 낮의 태양 빛을 대신하고 있었다. 거실 한가운데 앉아 계시는 어른들은 달빛을 머금은 듯 묘한 분위기를 내었다.

"다녀왔습니다."

그가 가볍게 고개를 숙였다.

"앉아, 설아는?"

할아버지는 설아와 같이 오지 않아 서운하신 것 같았다.

"잠이 들어 별채에 두었습니다."

"몸이 안 좋은 거냐?"

"네."

어른들이 걱정의 소리를 한마디씩 하였다.

"몸이 나으면 인사시키겠습니다. 그 전엔 당분간 별채에 내버려 두심이 좋을 것 같습니다."

"알겠다."

할아버지는 그에게 더는 아무런 말도 하지 않았다. 일단 설아를 데려온 이상 그가 설아와 결혼을 할 거라는 걸 알았기 때문이었다.

"쉬어."

"네."

그는 자리에서 일어나 2층에 있는 자신의 방으로 향했다. 여느 날과 같이 자신의 방에 들어가 답답한 넥타이를 손으로 풀며 창밖으로 보이는 별채를 보았다. 한옥 구조인 태명당과는 다르게 세 동으로 이루어진 별채는 양옥이었다.

태명당과 가장 가까운 곳은 손님들이 오면 묵는 사랑채 같은 곳이었고, 나머지 두 곳은 직원들이 쓰는 숙소였다. 지금 설아는 손님들이 묵는 사랑채에 있었다.

할아버지는 왜 그렇게 오래전의 약속에 집착하는 것일까?

죽은 친구를 향한 의리라고 하기엔 뭔가 수상했다. 할아버지는 바른 분이었지만 실리를 중시하는 분이었다. 그런 분이 이렇게 목을 매는 데는 분명한 이유가 있을 것이다. 하준은 그렇게 한동안 설아가 있는 별채를 응시했다.

3. 검은 속내

거실에 앉아 있는 사람들의 표정이 어두웠다. 하준이 거실을 나서자마자 설아의 아버지인 백창수에게 전화가 걸려 왔다.

"여보세요?"

수화기를 든 정민철의 표정이 좋지 않았다.

[정 회장님, 접니다.]

"회장이야 우리 아들이지. 난 회장이 아닐세."

[어르신, 정 사장이 설아를 데려갔습니다. 아무리 결혼할 사이라고 해도……]

"백 회장."

[네, 어르신.]

"전화로 이런 말을 하긴 좀 그렇지만, 내 솔직하게 이야기하지."

[……네, 어르신.]

뭔가 불안한지 백 회장의 목소리가 떨렸다.

"난 다 알고 있어. 백 회장이 설아를 10년이나 별채에 가두고 있었던 것도, 설아의 죽은 친모가 백 회장에게 어떤 취급을 받고 살았는지도 말이야."

[…….]

"그런데 내가 입을 다물고 있는 건, 백 회장도 이쯤에서 설아에게 손을 떼라는 말이야."

[회장님, 오해십니다.]

끝까지 발뺌하려 들었다.

"이쯤에서 그만둔다면, 태신건설의 어려움을 조금은 생각해 주지. 우리가 돕겠다는 말이야."

[가, 감사합니다.]

말귀를 알아들은 모양이었다. 그 후로 백 회장은 더 이상 설아에 대해 이야기하지 않았다. 아비가 맞는지 의심스러운 인간이었다.

"더는 설아를 찾지 말게."

그렇게 말을 한 민철이 전화를 끊었다.

"아버지, 어떻게 하실 생각이십니까?"

불안한 시선으로 지켜보던 영호가 물었다.

"뭘 어째?"

"하준의 짝으로 하기엔 너무 부족한 아이입니다. 거기에 10년 동안이나 갇혀 지낸 아인데, 생각이 온전할 리가 없습니다."

영호는 하나뿐인 아들 하준의 배필로 설아가 마땅치 않은 눈치였다.

"약속은 지켜야지."

"아버님, 친구분은 돌아가신 분이고 아버님께서 약속을 지키지 않는다고 해서 알 사람은 아무도 없습니다."

"내가 알지."

"아버님……."

하준의 어미인 나은의 얼굴이 창백해졌다.

"우리 대한그룹의 미래가 걸린 일이다."

"그러니 저희가 더 걱정인 게 아닙니까?"

영호는 못마땅한 눈으로 그를 보았다.

"우리 회사의 최대 기업이 뭐지?"

"네? 그야, 전자죠."

"그 전자가 왜 이렇게 큰 줄 알지? 그게 다 대국전자를 인수했기 때문이지."

"그렇죠."

"그 대국전자의 지분이, 아니 이제 우리 대한전자 주식의 30%는 설아의 것이다."

"그건…… 아버지의 지분 아닌가요?"

영호는 놀란 눈으로 민철을 바라보았다.

"이도영이 죽기 전에 나에게 남긴 유언이다. 우리 하준이와 결혼하는 조건으로 10년 동안 대국전자를 우리 회사로 흡수시키고, 10년째 되는 해에 그 주식을 설아에게 주는 조건으로 말이다."

"……."

모두가 놀란 눈으로 그를 보았다.

"올해 둘이 결혼을 해야 우리가 대한전자를 안전하게 경영할 수 있다. 그렇지 않으면 설아는 강력한 무기가 되어 우리의 목을 조르게 될 게다."

하준이 설아와 결혼을 해야 하는 이유를 알아들은 영호와 나은은 더는 말을 할 수 없었다. 대한그룹의 미래를 위해 그들은 이제 설아를 떠받들어야 하는 처지였다.

"태신그룹 백 회장이 가만히 있지 않을 겁니다."

"아무 소리도 못할 거야. 나중에 알게 되면 배가 많이 아프겠지."

민철의 입가에 웃음이 흘렀다. 10년의 세월이 이렇게 빠르게 흘러갈 줄은 상상도 하지 못했었다. 일단 하준과 설아가 결혼하고 나면 마음이 더 편할 것 같았다. 설아가 오긴 했지만, 아직 그의 집안 식구는 아니었다.

그래도 지금까지는 아주 순조로운 출발이었다.

독한 악몽을 꾸었다. 집을 탈출하는 꿈이었다. 그러다가 정 사장에게 잡히고 말았다. 정 사장은 아버지에게 그녀를 넘겨주었다. 설아의 몸이 10년 동안 갇혀 살던 별채로 빨려 들어갔다. 다시는 나오지 못할 것 같았다.

"안 돼……."

온몸이 답답하게 조여들었다.

"제발……. 나가게 해 줘……."

"작은 사모님……."

누군가 그녀를 흔들어 깨우고 있었다.

"작은, 사모님?"

누군가 그녀를 또다시 흔들어 깨웠다. 별채에서 그녀에게 밥을 가져다주는 도우미의 목소리가 아니었다.

"작은 사모님, 괜찮으세요?"

걱정이 가득한 목소리였다. 눈을 뜨니 밝은 빛이 그녀의 시야를 물들였다. 이곳은 새소리가 멀리서 들렸다. 그녀의 잠을 깨우고 반겨 주는 직박구리가 아니었다.

"여, 여기는……."

꿈에서 깬 것이 아니라 아직 꿈인 것 같았다.

"여기는 태명당의 사랑채입니다."

별채라는 말 대신에 사랑채란 말이 신선하게 들렸다. 그녀가
머물던 별채가 아닌 것만으로도 행복한 꿈이 될 수 있었다.

"물 좀 드릴까요?"

"네……."

"어쩜……. 이렇게 고운 얼굴에 어떻게 이런 짓을 할 수 있죠?
아주 속상해 죽겠어요. 어제 사장님께서 주치의 선생님을 불러
주셨어야 했어요. 아무리 생각해도 이해할 수가 없다니까요."

"……."

쉴 새 없이 떠드는 여자가 그녀를 앉혀 주고 물까지 먹여 주었
다.

"제가 이 집에 들어와서 처음으로 전담을 맡게 되었거든요. 전
담이 되려면 5년은 근무해야 하는데 전 행운인 거죠. 이렇게 1년
만에 전담으로 작은 사모님을 맡게 되었으니까요."

"……."

작은 사모님이라는 말에 표정이 굳어진 설아였다.

"물 다 드셨어요?"

그녀가 컵을 옆으로 치워 주었다.

"5분만 앉아 계시다가 욕실로 가셔요. 제가 잘 씻겨 드릴게요."

"아, 아니에요."

설아는 씻겨 준다는 말에 깜짝 놀라 말했다. 그리고 꽤 어려 보이는 여자를 보며 물었다.

"누구세요?"

"어머, 제 소개를 깜빡했네요. 저는 작은 사모님의 전담 도우미 윤정아입니다. 나이는 스물한 살이고 태명당에 들어온 지 1년 됐습니다."

"……"

태명당? 여기가 어디인지, 왜 있는 건지, 어디까지가 꿈인지 알 수 없었다.

"어제 사장님께서 잠들어 계시는 사모님을 안고 들어오시는데 완전 멋졌어요. 영화의 한 장면 같았다니까요."

"안아서요?"

"네, 기억 안 나세요? 어제 여기까지 안고 오셨어요. 운전기사님 말로는 김 비서실장님이 업고 들어오신다고 했는데 사장님이 안고 들어오셨대요. 완전히 로맨틱하죠."

두 손을 모으며 말하는 정아를 보며 설아는 피식 웃었다. 정아는 꼭 아침마다 그녀를 깨우던 직박구리와 같았다. 어찌나 재잘

거리는지 그 모습에 웃음이 났다.

"윤정아 씨!"

그때 누군가 정아를 엄한 목소리로 불렀다.

"작은 사모님 식사를 가져왔는데 아직도 이러고 있으면 어떻게
합니까?"

"죄송합니다."

"어서 욕실로 모시고 가세요."

"네. 사모님, 이쪽으로 오세요."

설아도 같이 혼이 나는 기분이었다. 그녀는 얼른 정아의 뒤를
따라 욕실로 들어갔다. 정아가 샤워기의 물을 틀어 온도를 맞추
고, 설아의 옷을 벗겨 샤워부스 안으로 밀어 넣었다.

"여기요."

정아는 칫솔에 치약을 묻혀 그녀에게 건네고는 샤워부스 앞에
수건을 들고 서 있었다.

"씻겨 드릴까요?"

"아니요."

"우리 오 집사님은 너무 완벽하세요. 그래서 더 무서워요."

조금 전에 들어온 도우미가 오 집사란 사람인 것 같았다.

"제대로 안 하면 큰 사모님께도 뭐라고 하신다니까요."

정아가 재잘거리는 동안 설아는 얼른 샤워를 마쳤다. 그리고

정아가 건넨 가운을 입고 자신의 방으로 향했다. 그녀가 나오자 아침 식사로 전복죽이 테이블 위에 준비되어 있었다. 방 안은 아주 고급스러웠다.

그녀가 머물던 곰팡내 나는 별채와는 근본부터가 다른 곳이었다.

"오늘은 주방장님께서 특별히 신경 쓰신 전복죽입니다. 기력 회복에 도움이 되실 겁니다."

"감사해요……."

그녀는 모기만 한 소리로 답을 하고는 전복죽을 한 숟가락 떴다. 설아는 전복죽의 맛보다 오랜만에 사람대접을 받고 있다는 생각이 들어서 순간 울컥했다. 이렇게 대접을 받아도 되는 건지 그의 말대로 이곳에 머물러도 되는 건지 몹시 불안했다.

설아를 더 불안하게 하는 건 하준의 마음이 변해 그녀를 다시 집으로 돌려보내면 어쩌나 하는 것이었다. 그러니 맛있는 전복죽도 맛을 못 느끼고 있었다.

"입에 맞아?"

출근 준비를 마친 정 사장이 그녀의 방 안으로 들어왔다. 멋지다는 말이 부족한 사람이었다. 짙은 그레이색의 슈트는 그를 위해 만든 옷 같았고, 젤로 단정하게 고정한 머리는 깔끔한 인상을 주었다.

패션의 완성은 얼굴이라는 말이 있듯이 그에게서 가장 눈에 띄는 건 잘생긴 얼굴이었다. 쌍꺼풀이 살짝 진 커다란 눈과 깎아 놓은 것처럼 높은 코, 고집스럽게 다문 입술은 확실하게 시선을 사로잡았다.

저런 남자와 키스까지 한 게 믿어지지 않았다. 그를 보니 또다시 그때의 일이 생각나서 얼굴이 붉어졌다.

"……."

"그만 보고 얼른 먹어."

너무 넋을 놓고 그를 본 것 같았다. 그의 말에 놀란 설아가 저도 모르게 숟가락을 떨어트렸다.

"저런……."

갑작스럽게 벌어진 일이었다. 오 집사가 그녀에게 건넨 숟가락을 대신 받아 든 정 사장이 그녀 앞으로 다가왔다. 그러더니 갑자기 죽을 떠서 그녀의 입가로 가져왔다.

"먹어."

"……."

놀란 건 그녀뿐만이 아니었다.

"제가…… 먹을게요."

"아니, 이래야 먹을 것 같아서."

그가 기어이 그녀의 입에 죽을 넣었다. 설아는 그의 고집을 꺾기 힘들다는 걸 알고는 죽을 받아먹었다. 정신없이 먹다 보니 죽 그릇이 바닥을 드러냈다. 배가 불렀지만 그만 먹을 수도 없었다. 정 사장이 흐뭇해하며 먹여 주고 있었기 때문이었다.

"많이 먹어. 난 마른 여자는 싫으니까."

"……."

정 사장의 말에 솔직히 설아는 멍해진 느낌이었다. 이 사람이 갑자기 왜 이러는 건지 이해가 되지 않았다. 어렴풋이 짐작이 가는 건 그녀가 불쌍하다고 생각이 돼서 이런 친절을 베푸는 것 같았다.

그렇게 생각하니 화가 났다.

"절 동정해서 이러시는 거라면……."

"아니."

그는 단호하게 아니라고 말했다.

"쓸데없는 생각을 하는 걸 보니 어제보다 나은 것 같군."

"……."

"내가 당분간 어른들께는 이곳 출입을 자제해 달라고 부탁했어. 그러니 답답하더라도 얌전히 있어. 그러면 외출을 허락해 줄 테니까."

그가 외출이라고 했다. 10년을 답답한 곳에서 지내다 보니 '외출'이라는 단어가 꿀처럼 달콤하게 들렸다.

"불쌍하게 생각하는 게 아니야. 우리는 이제 결혼할 사이고 적응하려고 노력 중이야. 나도 결혼이 처음이라서 말이야."

"……."

숨이 막힐 것 같은 매력으로 무장한 남자였다. 남자에 대해 아는 것이 별로 없긴 했지만, 그는 위험한 사람이었다.

"다녀올게."

그가 자리에서 일어났다. 정 사장이 방을 나갈 때까지 설아는 멍하게 그를 바라보고 있었다. 마치 꿈을 꾸고 있는 것 같았다.

"어머머, 어쩜 저렇게 멋있으실까?"

정아는 또다시 수다를 떨기 시작했다.

"죽을 먹여 주시다니 상상도 못한 일이에요. 그거 아세요? 우리 정 사장님은 카리스마 넘치기로 유명하신 분이에요. 차갑기가 시베리아 꼭대기의 고드름보다도 더한 분이신데, 이렇게 다정하게 구시다니. 감동이에요."

"윤정아 씨!"

"네? 네……."

오 집사가 수다스러운 정아에게 주의를 주었다.

"작은 사모님, 잠시 후에 주치의 선생님께서 오실 겁니다. 불편하신 곳이 있으면 말씀하시면 됩니다. 그리고 오전에 큰 회장님께서 특별히 신경 쓰라는 말씀이 있었습니다."

"……."

여기서 나가면 정말 갈 곳이 없었다. 설아는 순간 정신을 차려야겠다는 생각이 들었다. 이곳은 그녀가 지내왔던 별채와는 다른 곳이었다. 설아는 조금 더 견뎌 보기로 마음먹었다. 어쩌면 이곳은 다른 세상이 될 수도 있을 것 같았다.

하준은 리무진에 올라 자신의 손을 물끄러미 보았다. 여자에게, 다른 것도 아닌 죽을 떠먹여 주다니 스스로 생각해도 웃기는 일이었다.

"무슨 일 있으셨습니까?"

본가에서 같이 생활하는 규인이 그의 옆에 앉아 있다가 물끄러미 바라보며 물었다. 규인의 눈에도 그가 이상해 보이는 모양이었다.

"왜?"

"아니, 멍하게 계셔서요."

규인이 이 사실을 안다면 사흘 밤낮으로 놀릴 게 분명했다.

"내가?"

"네."

"잘못 본 거야."

"아닌데……. 요 며칠 예전엔 하지 않던 행동을 하고 계십니다."

규인은 그의 행동이 이상하다고 생각하는 모양이었다.

"신경 쓰지 마."

"네."

그의 한마디에 꼬리는 내린 녀석은 바로 주제를 바꾸었다.

"어제 이상한 이야기를 들었습니다."

"이상한 이야기?"

"네. 제가 집 안에 심어 둔 수많은 첩자의 말을 종합하자면, 백설아 씨를 큰 회장님께서 그토록 원하시는 이유 말입니다. 그 이유가……."

"……."

그 이유는 그도 궁금했다. 가족과 회사 일을 제외한 모든 것에 관심이 없으신 할아버지께서 설아에게만은 그렇게 신경을 쓰시는 이유를 알 수 없었다.

"그게, 대한전자의 주식과 연관이 있습니다. 확실히 더 알아봐야겠지만 대국전자를 인수하면서 사장님의 혼담이 오갔다는 얘깁니다. 그러니까 대국전자의 회장님이 자신의 손녀와 사장님의 결혼 조건으로 대국전자를 지금 대한그룹에 넘긴 거라는 말씀입니다."

"……."

하준의 인상이 굳었다.

"지금 대한전자는 대한그룹의 1등 계열사인데 그 주식의 30%를 설아 씨가 상속을 받을 거라고 하니, 대한전자의 주총이 열린다면 그냥 단번에 사장 자리에 오르는 것도 무리는 아닙니다. 회사를 손안에 넣고 흔들 수 있다는 말이죠."

"그럼, 백 회장은 그걸 모르고 있다는 말인가?"

"네, 알면 그렇게 대할 리가 없죠. 공주처럼 떠받들었을걸요?"

"하긴."

설아는 엄마도 없고, 외가의 친척들도 없이 혼자서 그 모든 시련을 견뎌 낸 것이었다. 그런데 왜 할아버지는 그동안 침묵하고 계셨던 걸까? 왜 그에겐 이런 이야기를 하지 않은 건지 하준은 궁금했다.

"오전 스케줄은 비워 둬."

"네? 갑자기요?"

"그래, 갑자기."

회사에 도착하자마자 그는 아버지의 사무실로 향했다. 언제나 그보다 출근이 빠른 아버지였다. 대한그룹의 회장실은 생각보다 검소했다. 할아버지 때부터 허례허식을 삼가셨기 때문에 지금도 전통처럼 지켜지고 있는 일이었다.

"우리 아드님께서 말도 없이 어쩐 일이야?"

아버지가 얼굴에 미소를 가득 담았다.

"설아에 관해 묻고 싶은 게 있어서요."

"……."

하준의 단도직입적인 말에 아버지의 안색이 표가 날 정도로 굳었다.

"할아버지와 대국전자 이 회장님이 친하셔서 혼사 약속을 지키시는 게 아니라, 대한전자 주식 때문에 혼사를 진행하시는 거란 말이 있어서요."

"누가 그래?"

"낮말은 새가 듣고 밤말은 쥐가 듣는 법이니까요."

"집 안에 쥐새끼가 있군."

아버지가 한숨을 쉬더니 그를 빤히 보았다.

"설아가 그렇게 마음에 들지 않은 거야? 네가 결혼을 하지 않겠다는 말을 했다는 건 안다."

"……."

"하지만 이번에는 네가 대한그룹을 위해 희생을 해야 할 것 같다. 따로 마음에 둔 여자가 있다면 마음을 접는 게 좋을 것 같아."

"따로 마음에 둔 여자는 없습니다."

"다행이구나."

"그럼, 제가 들은 이야기가 맞는 말이군요."

"……."

아버지는 '아니다.'라고 말은 하지 않았지만, 그것이 사실이라고 눈빛으로 말하고 있었다.

"결혼하지 않겠다는 말은 하지 마라. 이번엔 할아버지도 가만히 계시진 않을 테니까."

"결혼은 할 겁니다."

그가 자리에서 일어났다.

"하준아."

"하지만 할아버지도 더는 제게 바라지 않으셨으면 좋겠습니다."

아버지의 한쪽 눈썹이 위로 올라갔다.

"예를 들어 손자라든가……."

"정하준!"

"다 본인 뜻대로는 할 수 없다는 걸 할아버지도 아셔야 합니다."

그는 그 말을 끝으로 아버지의 사무실을 나왔다.

"아이라……."

설아와의 사이에서 아이를 생각해 본 적은 없었지만, 막상 그런 생각을 하니 나쁘진 않을 것 같았다. 설아는 자꾸만 자신에게 이상한 생각을 하게 만드는 것 같았다.

이 집에 온 지 3일이 지나고 있었다. 매일 찾아오는 의사 덕분에 설아의 얼굴에 난 상처도 점점 옅은 빛을 띠고 있었다. 따뜻한 창가에 앉아 설아는 신기한 듯 핸드폰을 만지작거리고 있었다. 처음으로 가져 본 핸드폰이었다.

엄마가 살아 계실 때 그녀가 쓰던 핸드폰은 스마트폰이 아니었다. 그래서 어제 처음 스마트폰을 받은 후부터는 스마트폰을 손에서 놓지 못하고 있었다. 신기한 물건이었다.

"작은 사모님."

오늘도 정아는 정신없이 그녀에게 달려왔다. 저러다가 언젠가 한 번은 넘어질 것 같았다.

"정 사장님께서 오늘 저녁을 같이 먹자고 연락이 왔어요."

저녁을 그와 같이 먹는다는 건 생각도 못한 일이었다.

"그래서요, 제가 메이크업 박스를 가지고 왔어요."

"……."

"여기 들어오기 전에 메이크업을 조금 배웠거든요. 엄마가 하도 안정적인 직장을 원해서 여기에 들어오기는 했지만요. 제가 조금 이따가 해 드릴게요."

"전 괜찮아요."

"그래도 하셔야 해요. 오 집사님이 그러셨어요. 부부는 서로 사랑받기 위해 노력해야 한다고요. 전 작은 사모님이 정 사장님께

사랑받기를 원해요. 두 분은 너무 잘 어울리시거든요."

"……."

설아는 뭐라고 말해야 할지 알 수 없었다. 정아의 생각처럼 정
사장과 그녀의 관계는 동등하지 않았다.

"난 결혼하고 싶지 않아요."

"네?"

"정 사장님은 날 사랑하지도 않고 저도 정 사장님을 사랑하지
않아요. 난 이 결혼을 하고 싶지 않아요."

"아니요, 정 사장님은 작은 사모님을 사랑스러운 눈길로 보세
요. 전 사랑에 대해 잘 모르지만 그렇게 보여요."

정아는 로맨틱한 상상을 많이 하는 것 같았다. 하지만 지금은
소설 속의 사랑이 아닌 현실의 사랑이었다. 그럴 리가 없었다.

"난 여기서 나가고 싶어요."

"네?"

"그게 맞는 것 같아요."

"후……. 왜 그러세요. 여기 집안 어른들은 다 작은 사모님의
이야기만 하세요."

설아는 더는 말을 하지 않았다. 더 말했다가는 정아가 오 집사
에게 이 대화 내용을 전부 전할 것 같았다. 그러면 다시 갇힌 생
활을 할 것 같았기 때문이었다.

점심을 먹은 후에 정아는 그녀를 아로마 향이 가득한 욕조에 입욕시키곤 1시간 동안 명상의 말이 가득 담긴 CD를 틀어 주었다. 모든 종교의 좋은 말들은 다 들은 것 같다.

그리고 마사지를 해 주며 내내 정 사장에 대한 좋은 말들만 했다. 그러한 정아의 노력에 설아도 웃음이 나기 시작했다.

"왜 웃으세요?"

정아가 의아한 표정으로 물었다.

"노력이 가상해서요."

"제가 좀 주책이긴 하지만, 두 분이 잘되셨으면 하는 바람은 진심이에요."

"……."

한참 동안 마사지를 받은 후에 그녀는 정아의 야심 찬 메이크업을 받기 시작했다.

"오늘 저의 콘셉트는 뜨거운 밤입니다."

"……."

"히히, 뜨거운 밤을 보내 보지 않아서 모르겠지만 섹시하면 될 것 같아요."

정아는 순진한 아가씨였다.

"전 섹시하지 않아요."

"무슨 말씀을요. 베이비 페이스에 글래머러스한 몸매를 가지셨잖아요. 그게 섹시한 게 아니면 뭐가 섹시한 건가요?"

"……."

정아는 그녀의 모든 것을 좋게 보는 것 같았다.

"전 작은 사모님께서 정 사장님께 예쁘게 보였으면 하고, 행복해지려 노력하셨으면 좋겠어요. 그래서 예쁜 아기님도 태어나고 그러면 너무 좋을 것 같아요."

그녀는 밝게 웃고 있는 정아를 보았다.

"고마워요."

"당연한 일인데요."

"……나에게 이렇게 잘해 준 사람이 없었어요."

"……."

그녀에게 이렇게 진심으로 잘해 준 사람은 태어나서 처음인 것 같았다. 그게 너무 고마운 설아는 정아의 바람을 들어주고 싶은 마음이 들기도 했다.

"어머! 너무 예쁘세요."

메이크업이 끝이 나고 드레스 룸에 있는 옷을 입고 나자 설아가 보기에도 다른 여자가 거울 앞에 앉아 있었다.

"정 사장님도 마음에 들어 하실 거예요."

정아의 얼굴에 밝은 미소가 가득했다. 그런 정아를 보고 있으니 설아도 기분이 좋았다.

"고마워요."

"아니에요. 제 일이에요. 그리고 말씀 편하게 하세요."

정아는 편하게 말하라고 하지만 설아는 이게 편했다.

"차차……."

"네."

정 사장이 사랑채 앞의 정원에서 저녁 식사한다고 해서 직원들이 준비하느라 밖이 분주했다.

"이거 받으세요."

"……."

정아가 그녀의 손에 뭔가를 꼭 쥐여 주었다.

"이건……."

"네 잎 클로버예요. 이곳에 온 첫날 주운 거예요. 저에게 행운을 줬듯이 작은 사모님께도 행운을 가져다 드릴 거예요."

네 잎 클로버는 예쁘게 코팅이 되어 있었다.

"이렇게 귀한 걸 왜……."

"지금은 저보다 작은 사모님께 행운이 더 필요할 것 같아서요."

정아는 이렇게 말하고는 방을 나섰다. 설아는 마음이 따뜻해짐을 느꼈다. 이렇게 그녀를 위해 신경 써 주는 사람이 있다는 게 감동이었다. 설아는 오늘 정아의 바람을 들어줄 마음이었다. 오늘은 정 사장에게 친절하게 할 생각이었다.

정 사장이 오기 1시간 전이었다. 괜히 심장이 두근거리는 게 기분이 아주 묘했다. 정 사장과 처음 만난 날도 저녁 식사를 했었다. 그에 대한 인상은 언제나 강렬했다. 그를 생각하면 심장을 끈으로 조이는 느낌이었다. 그게 무슨 감정인지는 모르겠지만 확실한 건 싫은 느낌은 아니라는 것이었다.

그때였다.

"작은 사모님, 손님이 오셨습니다."

"손님?"

문이 열리더니 낯익은 얼굴이 그녀의 방으로 들어왔다. 매일 그녀의 식사를 챙겨 준 도우미였다.

"아주머니……."

갑작스러운 도우미의 등장에 설아는 적잖이 놀랐다. 혹시 그녀를 데려가려는 건 아닐까 하는 불안한 생각이 들어 서둘러 정아를 호출하는 벨을 눌렀다.

"잘 지내셨습니까?"

도우미는 언제나처럼 딱딱한 표정으로 그녀에게 안부를 물었다.

"여긴 어떻게……."

설아는 의자 속으로 몸을 깊숙하게 밀어 넣었다. 아버지의 사람들을 보는 것만으로도 소름이 돋았다.

"오늘은 백 회장님 심부름으로 왔습니다."

"아버지의…… 심부름?"

"네."

도우미 아주머니는 그녀에게 고급스런 보자기에 싸인 상자를 주었다. 설아는 보자기를 풀자마자 놀란 얼굴로 도우미를 보았다.

"이건……."

잘은 모르지만 이건 산삼 같았다. 상자의 뚜껑을 열자마자 산삼의 향이 방 안에 진동했다.

"산삼입니다. 지난번의 일을 사과하고 싶으시다고……."

"무슨 사과요? 때린 거요?"

설아는 화가 나서 목소리가 커졌다. 어이가 없었다. 그녀가 대한그룹에 시집오게 되자 잘 보이려는 것인가? 대한그룹의 위세가 대단하긴 한 것 같았다.

"계속 연락하신다고……."

"아뇨, 가지고 가세요. 전 연락할 일이 없을 것 같아요."

"백 회장님께서 아가씨의 도움이 필요하단 말을 전하라고 하셨습니다."

"도움?"

정말 구제 불능이었다. 10년간이나 학대한 딸에게 도움을 운운하다니. 양심이란 게 없는 사람 같았다.

"아가씨의 아버지십니다."

"그래서 딸을 그렇게 가두고 때려요?"

"아가씨!"

도우미가 마치 야단치는 것처럼 엄한 목소리를 냈다. 도우미는 언제나 이런 식이었다. 도우미의 눈에도 그녀가 하찮게 보였던 것이었다.

"이봐요, 무례하군요."

정아가 방 안으로 들어서며 말했다.

"네?"

도우미의 얼굴이 굳었다. 그녀는 자신이 설아의 매 끼니를 챙겨 준 걸 굉장히 고마워할 거라 생각했던 모양이었다. 도우미는 정아처럼 그녀를 인간적으로 대하지 않았다. 철저하게 식사만 가져다준 관계였다. 물론 약간의 연민을 보이긴 했지만, 그 이상도 이하도 아니었다.

"이제 그만 돌아가요. 다신 보고 싶지 않으니까."

"아가씨, 백 회장님의 말씀을 새기시는 게 좋을 겁니다."

이젠 아예 협박까지 했다.

"이봐요. 우리 작은 사모님께서 돌아가라잖아요. 다시는 보기 싫다고 하시잖아요. 사람을 그 지경으로 만들어 놓고, 산삼이 뭐래?"

어느새 정아가 도우미를 밖으로 밀어내며 구시렁거렸다. 그 모습에 웃음이 난 설아였다. 이제는 아버지에 대한 생각은 잠시 접어 두기로 했다. 당분간 생각을 정리할 시간이 필요했다.

그리고 정 사장의 마음을 알아보는 시간도 필요했다. 그다음에 설아는 어머니와 그녀를 이렇게 만든 아버지에게 복수할 생각이었다. 그녀의 한은 마음이 아닌 뼈에 새겨졌다. 그렇게 10년을 견뎠다.

설아가 미치지 않고 견딜 수 있었던 건 아버지에 대한 복수심 때문이었다. 그런데 알량한 산삼을 가지고 그녀에게 대한그룹과 태신그룹의 가교가 되라니 어이가 없었다. 아버지의 시커먼 속내에 구역질이 나올 것 같았다.

"작은 사모님……."

정아가 그녀를 작은 목소리로 불렀다. 정 사장이 왔다는 의미 같았다. 그녀는 자리에서 일어나 1층의 정원으로 향했다. 사랑채는 2층으로 된 건물이었다. 그녀의 방은 2층에 있었고 거실과 정원은 1층에 있었다.

그녀는 1층으로 내려오는 계단에 서서 걸음을 멈추었다. 루이

비통의 상큼한 레몬 컬러의 오프숄더 드레스를 입은 설아는, 무심한 듯 느슨하게 묶은 긴 머리를 한쪽 어깨에 늘어트린 채 정 사장을 내려다보았다. 정 사장은 뭔가에 충격을 받은 얼굴로 한참 동안 설아를 바라보았다.

그대로 시간이 멈춘 것 같다는 생각이 들었다.

4. 원치 않는 두근거림

두근두근.

하준은 자신의 심장 소리에 당황스러웠다. 사랑채로 걸어올 때 평소 걸음보다 빠르게 걷긴 했지만 그래도 뛰지는 않았는데, 이상하게 심장이 빠르게 뛰고 숨이 차올랐다.

두근두근.

설아 때문에 뛰는 게 아니라고 생각하려고 했지만, 그녀를 본다는 기대감에 그의 심장은 더욱더 미친 듯이 뛰었다.

설아를 못 본 지 며칠이 흘렀다. 죽을 먹여 준 이후론 눈코 뜰 새 없이 바쁜 하루하루를 보냈다. 설아가 잠든 시간에 집에 도착하는 바람에 그는 설아를 볼 생각도 하지 못했다. 가끔 창가에 서서 불 꺼진 사랑채를 바라보는 게 다였다.

하지만 오늘은 약속 하나가 취소되는 바람에 퇴근 시간이 빨라졌다. 그래서 오전부터 설아와 저녁을 먹겠다고 연락을 해 놓은 상황이었다.

연인을 보고 싶은 설렘이라기보다는 걱정스러운 마음이 앞섰다. 아버지로부터 맞은 상처는 괜찮은지, 사랑채의 생활은 불편하지 않은지 그것부터가 궁금했다. 사랑채의 정원에는 그가 주문한 대로 저녁 식사가 차려진 상태였다.

아직 설아는 1층으로 내려오지 않았다. 그래서 그가 안으로 들어가서 직접 데리고 오려는데, 계단을 내려오는 설아와 눈이 마주쳤다.

쿵쿵쿵.

이제는 심장이 마치 북처럼 그의 심장이 울렸다.

"허!"

헛웃음이 나와 버렸다. 하지만 시선은 그의 앞에 있는 설아를 향해 있었다. 자신이 얼마나 그녀를 타는 듯한 시선으로 보는지 그는 알지 못했다.

수없이 많은 미녀를 보아 온 하준에게도 지금의 설아는 아름답게 보였다. 며칠 동안 무슨 일이 일어났는지 몰라도 설아는 완벽하게 다른 사람이 되어 있었다.

얼굴에 생기가 도는 게 가장 달라진 부분이었다. 그리고 아름다운 어깨선을 드러낸 드레스는 그의 시선을 사로잡기에 충분했다.

드러난 어깨에 입을 맞추고 싶었지만, 그는 초인적인 자제력을 동원해 참았다.

"……."

둘은 말없이 한동안 서로를 응시하고 있었다. 설아의 고혹적인 갈색 눈동자가 그를 보았다.

하준은 충격을 받았다. 그 어떤 여자도 그의 심장을 이렇게 조이게 만들지는 못했다.

'뭐지?'

잠시 멍하게 있던 그가 발걸음을 옮겨 설아가 있는 계단으로 향했다.

"아름다워."

"……감사해요."

그의 칭찬에 설아는 얼굴뿐만 아니라 목덜미까지 붉어졌다. 그녀가 오랜 시간 갇혀 살았던 걸 몰랐다면 하준은 설아의 이런 반응을 결코 순진한 반응이라고 생각하지 않았을 것이다. 이런 작은 부분까지도 남자를 유혹하기 위한 것으로 생각했을 게 틀림없었다.

그를 향해 맹목적으로 달려드는 여자들의 반은 이렇게 순진한 척을 했고 반은 대담하게 덤벼들었기 때문이었다. 한마디로 하준은 여자에 대해 너무 잘 알았다. 하지만 지금 설아는 너무 매력적이었다.

계단에서 내려오는 설아의 손을 잡은 하준은 자유로운 반대쪽 손으로 자신의 심장을 눌렀다. 그렇게 하지 않으면 심장이 튀어나올 것 같았기 때문이었다.

"이렇게 화장을 하니 몰라보겠어."

그의 목소리가 잠겨 있었다.

"정아 씨가 해 줬어요."

"정아?"

"제 담당 도우미요."

"월급을 올려 줘야겠군."

그는 가볍게 말을 하고는 설아의 의자를 빼 주었다.

"감사해요."

설아의 목소리가 허스키하다는 걸 오늘 처음으로 느꼈다. 지난번엔 못 느꼈는데, 이상했다.

"목소리가 원래 이렇게 허스키한가?"

"아니요, 오늘 목이 좀 부어서……."

"의사는?"

"오늘 진료를 받았어요. 많이 좋아졌다고 했어요."

감기로 인해 목소리가 잠긴 모양이었다. 왜 이런 것에 기분이 상하는지 알다가도 모를 일이었다. 여자에게 이렇게 세세한 부분까지 신경 써 준 적은 없었다. 아마 설아는 오랫동안 학대를 받았던 사람이기에 사소한 것에도 신경이 쓰이는 것 같았다.

"약은?"

"있어요."

약이라니. 기가 막힌 말을 아주 자연스럽게 했다. 왜 이렇게 생각과는 다른 말들이 툭툭 튀어나오는 걸까? 설아의 붉은 입술이 오늘따라 그의 시선을 사로잡았다. 음식보다는 설아의 입술을 삼키고 싶었다.

"온종일 뭐 했어?"

궁금하지도 않았지만, 지금은 자신의 욕망을 누를 필요가 있었다.

"그냥…… 오늘은 정아 씨가 예쁘게 치장해 줬어요."

"왜?"

왜라니, 너무나 빤한 일인데 그는 그녀의 입으로 답을 듣고 싶었다.

"정 사장님께 예쁘게 보여야 한다고 해서……."

마음에 드는 답이 나왔다.

"예뻐."

"⋯⋯감사해요."

"감사하다는 말이 진심으로 안 들리는군."

"사실은, 예쁘다는 것보다 섹시하다는 말이 더 듣고 싶었어요."

"⋯⋯."

그녀의 뜻밖의 말에 하준의 말문이 막혔다. 그게 무슨 뜻인지나 알고 말하는 건지⋯⋯.

"죄송해요. 너무 솔직하게 말했나요?"

그녀의 얼굴이 빨개졌다.

"뭐가 죄송하지? 궁금해서 물어본 건데. ⋯⋯섹시해."

그는 태연한 척하며 말했다. 안 그러면 그녀의 입술에 키스할 것 같았다. 보는 눈들만 없다면 그녀를 식탁 위에라도 눕히고 싶었다. 하지만 설아가 원하지 않으면 그도 자제할 생각이었다.

"다행이다."

"뭐가 다행이지?"

"예쁜 것보다는 섹시한 게 사장님이 더 좋아할 것 같아서요."

"무슨 뜻인지나 알고 말하는 건가?"

"네, 알아요."

하준은 저도 모르게 스테이크를 썰기 위해 칼을 든 손에 힘을 줬다. 섹스가 아닌 말로 이렇게 자극을 받은 적은 처음이었다. 순진한 걸까 아니면 그가 경험한 여자들보다 한 수 위인 걸까?

그렇게 말을 하고도 설아는 아무렇지 않게 스테이크를 먹고 있었다. 그녀가 스테이크를 먹으며 몸을 살짝 숙일 때마다 슬며시 가슴골이 보였다.

투명할 정도로 하얀 피부에 풍만한 가슴은 그의 시선을 사로잡을 만했다.

그녀가 의도했든지 의도하지 않았든지, 지금 하준은 입술의 침이 마르고 있었다. 그렇게 고문 같았던 식사 시간이 끝나고, 그들은 와인을 한 잔씩 마셨다. 무더운 여름이라서 그런지 벌레들이 극성이었다.

"안으로 들어갈까?"

"네."

벌레들을 피해 그들은 사랑채 안으로 들어갔다. 2층 창가에 서자 그의 방이 보였다.

"저기가 내 방이야."

그가 손으로 자신의 방이 있는 곳을 가리켰다.

"멀긴 하지만 그래도 여기서 보이네요."

설아의 목소리도 잠겨 있었다. 그렇게 말하는 사이에 서로의 어깨가 닿았다.

"맞아. 불이 켜져 있는지 꺼져 있는지는 알 수 있어."

"몰랐어요. 저 방이 정 사장님의 방인지……."

그들의 시선이 묘하게 부딪쳤다.

"와인은 처음이라서……."

그녀가 시선을 피했다. 하지만 그걸 가만히 둘 하준이 아니었다. 그녀의 손에서 와인 잔을 빼앗은 그는 단숨에 그녀의 잔에 남은 와인을 마셔 버렸다. 그리고 자신의 빈 잔과 함께 창가에 아무렇게나 잔을 두었다.

"날 자극하는 이유가 뭐지?"

그녀의 잘못은 너무 섹시하다는 것이었다. 하준은 자신이 짐승이 된 것 같아서 화가 났다. 그는 자신을 원하지 않는 여자는 본 적이 없었다.

하지만 설아에게는 자신이 없었다. 그녀가 그를 거부하면 어떨지 상상만으로도 괴로웠다.

"전…… 그런 적 없어요."

"날 자극하지 않아도 우린 결혼할 거야."

하준의 목소리가 심하게 잠겨 들었고 그의 눈동자가 위험스럽게 짙어지고 있었다. 그의 눈이 설아의 입술에 고정되었다.

"알아요."

"그런데 왜?"

"아니……. 읍!"

그가 저도 모르게 그녀의 얼굴을 양손으로 감싸 꼼짝 못하게 만든 후에 그대로 입술을 삼켜 버렸다. 설아는 처음엔 달아나려고 하더니 그의 힘을 못 당하겠는지 금세 얌전해졌다. 마주 닿은 입술이 주는 느낌은 황홀했다.

지난번 키스보다 천 배는 더 좋았다. 그 느낌 때문에 그는 웃음을 터트릴 뻔했다. 다른 이유 때문이 아니라 이런 생각을 하는 자신을 이해할 수 없기 때문이었다. 그래서 한참을 푹신하고 부드러운 입술에 자신의 입술을 대고만 있었다. 다음 행동을 한다면 판도라의 상자가 열리듯이 그의 욕망이 터져 버릴 것 같았기 때문이었다.

그러다가 아주 조금만 혀를 움직여 보기로 했다. 그의 혀는 설아의 입술을 조금씩 더듬었다. 갑자기 하준은 자신의 혀가 다른 뇌의 명령을 받는 것처럼 다급하게 설아의 입술을 가르고 들어가는 걸 느꼈다.

뭐지? 라고 생각할 겨를도 없이 그는 설아의 턱을 쥐고 있는 손에 힘을 주어 그녀의 입술을 벌렸다. 그리고 그 안에 자신의 혀를 밀어 넣었다. 설아가 머리를 못 빼게 그녀의 뒤통수를 단단히 잡고 다른 손으로는 설아의 허리를 감았다.

"흡!"

이건 설아의 소리가 아니었다. 그녀의 입안을 미친 듯이 헤치던 그의 입에서 나온 소리였다. 설아는 크게 반응하지 않았다. 아니, 당황했는지 몸이 굳어 버린 것 같았다. 그냥 그가 하는 대로 가만히 있었다.

그러다가 그가 설아의 혀를 깊게 빨아들이자 화들짝 놀라 몸을 빼려 했다. 하지만 이미 판도라의 상자가 열려 버린 하준은 설아를 놓아주고 싶은 마음이 없었다. 이렇게 키스만으로 그를 자극하는 여자는 없었다.

"으으읍!"

이번엔 설아의 신음이었다. 그가 설아의 혀뿌리를 뽑을 듯이 혀를 빨아들였기 때문이었다. 설아의 반응에 그의 온몸의 피가 아래로 몰리는 느낌이었다. 그는 혀를 감았다가 놓기도 하고 그녀의 고른 치열을 혀로 훑기도 하면서 이 강렬한 느낌이 뭔지 찾아내려 했다.

하지만 그가 찾아내려고 할수록 이상하게 더 강한 자극이 그를 휘감고 있었다. 그의 손이 어느새 그녀의 가슴을 감쌌다. 설아는 꽉 잡으면 부러질 것같이 마른 몸을 가졌지만 가슴은 달랐다. 그의 손이 다 감싸지도 못할 정도로 풍만한 가슴이었다.

"핫!"

그가 저도 모르게 그녀의 오프숄더 드레스를 어깨 아래로 내려 버렸다. 놀란 설아가 옷을 올리려 했지만, 그의 손에 의해 저지당했다. 옷은 허리까지 벗겨진 상태였다. 마치 비너스가 상체를 드러내 놓은 것 같았다.

"가리지 마."

그는 잔뜩 잠긴 목소리로 이렇게 말하고는 그녀의 가슴을 어루만졌다.

"아름다워."

옅은 분홍색의 유두는 아무도 건드리지 않았음을 그대로 보여 주고 있었다. 그는 저도 모르게 설아의 유두를 입술로 물었다.

"헉, 안 돼요……!"

놀란 설아가 그의 머리를 밀어냈지만 이번에도 그의 힘을 당해 내지는 못했다.

"아아악!"

"츄읍 츄읍."

설아의 비명에 가까운 신음에도 아랑곳하지 않고 하준은 유두를 빠느라 정신이 없었다. 그 느낌이 황홀했다. 그녀의 유두에서 천상의 과일 맛이 났다.

"미치겠어."

"아아아……."

그의 말에도 설아는 허리를 꺾으며 그를 밀어내고 있었다. 하지만 그것도 잠시, 설아도 그가 주는 찌릿한 느낌에 사로잡힌 듯 잠잠해졌다.

더는 참을 수가 없어진 하준이 설아를 안아 들었다. 그리고 빠르게 그녀의 침대로 움직였다.

"참을 수가 없어."

"……."

그는 이렇게 말하고는 침대 위에 설아를 눕히고 남은 옷도 단숨에 벗겨 버렸다. 지금 설아가 입은 거라고는 흰색의 레이스 팬티뿐이었다. 하준은 자신의 깊은 곳에서 뭔가 다른 것이 올라오는 느낌을 받았다.

이성이 아닌 본능에 충실한 짐승 같은 것이 튀어나온 느낌이었다. 오늘 설아를 갖지 못한다면 죽을 것 같았다. 그는 으르렁거리며 자신의 슈트를 벗어 던지기 시작했다. 어떻게 옷을 벗었는지 기억이 나지 않았다.

어느새 그는 알몸이 되어 설아가 누워 있는 침대로 뛰어들었다.

"난……. 읍!"

설아가 무슨 말을 하려고 했지만, 그의 입술에 의해 막혔다. 그의 몸 아래 한 치의 오차도 없이 겹쳐진 설아의 몸은 그에게 강한 자극이 되었다.

츄읍 츄읍.

그녀의 영혼까지 빨아들일 정도로 하준은 설아의 혀를 빨아들였다. 그리고 그의 입술은 설아의 목으로 옮겨 갔다.

"난…… 처음이에요."

"……."

입술이 자유로워진 설아가 조금 전에 하려 했던 말을 했다.

"예상했어. 조심스럽게 할게."

멈춘다는 말은 할 수가 없었다. 그리고 조심스럽게 할 수 있을지도 자신이 없었다. 그렇게 하기엔 설아의 몸이 너무나 자극적이었다.

"아흐……."

그의 입술이 다시금 설아의 유두를 물자 설아가 허리를 휘었다. 그는 설아의 허리를 따라 손을 움직였다. 아름다운 몸이었다. 그의 손바닥에 닿은 그녀의 부드러운 감촉도 좋았다. 아직 페니스를 그녀의 몸 안에 넣지도 않았는데 하준은 그 어느 때보다 격한 쾌감을 느꼈다.

"하아……."

이렇게 좋은데 페니스를 설아의 촉촉한 질 안에 넣는다면 얼마나 좋을까? 그는 벌써 기대감에 몸을 떨었다. 그의 손이 어느새 그녀의 검은 숲에 와 닿았다. 손바닥에 까칠한 느낌이 닿았다.

그녀 몸 중에 유일하게 부드럽지 않은 장소였지만 이상하게 검은 숲도 부드럽게 느껴졌다.

"으윽, 도대체 부드럽지 않은 곳이 어디지?"

"아아앙……."

하준의 굵은 손가락이 여성을 가르자 설아는 몸을 틀며 신음했다. 손가락이 벌써 애액으로 젖었다. 아직 질에 넣지도 않았는데 이렇다면 그녀의 질은 얼마나 젖어 있을까? 기대감이 차올랐다.

그는 설아의 다리를 벌리고 손가락을 넣었다.

"아악!"

이물감에 설아가 소리치며 자신의 손을 잡았다.

"괜찮아."

그는 젖은 목소리로 이렇게 말하며 그녀의 질 안으로 손가락을 살며시 밀어 넣었다.

"이, 이상해요."

설아가 진저리를 쳤다.

"아아아, 이상해. 빼요……."

하지만 그녀의 질이 그의 손가락을 잡고 놓아주지 않았다. 그는 설아의 다리를 손으로 벌리고는 더 깊이 손가락을 넣었다. 그의 손가락이 움직이자 설아가 몸을 틀었다. 욕망에 몸을 떠는 설아를 보니 더는 참기 힘들었다.

하준은 설아의 다리 사이에 몸을 세우고는 자신의 굵은 페니스를 한 손으로 잡아 설아의 여성에 문지르기 시작했다.

"서, 설마……."

설아는 그의 대물을 보고는 소스라치게 놀라 몸을 빼려 했다.

"괜찮아."

그는 설아를 달래며 그의 페니스를 설아의 작은 구멍에 밀어넣기 시작했다. 하지만 남자의 페니스를 처음으로 받아들이는 설아는 그의 페니스를 쉽게 받아들이지 못했다.

"으윽!"

"아아악!"

고통은 하준과 설아 둘 다 동시에 느껴지고 있었다. 들어가려는 자와 거부하는 자의 싸움이었다. 하지만 결과는 싱겁게도 그의 승리였다. 그녀가 힘들게 받아들이긴 했지만, 그의 페니스가 그녀의 질 안으로 힘차게 들어갔다.

"아악!"

"윽!"

그는 페니스를 끊어 버릴 듯이 조이는 설아 때문에 미칠 것 같았다. 설아는 정말 명기를 가지고 태어난 몇 안 되는 여자 같았다. 그녀의 질은 요물이었다. 어찌나 그의 페니스를 조이는지 그는 금방 사정감을 느끼고 있었다.

이렇게 허무하게 그녀의 첫 경험을 망칠 수는 없었다. 그는 조금씩 허리를 움직이기 시작했다.

"아파……!"

"으윽!"

허리를 움직일 때마다 설아는 아직 고통을 느끼는 것 같았다. 하지만 하준은 멈출 수가 없었다. 허리를 움직일 때마다 설아가 부서질 것 같다는 생각은 들었지만, 그는 자신을 멈출 방법을 알지 못했다.

이렇게 무섭도록 여자를 원한 적은 없었다. 그는 설아와의 섹스에 강한 쾌감을 느끼기도 했지만 두려움도 느껴졌다.

"아아앙!"

고통스러워만 할 줄 알았던 설아가 그의 아래서 허리를 움직이기 시작했다. 조금씩 쾌감을 알아 가는 것 같았다.

퍽퍽퍽!

그도 마지막을 향해 빠르게 허리를 움직였다. 모든 에너지를 쏟아붓지 못하고 절제하면서 하려고 하니 온몸이 땀으로 젖을 정도로 힘이 들었다.

"으으윽!"

"아악!"

마침내 그는 자신의 분신들을 그녀 안에 쏟아부었다. 그리고는
힘없이 그녀의 위로 무너져 내렸다.

"헉헉헉……."

거친 숨이 잦아들 것 같지 않았다. 그는 아직 흥분해 있었고 그
의 몸은 다시 한 번 그녀를 갖길 원하고 있었다. 여자를 같은 날
연달아 안은 적은 한 번도 없었다.

이렇게 그의 분신들을 쏟아 내면 그는 침대에서 몸을 일으켜
샤워하러 갔다.

하지만 지금은 달랐다. 설아의 얼굴을 살피며 그는 또 한 번
의 기회를 살피고 있었다. 그런 자신을 생각하니 웃음이 나왔
다.

"훗!"

"왜, 왜요? 제, 제가 무슨……."

그의 웃음에 설아가 오해한 모양이었다. 긴장했는지 다시 말을
더듬었다.

"아니야……."

하준은 그녀의 얼굴에 붙은 머리카락을 쓸어 넘겼다.

"아팠어?"

"……."

그녀가 고개를 끄덕였다.

"다음엔 괜찮을 거야."

"……."

그녀가 땀에 젖은 얼굴로 그를 올려다보았다.

"또 하고 싶다."

"……."

토끼 눈을 하고 그를 바라보는 설아가 귀여워 그는 설아의 입술에 살짝 입을 맞추었다.

"오늘은……."

처음이니까 참을게, 라는 말을 하고 싶었지만 대신 설아의 입술에 짙은 키스를 했다. 미칠 것 같았다. 벌써 그의 페니스는 단단해져 있었다.

"안 되겠다."

그는 이렇게 말하고는 얼른 침대에서 몸을 일으켰다. 그리고는 서둘러 옷을 입고는 뒤도 돌아보지 않고 그녀의 방을 나섰다. 그가 밖으로 나오자 정리 중이던 직원들이 일제히 동작을 멈추었다.

그리고 그가 사랑채를 완전히 빠져나갈 때까지 그들은 멈춰 있었다. 아마 그와 설아가 무슨 일을 했는지 다 알고 있을 것이다. 그의 와이셔츠 단추가 다 사라지고 없었기 때문이었다.

평소에 한 치의 흐트러짐도 없었던 하준이라 다들 놀랐을 것 같았다.

"하하하……."

갑자기 하준은 웃음을 터트렸다.

"멍청한 놈."

여자에게 얼이 빠진 자신의 모습이 한심하기도 했지만 웃기기도 했다. 그는 스스로 멍청하다고 일갈하고는 자신의 방으로 들어갔다.

그리고 창가에 서서 늦게까지 불이 꺼지지 않는 설아의 방을 멍하게 바라보았다.

당장 설아가 있는 사랑채로 뛰어가지 않으려 애를 쓰면서…….

설아는 침대 시트에 얼굴을 묻고는 고함을 질렀다. 방금 무슨 일을 저지른 것인지 스스로도 놀랄 지경이었다.

"미쳤어……."

사실 그녀도 내심 오늘 그와 지난번처럼 키스 정도는 하지 않을까 생각했다. 하지만 섹스까지 하게 되리라고는 상상도 하지 못했었다. 이게 도대체 무슨 일인지 설아는 지금 상황이 기가 막혔다.

침대는 어수선했고 그녀는 실오라기 하나 걸치지 않고 있었으며, 아랫도리는 욱신거렸다.

"백설아······. 아악!"

그녀는 다시 침대에 얼굴을 묻고는 소리를 질렀다. 사람들이 방 안에서 무슨 일이 벌어졌을지 다 알 텐데 어떻게 얼굴을 보나 하는 생각이 들었다.

똑똑.

그때였다. 오 집사님이 방문을 열고 들어왔다.

"침대 시트 갈아 드리겠습니다."

"네?"

놀란 설아가 침대를 보니 핏자국이 하얀 시트에 가득했다.

"그동안 욕조에 몸을 담그시는 게 내일을 위해 좋을 것 같습니다."

오 집사님은 아무렇지 않은 듯 편안하게 말했고, 그 옆에 침대 시트를 들고 서 있는 정아는 그녀처럼 얼굴이 홍당무로 변해 있었다.

"뭐 해, 어서 도와 드리지 않고. 침대 시트는 이리 주고 작은 사모님 가운 가져다 드려."

"네."

당황한 정아가 침대 시트를 오 집사에게 주고는 가운을 가져다가 그녀의 어깨 위에 걸쳐 주었다.

"괜찮아요, 제가 할게요."

설아가 가운을 혼자 입으려고 하자 오 집사가 또다시 정아를 혼냈다.

"네 일이다."

"네."

어쩔 수 없는 상황이었다. 이제 창피할 것도 없었다. 설아는 빠르게 욕실로 가서 샤워를 했다. 그리고 그동안 정아가 물을 받아 놓은 욕조에 들어가서 몸을 담갔다.

"축하드려요."

"……."

"그런데 밖으로 나오시는 정 사장님을 보고 다들 깜짝 놀랐어요."

"……."

왜 정 사장을 보고 놀랐는지 설아는 이해가 가지 않았다.

"정 사장님은 각이 딱 잡히신 분인데, 얼마나 뜨거운 시간을 보내셨는지 다 티를 내고 나오셨거든요. 와이셔츠의 단추가 다 어디로 갔는지 가슴이 훤히 보이더라고요. 가슴 근육이 막 그냥!"

"……."

순간 정아가 그녀의 얼굴을 보고는 입을 다물었다.

"죄송해요."

"정말…… 그리고 나가셨어요?"

"네, 아주 야성적으로 나오셨어요. 제가 두 눈으로 똑똑히 봤어요."

"내가 미쳐……."

그녀는 이렇게 말하고는 욕조 속으로 잠수를 했다.

"다들 부러워서 그러는 거예요."

"……그만."

"네."

그녀가 얼굴만 내밀고 말하자 정아가 입을 다물었다. 태어나서 이렇게 부끄러웠던 적은 없었다.

"그래도 다들 정 사장님이 좋은 짝을 만난 것 같다고 좋아해요. 그동안 너무 깐깐해 보이셨는데, 지금의 약간 나사 풀린 모습이 훨씬 좋아요. 전에는 인간적이지 않았거든요. 너무 완벽해서……."

"후……."

"뭐가 걱정이신 거예요?"

"다요. 난 이제 얼굴 못 들고 다닐 것 같아요."

"사랑받은 게 무슨 죄인가요? 부끄러운 일이 아니라 부러운 일이에요."

정아의 말이 조금도 위로가 되지 않았다.

5. 타오르는 열정

"혹시 감기 걸리셨습니까?"

규인이 서류를 전하며 걱정스런 얼굴로 물었다.

"아니, 감기 아니야."

"그런데 얼굴이 붉습니다."

"더워서 그래."

"에어컨의 온도를 조금 낮출까요?"

"……."

귀찮은 녀석이었다. 옆에 있는 규인이 귀찮은 게 아니라 이 자리에 없는 설아가 그를 귀찮게 하고 있었다. 온몸의 열기가 어제 이후로 식지 않았다. 섹스 경험이 많은 그에겐 이상한 일이 아닐 수 없었다.

몸이 뜨거웠다. 설아를 생각할수록 몸이 더 뜨거워졌다. ……
아닐 것이다. 규인의 말대로 감기에 걸린 건 아닐까?

"감기약 있으면 줘 봐."

"네?"

갑작스러운 하준의 말에 규인이 놀란 것 같았다.

"해열제가 강하게 들어가 있는 걸로."

규인이 바로 감기약을 가져왔고 그는 단숨에 감기약을 먹었다.

"그거 한 알만 드시는 건데……."

"괜찮아."

"졸음이 쏟아지는 약인데, 그렇게 드시면 어떻게 합니까?"

"내가 먹고 싶어서 먹는 줄 알아?"

"……."

그가 신경질을 내자 규인이 입을 꽉 다물고는 그를 보았다.

"미안해. 화를 내려던 건 아니야."

"확실히 몸살감기 증상이 있는 것 같습니다. 병원에 가시는
게……."

"괜찮아."

그는 서류를 다시 검토하기 시작했다.

"이건 태신건설의 인수 합병 건입니다."

"태신?"

태신이라는 말에 그는 정신이 번쩍 들었다. 설아와 관련이 된 모든 것에 신경이 쓰이는 하준이었다.

"네, 건설사 중에선 3위 안에 드는 기업인데, 몇 년 전부터 회사 내부에 구멍이 생겨서 지금은 재정 상태가 완전히 바닥입니다."

"……."

"회장에서부터 간부들까지, 회삿돈을 마구잡이로 써서 그런 거죠. 횡령 및 배임으로 구속이 된 간부들만 다섯 명이 넘습니다."

"그런데 왜 다들 이 회사를 눈독 들이는 거지?"

"바로 태신건설의 오랜 노하우와 기술 때문이죠. 아파트 건설보다는 특수한 공사에 최적화되어 있는 회사거든요. 예를 들어 댐이나 발전소, 운하나 다리 같은 특수한 건설 기술이 있습니다. 그래서 자본력이 있는 우리 대한건설이 인수한다면 시너지 효과가 클 겁니다."

"백 회장이 회사를 넘기려 들지 않을 텐데? 아마 내가 결혼하는 걸 빌미로 자금 지원을 받으려고 하겠지."

"하지만 그렇게 되면 밑 빠진 독에 물을 붓는 격입니다."

백 회장은 설아와 그의 결혼을 빌미로 쓰러져 가는 그의 회사를 구원할 생각인 것 같았다. 만약 설아의 주식에 관한 이야기를 알게 된다면 더욱더 그렇게 될 것이다. 설아를 빼앗아 가기 위해 혈안이 될 게 뻔했다.

태신그룹의 전체 주식보다 설아가 가지게 될 주식이 더 많았다. 아마 그 주식을 팔면 태신건설을 열 개쯤 만들고도 남겠지.

"일단은 다른 기업들의 상황도 지켜봐. 분명 눈독을 들이는 업체들이 있을 거야."

"알겠습니다."

하준은 의자를 뒤로 젖혀 잠깐 눈을 감았다. 아직도 몸이 뜨거웠다. 점심시간도 되기 전에 이렇게 미친 듯이 열기를 뿜어내니, 저녁까지 견디는 건 무리였다.

"점심 약속은?"

"오늘은 없습니다."

"알았어."

"네?"

그가 재킷을 들었다.

"하지만 오후에는 2시에 여의도에서 민 의원님을 뵙기로 했습니다."

"……"

그가 사무실을 나서자 규인도 빠르게 그를 따라나섰다.

"2시에 여의도로 바로 갈 테니까. 그리로 와."

"네?"

그렇게 말한 그는 지하 주차장으로 향했다.

"어디로 모실까요?"

운전기사가 당황하지 않고 그에게 물었다.

"본가로 가 줘."

"네."

그는 정말 설아 때문에 이렇게 몸에서 열이 나는 건지, 아니면 그저 감기 때문에 이러는 건지 알고 싶었다. 뭐가 문제이기에 이렇게 뜨거워지는지, 그리고 어떻게 하면 이 기분 나쁜 열기에서 빠져나올 수 있을지 알고 싶었다.

"정 사장님!"

집에 도착하자마자 오 집사와 마주친 하준이었다.

"……."

그는 고개만 숙여 인사하고는 사랑채로 급하게 발길을 옮겼다. 설아는 사랑채 정원에 있는 의자에 앉아 차를 마시고 있었다. 조용히 뭔가를 바라보고 있는 그녀는 아름다웠다. 꽃무늬 원피스를 입고 머리는 포니테일로 묶은 설아는 화장을 했을 때보다 훨씬 어려 보였다.

"정 사장님!"

전담 도우미인 정아가 그를 보고는 화들짝 놀라 허리를 숙였다. 그제야 그가 온 걸 안 설아가 놀란 얼굴로 그를 보았다.

"아무도 들이지 마."

정아에게 이렇게 말한 하준은 설아의 손을 잡고는 사랑채 안으로 들어갔다.

"오늘 쉬는 날이에요?"

놀란 눈을 한 설아가 그에게 물었다.

"아니."

간략하게 답을 하며 그는 빠르게 2층으로 올라갔다.

"그런데……."

"내가 미친 것 같아."

그가 저도 모르게 중얼거리고는 자신이 한심한지 고개를 가로 저었다.

"……."

빠르게 걷고 있는 그를 따라가느라 설아는 거의 뛰고 있었다.

"무슨 일이세요? 제가 뭘…… 잘못한 건가요?"

"아니."

불안했는지 설아가 숨이 찬 목소리로 물었다.

쿵!

2층 침실에 들어서자마자 하준은 설아를 벽으로 밀어붙여 벽과 그 사이에 설아를 가두었다.

쿵 쿵 쿵!

심장이 미친 듯이 뛰었다.

"왜 ······이러는 거예요?"

설아의 가슴이 들썩거릴 때마다 그의 가슴에 닿는 바람에 미칠 것 같았다.

"확인해야겠어."

"네? ······읍!"

그는 단숨에 설아의 입술을 삼켜 버렸다. 그리곤 한 손으로는 설아의 뒷목을, 다른 한 손으로는 가는 허리를 잡고 그에게서 빠져나갈 수 없게 만들었다.

"으으읍!"

키스만으로 또다시 그의 온몸의 피가 아래로 쏠리는 느낌이었다. 이 여자의 뭐가 이렇게 그를 강하게 자극하는지 알 수 없었다.

"하악!"

그의 손이 다급하게 설아의 가슴을 만졌다. 너무나 풍만한 가슴이었다. 그녀의 유두를 지금 맛보지 못한다면 죽을 것 같았다.

쫘악!

꽃무늬 원피스를 양손으로 찢어 버린 하준은 멍하게 설아의 모습을 보았다. 이렇게 아름다운 여자가 또 있을까? 그는 완전히 설아의 몸에 매료되어 버렸다. 그는 찢어진 원피스를 어깨 아래로 내리고 그녀의 마지막 남은 옷인 팬티마저도 찢어 버렸다.

하준은 다급하게 설아의 유두를 물었다. 어제 그가 새겨 놓은 키스 마크들이 온몸에 가득했지만 그는 아랑곳하지 않고 오늘 또 다시 그녀의 몸에 뜨거운 꽃들을 새겨 놓았다.

츄읍 츄읍!

"아아앙……."

이젠 설아의 신음마저 그의 귀를 자극했다.

"이래도 되는 걸까?"

"……."

"미치겠어. 다 먹어 버리고 싶다."

"아아앗!"

그녀의 유두를 처음보다 더 강하게 빨았다. 이렇게 하지 않으면 미칠 것 같았다. 온몸이 타들어 가는 것 같았다. 그는 설아의 가슴을 빨며 손으로는 그녀의 여성을 주무르기 시작했다. 그 못지않게 설아의 몸도 뜨거웠다. 둘은 용광로에 뛰어 든 느낌이었다.

"벌려."

"아훗!"

그가 벌린 다리 사이로 손가락을 넣었다. 촉촉하게 젖어 있는 설아의 질이 그를 격하게 환영하고 있었다. 그녀의 움찔거림이 그대로 느껴지고 있었다.

"아…… 넣고 싶어."

그는 빠르게 바지만 벗었다. 옷도 벗지 않고 이렇게 서 있는 채로 여자를 가진 건 처음이었다. 미친 게 분명했다.

"아아악!"

그녀의 다리 하나를 들고 하준은 자신의 페니스를 설아의 질에 빠르게 밀어 넣었다.

"아, 아파……."

"으윽!"

설아는 아프다면서도 팔로 그의 목을 꼭 끌어안으며 그를 받아들였다.

퍽 퍽 퍽!

그의 허리 짓이 지난밤보다 더 강했다.

"아아악!"

설아의 신음 소리도 어제보다 더 커졌다. 그의 페니스를 집어삼키고 놓아주지 않는 설아의 질은 정말 명기 중의 명기였다.

"으으윽!"

이렇게 빠르게 사정감이 오다니 믿어지지 않았다. 그는 설아의 입에 깊은 키스를 하며 혀를 빨아 당겼다.

츄읍 츄읍!

서로의 혀가 얽히고 아래에선 그녀와 그가 하나가 되어 있었다. 이런 아찔한 경험은 처음이었다. 그는 미칠 것 같았다. 이렇게 한 번으로는 끝낼 수 없었다. 하지만 2시의 약속을 지키려면 이쯤에서 끝내야 했다.

"헉헉헉……. 으윽."

그는 자신의 분신들을 그녀 안에 쏟아 냈다.

"헉헉헉……."

설아도 그와 함께 거친 숨을 몰아쉬며 몸을 부르르 떨었다. 마침내 그가 설아를 놓아주었다.

"이런 적은 처음이야."

"감기는……."

설아는 그가 한 말을 기억하며 말했다.

"감기가 아니었어."

그가 설아의 입에 입을 살짝 맞추었다.

"이러면 안 되는데……."

하준은 생각이 복잡해졌다.

"뭐가…… 이러면 안 된다는 거죠?"

"아니야, 이 얘기는 퇴근하고 하자. 기다려 줄 거지?"

"……."

설아가 대답 대신에 고개를 끄덕였다. 바지를 올린 하준은 설아를 다시 한 번 안았다. 아무것도 입지 않은 설아 때문에 또다시 페니스가 단단해졌다. 하지만 더는 지체할 시간이 없었다.

"다녀올게."

"네……."

그는 아쉬움을 뒤로하고 집을 나섰다.

설아는 그가 떠난 자리를 멍하게 바라보았다. 한낮에, 그것도 침대가 아닌 벽에 기대서서 그녀는 섹스를 했다. 그가 왜 이러는 것인지 알 수 없었지만, 그는 분명 그녀와의 섹스에 만족하는 게 틀림없었다.

똑똑똑!

"작은 사모님."

"자, 잠깐만요."

설아는 정신을 차린 후에 서둘러 찢어진 원피스를 쓰레기통에 버리고, 드레스 룸으로 가서 편한 원피스로 갈아입었다. 다른 사람들에게 그와 어떤 일을 벌였는지 알릴 수는 없었다. 다시 한 번 옷을 살핀 설아는 그제야 문에 대고 말했다.

"네, 들어와요."

"작은 사모님……."

밝게 웃으며 들어 온 정아는 그녀의 모습을 보고는 그대로 멈
춰 버렸다.

"왜요?"

"두 분, 너무 뜨거우신 거 아니에요?"

정아는 고개를 절레절레 흔들었다. 정아의 행동에 불안감이 더
했다.

"……."

정아는 그녀를 데리고 거울 앞으로 갔다. 거울을 본 설아는 그
자리에 주저앉고 싶었지만 그저 눈만 감았다. 거울 속, 설아의 모
습은 산발이 된 머리에 퉁퉁 부은 입술을 하고 있어 방금 전 그들
이 무엇을 했는지를 그대로 보여 주었다. 옷을 갈아입는 것만으
로는 숨길 수가 없었다.

"오 집사님께서 준비하시라고……."

"……무슨 준비요?"

"큰 사모님께서 1시간 후에 사랑채로 오신다고 하셔서요."

"큰 사모님이요?"

"아니, 작은 사모님의 시어머님이요."

정아가 호칭을 정정해 주었다. 이제 시어머니가 될 분이셨다.

"어쩌죠?"

"당당하게 행동하세요. 작은 사모님은 정 사장님의 사랑을 담

뿍 받으시니까, 큰 사모님에게 밀릴 이유가 없으세요.”

정아는 언제나 그녀에게 힘을 불어넣어 주었다.

“나한테 왜 이렇게 잘해 주는 거예요? 일이라서 그러는 거라면…….”

“전 오 집사님처럼 훌륭한 집사가 되고 싶어요. 물론 처음부터 그런 생각을 가진 건 아니었지만, 여기 오고 옆에서 오 집사님을 지켜보면서 저도 그렇게 되고 싶어졌어요. 오 집사님에게는 큰마님이 계시고 두 분은 상하 관계가 아니라 친구 같으세요. 저도 작은 사모님과 그런 관계가 되고 싶어요.”

“…….”

정아의 진심이 느껴졌다.

“얼른 준비하셔야지, 큰 사모님께서 이 모습을 보시면 기절하실 거예요.”

“……고마워요.”

“아닙니다.”

그렇게 1시간에 걸쳐 준비를 마치자마자 정 사장의 어머니인 박 여사가 사랑채로 들어왔다.

“안녕하세요. 어머님.”

“그래, 여긴 지낼 만하고?”

“네.”

오늘 어쩐 일로 이곳에 왔는지 정확하게 알 수는 없었지만 대충 짐작이 갔다.

"앉아요."

"……네."

처음으로 이 집안의 어른을 만나는 자리라서 설아는 긴장으로 입술까지 떨렸다.

"긴장하지 말아요. 사실 며칠 더 있다가 만나려고 했는데, 어제 둘이 미리 합방을 했다는 소문이 있어서 왔어요."

"죄송합니다. 그게……."

얼굴이 화끈거렸다. 티 내고 다니는 하준의 잘못이었지만 끝까지 거절하지 않은 그녀의 잘못도 있었다.

"잘못했다는 말이 아니에요. 결혼을 서두르는 게 맞는 것 같다는 말이지."

창피한 생각에 얼굴이 붉어졌다.

"오늘도 다녀갔다는 소리 들었어요. 우리 아들이 그렇게 적극적인지 이제 알았네요."

박 여사도 어이가 없는지 피식 웃었다. 하긴 설아가 생각해도 하준이 왜 오늘 집을 찾았는지 이해가 되지 않았다. 그것도 일하는 시간에…….

"그러니까……."

민망하기도 하고 부끄럽기도 해서 할 말을 찾지 못했다.

"아버님께서는 결혼을 서두르고 싶어 하세요. 11월이 생일이라고 들었어요."

"네."

"결혼은 10월쯤에 할 거예요."

"네?"

"빠르다고 생각해도 어쩔 수가 없어요. 생일 전에 결혼을 하지 않으면 안 되니까."

"무슨 말씀이신지……."

"설마…… 설아 씨도 모르는 얘긴가요? 아니면 잊어버린 건가요? 설아 씨가 스물다섯 번째 생일을 맞는 해에 유산을 상속받는다는 걸, 정말 몰랐어요?"

무슨 말을 하는지 알 수 없었다. 그녀에게 받을 유산이 있다는 말은 금시초문이었다.

"아버님과 설아 씨 할아버지 사이의 약속이기도 하죠. 우리 하준이와 설아 씨가 결혼을 하면 많은 주식이 설아 씨에게 상속이 될 거예요."

결혼하면 주식을 받게 된다니. 처음 듣는 소리였다.

"우리 하준이가 주식 때문에 이러는 것 같지는 않지만, 그래도 이번 결혼에는 주식의 역할이 컸다고 볼 수 있죠. 아버님의 마음을 움직였으니까."

시어머니의 말이 선뜻 이해가 되지 않았다.

"이번에 백 회장이 산삼을 보냈었다고 들었어요. 하지만 주식에 관해서 백 회장은 모를 거예요. 알았다면 설아 씨를 그렇게 대하진 않았겠죠."

그녀에게 끝까지 존대를 하는 시어머니가 설아는 불편했다.

"말씀 편하게 하세요."

"그건 다음에 볼 때부터 그렇게 하죠."

"네……."

"일단은 우리 집안사람이 되려면 집안 가풍부터 배워야 할 거예요. 일주일이 지났으니 몸은 회복이 된 것 같고. 내일부터는 하루에 조금씩이라도 오 집사에게 배워요."

"알겠습니다."

"이제 가족이니 편하게 대해요. 우리 집 사람들이 살갑게 구는 스타일들은 아니지만, 그렇다고 못되게 구는 사람들도 아니에요. 어른들의 사람은 설아 씨가 하기 나름일 테고요."

시어머니는 편안한 스타일은 아니었지만 그렇다고 못된 사람도 아닌 것 같았다. 최소한 새어머니처럼 뒤통수는 치지 않을 것 같았다. 그나마 다행이었다.

"당부하고 싶은 말은, 아버님의 꼬임에 넘어가지 말았으면 한다는 거예요. 난 솔직하게 아버님이 설아 씨를 이용하는 것 같아서 마음에 걸리지만……. 그래도 백 회장보다는 나을 거예요. 그 사람은 사람 같지도 않아서……."

"……."

맞는 말이라서 뭐라고 반박할 수 없었다.

"미안해요. 그래도 아버진데……."

"아닙니다. 저도 그렇게 생각하고 있어요."

설아는 시어머니가 고마웠다. 앞으로도 잘 지내고 싶은 마음이 들었다. 아직은 부족하지만 시어머니에게 잘하고 싶었다.

"오늘은 좀 쉬고 내일부터 고생해요."

"네, 어머님."

박 여사가 자리에서 일어났다. 그리고 갑자기 설아의 손을 잡았다.

"이 집안에 오랜만에 여자가 들어와서 너무 반갑고 좋아요. 우리의 관계도 예전의 우리 시어머님과 나의 관계가 되길 바라요. 우리 서로 노력해요."

"……감사합니다."

갑자기 목이 메어 왔다. 박 여사가 나가고 설아의 표정이 굳어졌다. 정확하게는 몰라도 그녀로서 유리한 뭔가가 있는 게 분명했다.

"정아 씨!"

설아가 정아를 불렀다.

"네?"

"부탁 하나 해도 될까요?"

"말씀하세요."

"집 안에 저에 관해 떠도는 소문을 좀 알아봐 주세요. 예를 들어…… 왜 결혼을 서두르는지 뭐 그런 거요."

"네, 알겠습니다."

"아무도 모르게 해야 해요."

"저기 그런데……."

"뭔데요?"

"또 작은 사모님 댁에서 선물이 와서요."

커다란 박스가 있었다.

"그냥 돌려보내요."

"네."

"그리고 다음부터는 절대로 받지 말아요."

"알겠습니다."

그녀에게 주식이 있다는 소리를 들었다. 그 주식을 백 회장이 노릴 수도 있으니 주의하라는 말도 들었다. 그렇다면 설아의 생각 이상으로 엄청난 양일 것이다. 그녀의 표정이 묘하게 변했다.

어쩌면 하늘이 학대받던 그녀에게 복수할 기회를 주신 걸지도 몰랐다.

커다란 선물 보따리가 거실에 와 있었다.

"이걸 다시 보낸 거야?"

"네."

선영의 얼굴이 굳어졌다. 백 회장이 집에 돌아와서 본다면 아주 난리가 날 텐데 걱정이었다. 지난번의 산삼이 돌아왔을 때도 미친 듯이 화를 낸 백 회장이었다.

"나더러 어쩌라고!"

속에서 천불이 나는 선영은 선물 보따리를 발로 찼다.

"사모님."

그때 뒤에서 설아의 식사를 챙기던 도우미가 그녀를 불렀다.

"왜?"

"드릴 말씀이 있습니다."

"뭔데?"

"다른 게 아니라, 정 회장님 댁에서 일하고 있는 도우미 중에 제 동생이 있어서……."

도우미의 말을 들은 선영은 놀라움에 입을 다물지 못했다.

"그게 정말이야?"

"네."

"아주 막대한 재산을 물려받았다고 들었습니다. 그것 때문에 큰 회장님께서 그렇게 혼사에 열중하시는 거라고 말입니다. 아니면 변변찮게 배우지도 못한 여자를 재벌가의 며느리로 들이겠습니까? 그 집은 예전부터 뼛속까지 재벌인데요."

하긴 도우미의 말이 맞았다. 대한그룹은 할아버지의 할아버지 때부터 재벌인 집안이었다. 백 회장이 일군 태신건설과는 차원이 다른 기업이었다.

그런데 그런 그룹의 회장이 탐낼 만한 재산이라면 어마어마한 액수일 것이다.

"더 알아봐."

"네."

"이번 일만 잘되면 내가 알아서 챙겨 주지."

"네, 사모님."

"저 선물 가져가고."

"저 귀한 걸……."

"자네 몸도 건강해야지."

"감사합니다."

이번에 보낸 선물은 토종꿀과 한약이었다. 얻어터진 골병을 치유하기 위한 것이었다. 엉뚱한 사람이 먹게 되었지만 말이다.

"아주 영악해."

선영은 다희에게 전화를 걸어서 일찍 집으로 들어오라고 말했다. 지금은 가족이 힘을 합쳐야 하는 상황이었다.

일찍 퇴근한 백 회장과 다희는 소파에 앉아 선영을 보고 있었다.

"오늘 아주 바빴는데, 왜 집에 불러들인 거야?"

"엄마, 나도 오늘 약속 있었다고."

"알아. 하지만 내 얘길 듣고 나면 상황이 달라질걸?"

그리고 도우미에게 들은 이야기를 전해 주었다.

"정말?"

"그래, 당신은 정말 죽은 대국전자 회장에게서 들은 얘기 없었어요?"

"없었어. 아주 영악한 노인네야. 설아 엄마가 살아 있을 때 그렇게 결혼을 반대하더니. 결혼하고 나서도 단 한 번 도와주지 않은 아주 못된 노인네지. 그러니 설아 엄마가 나에게 얻어터진 거고."

설아 엄마와의 불화에 선영도 한몫했지만, 금전적으로 도와주지 않은 장인 탓도 있다는 걸 알고 있었다.

"당장 데려와."

"네?"

"이 결혼은 무효야. 우리가 설아를 데려다가 같이 살아야지. 안 될 말이지."

"그래도 그들이 쉽게 놓아줄까요?"

"안 놓아주면 납치라도 해 와야지."

"맞네, 납치."

그들은 이렇게 위험한 계획을 세우기 시작했다.

지금까지 시계를 몇 번째 보는 건지 모르겠다. 점심에는 집에 다녀오질 않나. 하준이 이상했는지 규인이 아까부터 그를 이상한 눈으로 노려보고 있었다.

"사장님, 자꾸 이렇게 꾸물거리시면 제시간에 퇴근 못하십니다."

"내가 뭘?"

"아주 시계에 눈이 붙어서 어쩔 줄을 모르고 계시잖아요."

그가 다시 서류에 집중했다. 이렇게 하지 않으면 정말 제시간에 집에 못 갈 것 같았기 때문이었다.

"집에 꿀이라도 발라 놓으셨습니까?"

"오냐."

그는 피식 웃으며 열심히 일했다. 일단은 빠르게 일을 처리하고 설아를 보는 게 마음이 편할 것 같았기 때문이었다.

"끝났다. 집에 가 있을 테니까 천천히 와."

"저 혼자 일을 더 하란 말씀입니까?"

"그래."

그는 나머지 일들을 규인에게 맡겨 놓고는 서둘러 퇴근했다. 집으로 가는 시간도 길었다.

"저녁은 먹은 걸까?"

그는 오늘 점심도 거른 상황이었다. 그래서 도착 전 사랑채에 저녁을 차려 놓으란 말까지 했다. 그는 도착하자마자 어른들이 계시는 본관으로 가지 않고 사랑채로 향했다. 사랑채엔 달콤한 설아의 향과 함께 맛있는 음식 냄새까지 가득했다.

하늘색 원피스를 입은 설아가 그가 온다는 소리에 문 앞까지 마중 나와 있었다.

"다녀오셨어요?"

"응."

설아가 그의 재킷을 받아 주었다. 이러고 있으니 진짜 신혼부부 같다는 생각이 들었다. 그는 설아와 함께 1층에 준비된 저녁 식사를 하기 위해 식탁에 앉았다. 4인용 식탁이라 둘 사이의 거리가 가까웠다.

"오늘 힘들었지?"

점심시간의 일을 얘기한 그 때문에 설아의 얼굴이 붉어졌다.

"내가 괜한 질문을 했나?"

"아니에요……. 식사부터 하세요."

그는 허겁지겁 밥을 먹었다. 태어나서 이렇게 꿀맛인 저녁 식사는 처음이었다. 설아는 밥을 먹는 둥 마는 둥 하며 그가 밥을 먹는 걸 보고 있었다.

"천천히 드세요."

"다 먹었어."

정말 그의 밥그릇에 밥이 순식간에 사라졌다.

"한 그릇 더 드릴까요?"

"아니, 밥은 나중에."

"네?"

"일단 급한 불부터 꺼야지."

설아가 그의 말을 이해하기도 전에 그가 설아의 손을 잡고 2층으로 향했다. 하준은 자신이 이렇게 미친놈이었나라는 생각이 들었다. 이건 다 설아 때문이었다. 지나치게 섹시한 게 설아의 가장 큰 문제였다.

"정 사장님."

"하준이라고 불러."

"네?"

"정 사장님이라고 부르니까 아직 회사 같단 말이야."

그가 투덜거렸다. 그놈의 정 사장님 소리는 이제 신물이 났다.

"하준 씨……."

어색하긴 했지만 설아가 그렇게 불러 주니 듣기 좋았다.

"왜?"

"원래 섹스라는 게…… 이러는 건가요?"

"뭐?"

"이렇게 뜨거운 거냐고 묻는 거예요. 처음이라 잘 몰라서요. 전…… 이런 경험이 없어서 무섭거든요."

솔직한 설아의 말에 그가 걸음을 멈추고 그녀를 내려다보았다. 순진한 얼굴로 그를 보는 설아를 보니 더 안고 싶은 마음이 들었다.

"큰일이야."

"네?"

"널 보면 빨리 먹고 싶다는 생각만 들어. 너의 옷을 찢고 가슴을 빨고 너의 그곳에 내 것을 넣고 싶어."

"하준 씨……."

"나 자신을 자제할 수 없다는 게 화가 나."

그가 설아를 안아 들었다.

"처음이야."

"뭐가요?"

"이렇게 여자를 안고 들어가는 거."

"⋯⋯믿어 줄게요."

설아가 한없이 아름다운 얼굴로 웃었다. 그녀는 가끔 그를 무장 해제하게 만드는 기술이 있었다. 오랫동안 사업을 하다 보니 그는 늘 경계하고 조심했다. 그런 그에게 설아는 처음부터 마음을 열게 하는 신기한 힘을 발휘했다.

정말 이상한 일이었다.

"저도 물어볼 말이 있어요."

"뭔데?"

"⋯⋯나중에요."

"그래, 나중에. 지금은 더 바쁜 일이 있는 것 같아."

그는 설아를 안아 들고는 침대 대신에 사랑채에 있는 욕실로 향했다. 그는 피곤해서 따뜻한 물에 몸을 담그고 싶기도 했고, 설아와 같이 욕조에 앉아서 자극적인 시간을 보내고 싶기도 했다.

자꾸만 설아와 야릇한 일을 하고 싶은 그였다. 침대에서도 좋았지만 이런 색다른 장소에서의 섹스도 좋을 것 같았다. 솔직히 사무실에서 하루 종일 이 생각뿐이었다.

점심에 못다 한 섹스 생각이 온종일 그를 괴롭게 했다.

"씻고 싶으세요?"

"응."

"그럼 나가 있을까요?"

"아니, 같이 씻어. 오늘 온종일 이 생각만 했어."

그는 이렇게 말하고는 그녀의 원피스를 벗겨 냈다. 그녀의 아름다운 라인이 그의 눈앞에 나타났다. 정말 이렇게 완벽한 바디라인은 본 적이 없었다. 절대로 다른 놈들에게 보여 주고 싶지 않은 완벽한 몸이었다.

"예뻐……."

예쁘다는 말이 절로 나왔다. 여자들에게 이런 찬사를 보낸 적이 한 번도 없었는데, 설아에겐 이렇게 자연스럽게 나오다니 웃기는 일이었다.

그녀가 먼저 욕조 안으로 들어갔다. 어제 이후로 그냥 느낌인지 모르겠지만 설아는 달라져 있었다. 아름다움에 섹시함까지 더해졌다고 해야 하나? 아무튼, 뭔가가 달랐다.

"당신도 멋져요."

"……."

설아의 칭찬에 하준은 입에 귀에 걸렸다. 자신이 원래 이렇게 팔불출이었나? 그는 피식 웃음이 나왔다.

"좋다."

따뜻한 욕조에 둘은 그렇게 한참 동안 서로를 안고 있었다.

설아의 손이 그의 탄탄한 가슴을 쓸어내렸다. 어떻게 해야 자극적일 수 있는지 그녀는 알지 못했다. 하지만 지금 이 순간 그를 유혹해야 한다는 본능적인 생각뿐이었다.

10년 동안 갇혀 살면서 생각의 끈을 놓아 버린 그녀였지만 한순간도 복수에 대해 생각하지 않은 적이 없었다. 그녀의 몸은 온전히 어머니를 죽게 한 아버지와 새어머니에 대한 분노로 가득했다.

그녀가 10년 동안 살아남을 수 있었던 이유는 강해 보이지 않았기 때문이다. 그녀는 늘 약해 보였고, 있으나 마나 한 존재였다. 그들에겐 전혀 위협적인 존재가 아니었기에 그녀는 살아남을 수 있었다.

하지만 지금은 상황이 달라졌다. 그녀는 누구보다 똑똑해야 한다. 그래서 엄마의 한과 그녀의 한을 동시에 풀어야 했다. 그리고 그들에게 그 무엇보다 위협적인 존재가 되어야 했다. 하지만 아직 그녀는 가진 것이 아무것도 없었다.

그렇다면 지금은 하준을 이용할 수밖에 없었다. 그는 그녀의 몸을 마음에 들어 했다. 그러니 그에게 원하는 것을 주고, 그녀 또한 원하는 것을 가지면 되는 것이었다.

그녀에게 힘이 되어 준다면 그녀는 하준이 원하는 그 어떤 것도 해 줄 수 있었다. 설아는 마치 각성을 하듯, 그동안 잊고 지낸 과거의 기억이 떠올랐다. 그녀는 엄마의 마지막 순간까지 기억했다.

온몸에 멍이 든 엄마는 그녀의 손을 꼭 잡으며 지켜 주지 못해서 미안하다고 했다. 그리고 스물다섯 살의 생일까지는 무슨 일이 있어도 견디라고 말했다. 그러면 반드시 좋은 일이 있을 거라고……

그리고 자신을 바다에 뿌려 달라고 했다. 납골당이 아닌 바다에 유골을 뿌려 달라고. 엄마는 이 지긋지긋한 곳을 떠나 자유롭게 바다를 유랑하고 싶다고 했다. 왜 그동안 잊고 살았을까?

"설아야?"

"……."

그가 설아의 가슴을 어루만지며 미소 지었다. 이 남자도 아버지처럼 폭력적으로 변할까? 라는 생각이 드는 설아였다. 이 미소 뒤에 무서움이 숨겨져 있으면 어떡하지? 다시 한 번 남자에게 속게 되는 건 아닐까?

하지만 지금 우선순위는 그녀의 행복이 아니라 복수가 먼저였다.

"무슨 생각을 해?"

"하준 씨 생각이요."

"……확실히 뭔가 달라졌어."

"내가 이러는 게 이상한가요?"

"아니, 너무 자극적이라서 문제야. 이렇게 속수무책으로 넘어가면 안 되는데, 자꾸만 자석이 끌어당기는 것처럼 끌려⋯⋯. 왜일까?"

설아가 그의 몸 위에 올라탔다. 그리고 그의 얼굴을 양손으로 잡았다.

"그냥⋯⋯ 즐겨요."

"하하하⋯⋯."

그가 호탕하게 웃었다. 이렇게 멋진 남자가 과연 그녀의 복수를 도와줄 만큼 그녀를 사랑하게 될 수 있을까? 자신감은 없었지만 노력해 볼 참이었다. 그녀의 입술이 그의 입술을 삼켰다.

섹스에 대해 전혀 모르는 설아였지만 이틀에 걸쳐 그에게 배운 그대로 해 볼 생각이었다. 그녀가 그의 아랫입술을 살짝 물었다가 놓았다.

"맛있어⋯⋯."

"⋯⋯."

그녀의 말에 하준의 짙은 흑빛 눈동자가 더욱 위험스럽게 어두워졌고, 그의 페니스는 아래에서 그녀의 엉덩이를 자극했다. 참 반응이 빠른 몸이었다. 그녀가 혀를 날름거리며 그의 입술에서부터 목으로 옮겨 가며 핥아 대기 시작했다.

그의 몸에서 물맛이 났다. 이렇게 하는 게 맞는지 모르겠지만 그의 양손이 그녀의 허리를 단단히 잡고 벗어나지 못하게 했다.

"넣어 줘요."

설아가 헐떡이며 말했다.

"윽!"

그녀가 이렇게 말하며 엉덩이로 그의 페니스를 누르자 그가 신음을 뱉었다.

"싫어요?"

"아니, 천사의 탈을 쓴 마녀였어."

"어쩌면요."

설아가 다시 허리를 움직였다. 미친 듯이 움직이는 그녀의 엉덩이를 그가 붙잡았다.

"설아야, 못 참겠어."

"넣어 줘요……."

"윽!"

그녀가 허리를 들어 스스로 그의 페니스를 넣었다. 물 안이라서 밖에서 넣는 것과는 느낌이 달랐다. 더 야릇했다. 그의 페니스를 꽉 물고는 놓아주지 않았다.

"설아야…… 윽!"

그녀가 허리를 움직이자 그가 신음했다. 참을 수 없는지 그녀의 가슴을 손으로 감싸고는 유두를 빨기 시작했다. 강한 쾌감에 설아의 허리가 활처럼 휘었다.

"하아, 아아앙……."

강한 전류가 몸을 타고 흐르는 것 같았다. 이렇게 강렬한 느낌은 처음이었다. 그건 하준도 마찬가지인 것 같았다. 그의 눈은 위험스럽게 짙어져서 지옥의 악마 같은 느낌을 주었다. 구릿빛 피부인 그와 새하얀 피부의 그녀가 마치 흑과 백처럼 얽혀 있었다.

시각적으로도 자극적인 커플이었다.

츄읍 츄읍.

그는 열정적으로 그녀의 유두를 핥고 빨았다.

"악마 같아."

"……."

설아가 그의 얼굴을 양손으로 감싸고는 그의 눈을 보며 말했다. 그는 지금 사냥하기 전의 짐승의 눈빛을 하고 있었다.

"거칠게 해 줘요."

"아니, 아직은 안 돼."

"할 수 있어요."

"나중에……."

"헉!"

그가 깊게 페니스를 튕기자 그녀가 숨을 삼켰다.

"거칠게 하면 다쳐. 아직은 아니야."

"그래도…… 해 줘요."

그녀의 목소리가 갈라졌다. 자신이 이런 목소리를 낼 수 있을 줄은 몰랐다. 그를 사랑하지 않는다. 그와 섹스를 하는 건 좋았지만 그 이상은 아니었다. 그런 복잡한 감정을 알기엔 그녀는 너무 경험이 없었다.

"가르쳐 줘요."

"뭘?"

"어떻게 하면 좋은 건지……."

"하하, 날 죽일 셈이군."

"당신과 같이 죽고 싶어요. 가르쳐 줘요."

설아가 헐떡이며 말했다. 그녀의 눈엔 하준밖에 안 보였다. 어떻게 해서든지 그의 마음을 사로잡고 싶었다.

"섹시한 여자가 좋은가요? 아니면 다소곳한 여자가 좋은가요?"

"다소곳한데 섹시한 여자?"

"욕심쟁이……."

그녀는 이렇게 말하며 아직 자신의 몸 안에 있는 그의 페니스를 질에 힘을 주어 꽉 잡았다.

"윽!"

"아…… 미칠 것 같아요."

"설아야……."

그가 허리를 튕기기 시작했다. 물이 첨벙거리는 소리를 내며 얼굴까지 튀었지만 둘은 상관하지 않았다.

"헉헉, 내 침실에도 이런 욕실이 있어."

"전, 언제 그곳에 가나요?"

"원하면 언제든."

그의 말에 고마움을 느낌 설아는 그의 입술에 입을 맞추었다.

"당신이 원하는 곳에 제가 있을 거예요. 아아앙……."

그녀가 허리를 움직였다. 그의 어깨를 잡고는 최대한 빠르게 움직였다. 그러자 이번엔 그가 그녀를 안아 들어 페니스를 뺐다.

"왜……."

"못 참겠어."

하준이 그녀를 욕조의 끝을 잡게 하고는 엉덩이를 자신 쪽으로 끌어당겼다. 그리고 뒤에서 자신의 페니스를 넣었다.

퍽 퍽 퍽!

"아악!"

그의 페니스가 자궁을 뚫을 것 같았다.

"아파!"

질이 찢겨질 것 같았다. 그는 거칠게 하지 않았지만, 그의 페니스가 너무 큰 데다가 그녀의 질이 너무 좁기 때문이었다. 하지만 지금은 그를 말릴 수가 없었다. 그가 그녀의 가슴을 만졌다.

설아는 이를 악물고 참았다. 그의 영혼까지 빼앗고 싶었기 때문이었다. 그리고 설아도 하준과 하는 섹스가 좋았다. 그래서 멈추고 싶지 않았다. 이러다가 그녀가 그를 유혹하기 전에 그에게 유혹당할 것만 같았다.

"하준 씨……."

"으윽, 설아야."

그가 빠르게 피스톤 운동을 반복하더니 마침내 그의 분신들을 그녀의 몸 안에 쏟아 냈다.

"헉헉헉……."

그들의 거친 숨이 하나가 되었다. 히노키탕에 그들의 뜨거운 숨소리가 가득 찼다. 설아는 묘한 표정을 지으며 그의 머리를 자신의 가슴으로 끌어당겼다. 그리고 말했다.

"너무 좋았어요."

"나도."

"이제 같이 자면 안 돼요? 혼자 자는 건 무서워요."

"알았어."

그가 말 잘 듣는 아이처럼 그녀의 부탁을 들어주었다. 설아는 그의 머리를 안으며 미소 지었다.

12시가 넘은 시간이었다. 규인은 하준의 사인을 받기 위해 모처럼 사랑채에 들렀다. 내일 받아도 되는데 괜한 심술이었다. 하준이 어찌나 설아에게 빠졌는지 일도 제대로 하지 않고 정신이 없어 보였다.

"도대체 여자에게 얼마나 미치면 저렇게 되는 거야?"

하준은 사랑채에 가는 길에 그만 정지 자세가 되어 버렸다. 사랑채의 옆에 있는 노천탕에서 선녀가 목욕하는 걸 보았기 때문이었다.

김이 모락모락 나는 온천에 여자 혼자 앉아 있으니, 선녀의 모습이나 다름없었다.

"뭐지?"

그냥 지나쳐 가야 하는데 규인은 저도 모르게 노천탕 쪽으로 향했다. 규인은 키가 190cm에 가까웠기 때문에 낮은 담장은 쉽게 건너편을 볼 수 있었다. 마른침을 삼키며 규인은 넋을 놓고 여자를 보고 있었다.

달빛을 받은 여자의 몸에서 광채가 나고 있었다. 마치 천상의 선녀가 내려와 목욕을 하는 것 같았다. 여자의 옆 선이 그의 눈길을 사로잡았다. 봉긋한 가슴 선과 잘록한 허리가 그의 성욕에 불을 당기고 있었다.

그때였다. 목욕을 다 했는지 여자가 탕에서 나와 가운을 몸 위로 걸쳤다. 그리고 수건으로 머리를 닦았다. 자세히 보니 설아의 도우미인 정아였다. 나이가 굉장히 어린 걸로 알고 있는데 몸은 완전 성숙했다.

단순히 여자의 나체만 보고 이렇게 흥분한 적은 처음이었다. 다시 눈길을 돌리니 정아가 사라지고 없었다. 아쉬운 마음을 뒤로한 채 그는 사랑채로 향했다.

"자고 있으려나?"

장난을 칠 생각에 규인의 입가에 웃음이 절로 피어났다. 그가 사랑채에 도착해서 문을 열려는 순간, 누군가 그의 등을 툭 하고 쳤다.

"……."

놀라서 뒤를 보니 정아가 가운만 걸친 채로 그의 뒤에 서 있었다.

"뭐 하시는 거예요?"

"……그건 내가 묻고 싶은데?"

"전 지금 숙소로 돌아가던 길인데, 비서실장님은 이 시간에 여기서 뭐 하시냐고요?"

"날 아나?"

정아와는 몇 번 마주쳤을 뿐이었다. 그도 정아가 설아 담당이라서 아는 거지, 이 집에 있는 수십 명의 도우미들을 다 아는 건아니었다.

"당연하죠. 사장님의 비서실장님인데 알아야죠."

"고맙군."

"그런데 지금 뭐 하시는 건가요?"

"결재받으러……."

"이 시간에요?"

정아의 얼굴에 의심의 빛이 가득했다. 정아는 합리적인 의심을하고 있었다. 정아가 허리에 손을 올리자 가운이 옆으로 벌어지며 그녀의 풍만한 가슴의 반이 보였다.

규인은 저도 모르게 눈을 감았다.

"왜요? 할 말이 없으세요?"

"아니……."

"말씀해 보세요. 지금 두 분은 아주 중요한 시간을 보내고 계시는데 서류에 사인이라니. 웃기잖아요."

"미안하다. 내가 잘못했다."

규인은 다시 한 번 정아의 가슴을 살짝 훔쳐본 후에 자신의 숙소로 돌아갔다.

"난 어린 여자 취향인가?"

규인은 그날 밤, 잠을 이룰 수가 없었다.

6. 할아버지의 약속

이 집에 들어온 지 3주가 지나고 있었다. 어머니는 매일 친절하게 그녀에게 집안의 일들을 가르쳐 주셨고 그녀는 잘 따라 했다. 우리나라의 최고 명문인 한국대를 나온 엄마의 좋은 유전자만 받은 그녀였다.

그녀는 한 번 들으면 잘 잊지 않았다. 그리고 응용하는 능력이 뛰어났다. 특히 언어에 대해서는 특별한 능력이 있었다. 영어는 이미 어릴 때부터 잘했고 일본어도 괜찮게 하는 편이었다.

"중국어를 배우고 싶어요."

"네?"

오전에 어머니에게 수업을 듣고 혼자 점심을 먹고 있던 설아가 생각지도 못한 말을 꺼내자 정아는 놀란 표정으로 그녀를 보았다.

"공부를 그렇게 하시고도 또 하고 싶으세요?"

"네, 알아봐 주세요. 그리고 변호사하고 세무사도 괜찮은 분으로 알아봐 주세요."

"왜요?"

"그냥…… 공부하고 싶은 게 많아서요."

"뜨개질이나 홈패션, 꽃꽂이는요?"

"그것도 배울게요."

"어머……. 그러다가 쓰러지세요."

정아는 언제나 걱정이 태산이었다.

"매일 밤 사장님이 오시는데, 잠은 언제 주무시려고 그러세요."

"정아 씨는 누구 편이죠?"

"그야 전 공식적으로나 비공식적으로나 작은 사모님 편이죠."

정아는 아주 확고한 의지를 갖고 있었다.

"다른 말들은 안 들리나요?"

"사실, 지금 백 회장님 댁에서 사람을 보내 우리 쪽을 감시하고 있는 걸 봐서는 뭔가 있는 것 같아요. 백 회장님 댁에서 담당하셨던 도우미 있잖아요. 그분의 동생이 여기서 일하거든요. 정보가 새어 나갔을 수도 있어요."

"그분이 누구죠?"

"태명당의 도우미 실장님이신데, 성격이 좀 깐깐하신 분이에요."

"알았어요. 다음에 보면 누군지만 알려 줘요."

"다음 주부터 마사지 숍에도 다니셔야 하는데, 괜찮으시겠어요?"

"괜찮아요. 몸도 많이 좋아졌고요."

이제 몸이 거의 회복되었다. 그게 다 악착같이 음식을 챙겨 먹고 아침마다 운동한 덕분이었다. 밤마다 하준에게 시달리고 낮에 공부까지 하려면 그녀도 체력이 필요했다. 그리고 정아가 챙겨 주는 약들도 아주 잘 챙겨 먹었다.

"오 집사님 좀 불러 줘요."

"네."

이제 슬슬 준비를 시작해야 했다.

"부르셨습니까?"

"앉으세요."

오 집사가 그녀의 앞에 앉았다. 무뚝뚝한 사람이지만 오 집사는 그녀의 편이었다.

"무슨 불편하신 점이 있으신지요?"

"아니요. 감사할 정도로 편안한 생활을 하고 있습니다."

"다행입니다."

"여기 모든 도우미분들을 관리하신다고 들었습니다."

"네."

"부탁드릴 게 있습니다. 제가 이 집에 있으려면 오 집사님의 도움이 절대적으로 필요합니다."

오 집사는 그녀의 말을 경청했다. 그녀가 무슨 말을 하는지 오 집사는 잘 알고 있었다.

"이제는 몸이 많이 좋아지신 것 같습니다."

"다 오 집사님과 정아 씨 덕분이죠."

"백 회장님 쪽과 관계있는 사람은 빠르게 정리하겠습니다."

"감사해요."

"아닙니다. 곁에 두어서 좋을 게 없죠. 굳이 긁어 부스럼을 만들 필요는 없으니까요. 그리고 궁금하신 점이 있으시면 제게 물으십시오. 정아보다는 제가 더 정확하게 알고 있는 게 많을 겁니다."

오 집사는 정아가 그녀에게 어미 새처럼 정보를 물어다 주는 걸 알고 있었다.

"도움이 필요하시면 저에게 말씀하세요."

"……."

"제가 돕겠습니다."

"왜……."

"큰 사모님의 뜻이기도 합니다. 큰 회장님과 상관없이, 작은 사모님을 도우라는 말씀을 하셨습니다. 그리고 이거……."

뭔가를 그녀에게 주는 오 집사였다.

"부르시지 않았더라도 이곳에 올 생각이었습니다."

설아는 서류봉투를 받아 들고는 화들짝 놀랐다. 그건 할아버지가 그녀에게 준 유산의 내용이었다.

"이건……."

"사모님의 생일이 지나면 엄청난 유산이 상속될 겁니다. 이걸 큰 회장님이 숨기셨던 것이고요."

"왜 이걸 제게 주시는 건지……."

"진실을 아셨으면 하시는 큰 사모님의 바람이십니다."

"……."

"복사본입니다. 원본은 큰 회장님이 가지고 계십니다. 큰 회장님께선 큰 사모님이 이걸 가지고 계시는지 모르십니다."

"왜 이걸……."

"복잡하게 얽히긴 했지만, 작은 사모님의 어머니와 큰 사모님은 아주 친한 언니 동생 사이였습니다. 서로 시집을 가고 연락이 뜸해지긴 했어도 두 분은 친자매 이상으로 친하셨죠."

그 증거로 사진 한 장을 그녀에게 주었다. 젊은 시절의 엄마와 시어머니의 사진이었다.

"큰 사모님께서 이걸 전해 주라고 하셨습니다."

"엄마……."

저도 모르게 눈물이 나왔다. 시어머니와 엄마가 친한 사이였다는 게 믿어지지 않았다. 이제는 혼자가 아니라는 생각이 들어서 가슴이 조여 왔다. 설아는 한참 동안 사진을 뚫어지게 보고 또 보았다.

본관에 있는 직원용 식당에 점심을 먹기 위해 도우미들이 모여 있었다. 교대로 식사를 하기 때문에 많은 인원이 자리하지는 않았다. 지금은 정아와 오 집사, 그리고 세 명의 도우미들이 식사하고 있었다.

"입맛이 없어?"

"네?"

"밥숟가락을 들고 고사를 지내고 있잖아……."

"죄송합니다."

오 집사님 앞에서 예의 없이 굴면 날벼락이 떨어지니 일단은 잘못했다고 하는 게 상책이었다.

"무슨 일이야?"

"아니에요."

"아니긴……."

정아의 머릿속엔 규인뿐이었다. 그날 밤 규인을 사랑채에서 만난 이후로 이상하게 규인과 자주 부딪히게 되는 정아였다.

"말해."

"아니에요."

"혹시 남자 생겼니?"

"네?"

오 집사의 말에 정아는 심장이 뚝 하고 떨어지는 것 같았다.

"이 집 안에 있는 남자는 안 된다."

"……아니에요."

"또, 또……."

"네……."

오 집사가 촉을 한 번 발동하면 그걸로 끝이기 때문에, 더는 토를 달면 안 되었다.

"누구야?"

"……."

"경고하는데 집 안에 있는 사내는 안 돼."

"그게 아니라, 저 혼자 그냥……."

"짝사랑은 더 곤란해."

"왜요?"

"우리처럼 집안일을 하는 사람들의 철칙은 입이 무거워야 하는데, 짝사랑에 빠지게 되면 잘못하다가는 집안의 기밀을 다른 곳에 발설하기 마련이거든. 남자들은 그걸 알기 위해 접근하고."

"그럴 분이 아닌데……."

오 집사의 표정이 안 좋아졌다. 정아는 밥도 먹지 못하고 깊은 고민에 빠지게 되었다.

백 회장은 머릿속이 아주 복잡했다. 성년이 지난 자식이라서 친권을 주장할 수도 없었고 죽은 장인의 유산에 대한 권리는 사위이기 때문에 없었다. 사위에게는 상속권이 없다니 웃기는 일이었다.

작은 돈이라면 포기하겠지만 상상을 초월하는 액수에 그는 억장이 무너져 내리는 것 같았다.

"죽어서도 속을 썩이는군."

창수는 그 집 식구들이 마음에 들지 않았다. 그에게 그렇게 맞고도 우아한 척하던 설아 엄마의 얼굴이 떠오르자 몸서리가 쳐졌다. 그가 바람을 피워도 그 어떤 못된 짓을 해도 은희는 끝까지 참았다.

그게 너무 싫었다. 지금 선영은 자신의 감정을 솔직하게 말했다. 그래서 좋았다. 여자가 눈치가 있어야지 너무 눈치가 없어도 매를 버는 법이었다. 그는 늘 이런 식으로 자신을 합리화했다.

창수는 자신이 완벽하다고 굳게 믿었다. 자신 이외의 사람들은 다 틀렸다. 그들은 생각이란 걸 하지 말아야 했다.

"회장님."

그의 오른팔인 조 사장이 그의 앞에 앉았다.

"왜?"

"이번에 발전소 수주 건 때문에 말이 많습니다."

"뭐가?"

그건 그도 알았지만 신경 쓰지 않았다. 어차피 이러다가 말 게 분명했기 때문이었다.

"지난번 부실 공사로 발전소의 건설을 반대하는 사람들이 많이 있습니다."

"그래서 내가 국내 말고 해외 수주만 받으라고 얘기했지?"

밑의 것들이 일하는 게 너무 답답했다. 뭘 하더라도 마음에 들지 않았다.

"그래서?"

"은행에서 어음을 풀어 주지 않을 것 같습니다."

그럼 부도가 날 수도 있는 상황이었다.

"대한그룹의 인수설이 파다한 상황입니다."

"인수는 안 돼."

"지금 상황에서 회장님이 손해 없이 회사를 넘기시는 방법은 인수밖에 없습니다."

"대한그룹은 돈을 풀게 되어 있어."

"네?"

백 회장은 이제 자신이 슬슬 움직일 때라는 걸 알았다. 그는 핸드폰을 눌러 정 사장에게 전화를 걸었다. 그리고 대한그룹 정하준이라고 쓰인 화면을 조 사장에게 넌지시 보여 주었다.

[여보세요?]

"아이고 사위……."

그의 말에 조 사장의 눈이 커다랗게 변했다. 백 회장의 큰딸과 대한그룹 정 사장이 결혼한다는 소문이 사실이란 걸 알고 놀란 눈치였다.

"우리 설아는 잘 있지? 그렇게 결혼하기 전에 데려가 버리니, 내가 좀 서운해."

[……어쩐 일이십니까?]

"이제 상견례 날짜도 잡아야 하고, 나도 물어볼 말도 있고."

[전 할 말이 없습니다.]

정 사장은 모든 걸 얼릴 정도로 차가운 인간이었다.

"대국전자 이야기도 해야 할 것 같지 않나?"

[아셨군요.]

"당연하지 않나? 한두 푼도 아니고."

[제가 저녁에 태신건설 근처로 가겠습니다.]

"그래야. 사위가 장인을 만나러 오는 게 당연하지."

백 회장의 얼굴에 화색이 돌았다. 그가 전화를 끊고 조 사장을 바라보았다. 어깨에 잔뜩 힘이 들어간 상태였다.

"그리고 한 가지 더⋯⋯."

"뭔데?"

"요즘 사원들 사이에서 백 이사 이야기가 많이 나옵니다."

"왜?"

"출근도 일정하지 않고 짜증도 너무 심하다고⋯⋯."

요즘 정 사장 때문에 다희가 마음을 잡지 못하고 있었다. 백 회장도 그게 신경이 쓰이긴 했지만 일을 하는 데 지장을 주다니 그건 안 될 말이었다.

"내가 주의를 주지."

"감사합니다."

조 사장이 나가고 그는 의자 깊숙이 몸을 밀어 넣었다. 그리고 변호사와 긴 전화 통화를 했다. 장인의 유산이 설아에게 상속이 되면 그의 권리가 있는지 없는지를 말이다.

"제길!"

그는 전화를 끊으며 말했다.

"변호사 새끼들은 쓸모가 없어."

방법이 없었다. 설아가 심신에 문제가 있어서 그가 보호하지 않는 이상은 성인인 자녀에게 그가 할 수 있는 권리 행사가 없었다.

"데려와서 다리몽둥이라도 부러트려 놔야겠군."

백 회장은 지금 아주 무서운 생각을 하고 있었다. 만약 설아가 죽으면 그 상속권은 아버지인 그에게 넘어오게 되어 있었다. 물론 정 명예회장과 법정 다툼이 있긴 하겠지만 지금처럼 한 푼도 못 받지는 않을 것 같았다.

"복잡해……."

그는 온종일 그 돈을 차지할 수 있을 만한 방법을 생각하며 시간을 보냈다. 그리고 약속 시각에 맞춰 회사 근처의 일식집으로 향했다.

드르륵!

미닫이문을 열고 그가 들어서자 남자가 보기에도 멋진 정 사장이 자리에서 일어나 그를 맞이했다.

"안녕하십니까?"

"오랜만이야."

"앉으시죠."

"그럴까?"

설아가 아닌 다희와 이어지면 아주 좋은 그림이 되었을 텐데 안타까웠다. 오늘 다희가 따라온다는 걸 겨우 뜯어말리고 오는 길이었다. 다희가 매달릴 만하단 생각이 들었다. 아무리 인물을 뜯어먹고 사는 게 아니라고 말하지만, 여자들이 아주 좋아할 만했다.

"저녁은?"

"좋아하시는 도미 회로 시켰습니다."

"내가 어떤 걸 좋아하는지도 아는군."

"여기 사장이 백 회장님의 식성을 잘 알아서 그대로 시켰습니다."

역시 영악한 구석이 있었다.

"대국전자 일을 아셨다고요?"

"맞아, 그렇게 됐지. 어르신께서 미리 말씀해 주셨으면 일이 편해졌을 텐데, 조금 늦게 알아 버렸어."

그는 솔직한 마음을 말했다. 속이 쓰려 미칠 것 같다는 말도 하고 싶었지만 어금니를 꽉 깨물며 참았다.

"무슨 말씀을 하시고 싶으십니까."

"난 이번 결혼, 허락하지 못하겠네. 우리 설아는 몸도 좋지 않고 해서 말이야. 아직은 결혼할 상황이 아니야."

"……"

정 사장이 소리 없이 웃었다.

"지금 나를 비웃는 건가?"

"말이 되는 소리를 하셔야죠."

의외로 정 사장이 강하게 나왔다. 어린 녀석이 싸가지를 어디다 갖다 버렸는지 그의 말을 받아쳤다.

"설아와 결혼을 하고 싶어 하지 않았던 거로 알고 있는데?"

"지난 일입니다."

"그럼, 갑자기 사랑이라도 한다는 건가?"

"네."

"돈이 좋긴 좋아. 재벌도 돈에는 어쩔 수가 없나 보지?"

"마음대로 생각하십시오."

정 사장은 표정 하나 변하지 않았다. 그때 음식이 들어오는 바람에 그는 말을 멈추었다. 정 사장이 그의 잔에 사케를 따랐다.

"한 잔 드시죠."

"그래."

백 회장은 건배도 하지 않고 단숨에 잔을 비웠다.

"내가 포기할 거라고 생각하나?"

"네."

"뭐?"

"방법이 없으니까요."

"방법이 없다?"

그만 법률 자문을 구한 건 아닌 것 같았다.

"술이나 드시죠. 그리고 다시는 이런 일로 만날 일은 없었으면 합니다. 설아가 아무리 딸이라도……."

"뭐? 정 사장은 이제 내 사위가 되는 거야. 알아?"

그를 보는 정 사장의 눈빛이 돌변했다.

"경고하는데 말입니다……. 설아를 딸이라고 생각한다면 더는 건드리지 말아 주십시오. 이제는 제가 참지 않습니다."

"안 참아?"

"네, 설아는 제 부인이 될 여자입니다. 그리고 저는 백 회장님처럼 와이프나 아이를 개 패듯 때리지도, 그들에게 피해가 가게 놔두지도 않을 겁니다. 전 가장이니까요."

"누, 누가 때렸다고 그래?"

"설아는 10년 동안이나 집 안에 감금되어 있었고 그에 대해 수많은 증거가 있습니다. 거기에 이번에 폭행하신 건 이미 진단서까지 받아 놓은 상태고, 우리로선 고소만 하면 되는 겁니다."

"……우리 딸을 납치한 건 대한그룹이야."

이젠 전쟁이었다. 어떻게 해서든지 결혼 전에 설아를 빼내 올 것이다.

"그만 일어나겠네. 괘씸한 놈!"

"제 말은 새겨들으시는 게 좋으실 겁니다. 또다시 설아를 다치게 한다면 세상에 태어난 걸 후회하게 만들 겁니다. 더는 절 자극하지 마십시오."

정 사장의 말이 그의 뒤통수에 꽂혔다.

백 회장이 나가자 규인이 방 안으로 들어왔다. 그리고 그의 앞에 마주 앉았다.

"술 한 잔 줄까?"

규인이 그의 잔에 술을 부었다.

"만만치 않을 것 같아. 나갈 때 보니까 일을 저지를 것 같더라. 그리고 들어와서 보니 여기 더 크게 일을 벌일 사람이 있는 것 같고. 내가 걱정돼 죽겠다."

"……내가 그래 보여?"

"그래, 냉동실도 지금 여기보다 나을 것 같아. 모두 다 얼려 죽일 것 같다고."

하준이 단번에 술잔을 비우고, 스스로 잔을 채우고 또 잔을 비우길 반복했다.

"그만 마셔. 왜 그래?"

"그러게……. 내가 왜 이럴까?"

"너 요즘 낯설다."

"나도 이런 내가 낯설어. 여자 때문에 이렇게 흔들리는 게 마음에 들지 않아. ……백 회장을 죽이고 싶었어."

"워, 워……."

규인이 손을 들며 진정하라고 했다. 하지만 하준은 진정이 되지 않았다.

"너, 설아 씨 사랑하냐?"

"……아니."

"아니긴. 온몸으로 '난 사랑에 빠졌어요.' 라고 말하는데……."

"그런 거 아냐."

그는 또다시 술잔을 비웠다. 이건 사랑이 아니었다. 그는 사랑을 할 수 있는 뇌구조가 아니었다. 그에겐 그런 한가한 감정놀음 따위를 할 시간이 없었다. 그녀와 하는 섹스가 너무 좋았고 곁에 있는 것만으로도 떨리지만, 그렇다고 그런 원초적인 감정을 사랑이라고 말하기는 어려웠다.

하준은 사랑에 대해 알고 싶지 않았다. 그런 귀찮은 감정 따위는 느끼기도 싫었다.

"난 술 한 잔 안 주냐?"

"네가 따라 마셔."

"차가운 놈."

규인이 또다시 투덜거렸다.

"네가 설아 씨에게 하는 거의 반의반만 해 줘도 내가 널 업고 다니겠다."

"미친놈."

"설아 씨 얘기만 나와도 나사 풀린 놈처럼 헤벌리는 놈이 누군데?"

그는 또다시 술을 마셨다. 그렇게 몇 잔 마시고 나니 순식간에 사케 두 병이 바닥났다.

"내일 오전에 회의 있어."

"알았다. 일어나자."

그들은 술집에서 나왔다. 태명당에 도착했을 때 그는 이미 술이 잔뜩 올라와 있었다. 기분이 좋아야 하는데 가슴이 기분 나쁘게 아팠다. 누군가 그의 심장을 손으로 꽉 쥐고 있는 것 같았다.

그는 비틀거리며 사랑채로 향했다.

"하준아, 조심해서 가."

그의 뒤에서 규인이 말했고 그는 괜찮다고 한 손을 들어 보였다. 그가 돌아올 거라고 생각하지 않았는지 사랑채는 불이 꺼져 있었다. 갑자기 서운한 생각이 들었다. 시계를 보니 11시였다.

"너무하는군……."

그는 이렇게 말하며 1층의 거실로 들어섰다. 그런데 설아가 양

초 하나만 켜고 소파에 앉아 있었다.

"다녀오셨어요?"

그녀가 웃으며 자리에서 일어나 그에게로 다가왔다. 하얀 가운 하나만 걸치고 있는 설아는 너무나 고혹적이었다.

"어머니께서 향초를 주셨는데 향이 너무 좋아서 켜 봤어요. 어때요?"

"……좋아."

"술 드셨어요?"

"응."

"얼른 씻고……. 어머!"

그가 설아의 허리를 잡아 끌어당겼다. 그리고 그녀의 가슴에 얼굴을 묻었다.

"무슨 일 있었어요?"

"아니……."

설아는 더는 묻지 않았다. 나이는 그보다 많이 어렸지만, 설아는 그보다 더 어른스러운 것 같았다. 하준은 자연스럽게 설아의 가운을 어깨에서 바닥으로 떨어뜨렸다. 그의 예상대로 설아는 아무것도 입고 있지 않았다.

거실에 유일한 빛은 촛불이 전부였다. 일렁이는 그 불빛은 온전히 설아만을 비췄다. 다행이었다. 지금 설아가 자신의 얼굴을 본다면 자신이 뭘 느끼고 있는지 알 것 같았다.

마음을 들킬 것 같아 두려웠다.

"위층으로 가면 안 될까요?"

"왜?"

"여기는 통유리라서……. 읍!"

일하는 사람들이 숙소로 돌아가는 길에 그들을 볼 수도 있다는 말이었지만 그는 상관없었다. 그들이 섹스하는 걸 다른 사람들이 보는 것보다 그녀의 입술을 지금 삼키지 못하는 것이 더 싫었다.

온종일 기다리던 순간이었다. 벌써 몇 주를 함께했는데도 이상하게 설아에게 더 갈증이 났다. 다른 여자들은 침대에서 밤을 새우는 일도 없었다. 그런데 휴일이면 그는 설아와 침대에서 종일 함께했다.

그래도 좋았지만 이건 비정상적인 일이었다. 적어도 그에겐 그랬다. 그녀의 하얀 피부가 어두운 거실에서 더없이 빛났다.

"예뻐."

그렇게 말하며 그는 설아의 가슴을 입안 가득 물었다. 그리고 정신없이 빨았다. 먹어도 먹어도 질리지 않는 맛이었다. 하준은 그녀의 가슴 곡선을 따라 혀를 움직였다. 그는 설아의 유두를 혀로 핥았다.

"넌 날 미치게 해."

"정말…… 내가 당신을 미치게 하나요?"

"그래. 왜, 아닌 것 같아?"

"……."

설아는 그가 얼마나 그녀를 원하고 있는지 모르는 것 같았다.

"넌 처음부터 날 미치게 했어. 난 원래 이렇게 집착하는 남자가 아니야."

"나에게 집착하나요? 난…… 당신이 나에게 집착하는 게 좋아요."

그녀의 뜻밖의 말이 하준의 욕망에 불을 지폈다. 그는 설아를 소파에 눕히고는 그대로 그녀를 덮쳤다.

"집착은 위험해."

"아뇨……. 읍!"

그는 설아의 입술을 그대로 삼켰다. 그리고 입을 벌려 혀로 그녀의 입안을 차지했다. 그의 손은 정신없이 자신의 옷을 벗었다. 입술을 떼지 않은 채로 옷을 벗으니 옷이 빨리 벗겨지지 않았다.

파밧!

그가 와이셔츠를 찢듯이 벗자 단추가 사방으로 흩어졌다. 그는 지금 정신이 없었다. 술기운도 올라오고 설아에 대한 욕망도 솟아올라 지금 그는 불덩어리 같았다.

"타들어 갈 것 같아."

그는 이렇게 말하며 그녀의 여성을 손으로 쓰다듬었다. 그리고 손가락으로 여성을 가르고 들어가서 그녀의 클리토리스를 자극하기 시작했다.

"아아아……."

그녀의 신음이 듣기 좋게 울렸다.

"설아야……."

그는 설아의 이름을 부르며 그녀의 질 안으로 손가락을 밀어 넣었다. 설아는 가냘픈 몸을 활처럼 휘었다.

"아아앙."

그때였다. 갑자기 설아가 몸을 일으키더니 그의 앞에 무릎을 꿇고 앉았다. 그리고 그의 페니스를 손으로 잡았다.

"설아야, 난……."

"쉿, 가만히 있어요. 오늘은 내가 하고 싶어요."

설아가 이렇게 적극적으로 나온 건 처음이었다. 온몸의 피가 아래로 쏠리는 느낌이었다.

"으윽!"

설아의 작은 입이 그의 거대한 페니스를 물었다. 설아의 입은 너무 작아서 그의 페니스를 다 넣지도 못했다. 하지만 그 모습이 얼마나 야한지, 그리고 그녀가 주는 느낌이 얼마나 황홀한지 그

누구도 알지 못할 것이다.

그는 지금 심장이 터질 것 같았다.

츄웁 츄웁!

설아가 그의 페니스의 끝을 혀로 핥았다. 마치 사탕을 핥듯이 혀를 움직이고 있는 모습을 보고 있자니 참을 수가 없었다. 그래서 그는 소파를 있는 힘껏 잡았다. 그렇게 하지 않고는 참을 수 없을 것 같았다.

"으윽……."

처음이었다. 이렇게 자극을 받은 적은 없었다. 그녀와의 첫 섹스 때도 이러지는 못했다.

"설아야……."

이대로 있다가는 그녀의 입안에 실수할 것 같았다. 그래서 그는 설아를 소파에 던지듯이 놓고는 곧바로 그녀의 질에 자신의 페니스를 넣었다.

"아악!"

여전히 그녀의 질은 좁았고 그의 페니스는 힘겹게 그녀의 질 안을 비집고 들어갔다.

"헉헉헉!"

그리고 오늘은 그 어느 때보다 깊이 그녀의 안으로 파고들었다. 설아는 미친 듯이 신음했고 그는 미친 듯이 허리 짓을 했다.

"으으윽!"

"아악!"

그는 설아 위로 무너져 내렸다. 그리고 땀에 젖은 설아의 얼굴을 손으로 쓸었다.

"짐승이 된 것 같아."

"아니에요……. 좋았어요."

설아는 그를 안아 주었다. 포근했다.

"침대로 가요."

그는 설아의 손에 이끌려 침대로 향했다.

설아는 옆에서 쥐 죽은 듯이 잠든 하준의 머리를 쓸어 올렸다. 잘생긴 얼굴이었다. 그의 짙은 눈썹을 손가락으로 쓸었다. 어제 저녁에 그녀는 하준에게 부탁했었다. 태신건설을 무너트려 달라고 말이다.

그는 놀란 눈으로 그녀를 보았다. 그리고 설아는 그녀가 어떤 처절한 삶을 살았는지 이야기했다. MSG 따위는 없었다. 그녀의 삶은 굳이 MSG 없이도 자극적이니까 말이다.

"설아야……."

"난 복수하고 싶어요. 아빠란 사람이 딸에게 할 짓은 아니잖아요."

"……."

"부탁이에요. 엄마의 한과 내 억울함을 하준 씨가 풀어 줘요. 할 수 있잖아요……. 흑흑흑……."

그녀가 눈물을 흘리자 하준이 그녀의 눈물을 손으로 닦아 주었다.

"도와줄 거죠? 그들을 불행하게 만들고 싶어요. 태신건설을 당신이 인수하면 안 돼요?"

"……."

하준은 그녀의 말을 심각하게 들어 주었다.

"하준 씨……."

"……알았어."

하준이 설아를 꼭 끌어안고 그녀의 정수리에 입을 맞추었다. 그리고 알았다는 한마디 외에 다른 말은 없었다. 그런데 이상하게 그는 설아가 원하는 대로 해 줄 것 같았다. 아버지로 인해 불행하게 살았던 10년의 세월을 그가 보상해 줄 거라 믿었다.

일단 하준에게 부탁한 뒤에 두 번째로 시어머니에게 부탁했다. 할아버지의 약속이 담긴 유산을 받으려면 생일까지 기다려야 하니 도와 달라고 말이다.

정아에게 백 회장의 움직임이 심상치 않다는 소식을 들었다. 백 회장 집과 내통하는 도우미를 해고하는 대신에 그녀를 역으로 이용해서 정보를 빼낸 덕분이었다. 이건 오 집사의 아이디어였다. 자신을 자르지 말아 달라고 애원하는 직원에게 역으로 제안해서 얻은 결과였다.

"납치?"

어이가 없었다. 이제는 납치까지 해서 그녀의 유산을 가로챌 생각을 하다니. 속에서 천불이 났다.

"으으음."

하준이 몸을 뒤척이며 그녀를 안았다. 아직 그의 마음을 알 수 없었지만 확실한 건 그녀의 몸을 좋아한다는 것이었다. 그렇지 않고서는 이렇게 매일 그녀를 찾을 수는 없었다.

요즘 그녀가 다니는 마사지 숍에 다희가 들락거린다는 소리를 들었다. 일단은 그들이 뭘 하는지 지켜보기만 하면 되는 것이었다.

"안 자?"

"자요."

그녀는 하준의 품에 안겨 잠을 청했다.

따뜻한 햇볕이 그녀를 안아 주었다. 다른 날보다 몸이 많이 무거웠다. 어제 늦게까지 그와 섹스를 한 탓이었다. 하준은 그녀가 깰까 봐 또 새벽에 조용히 본가로 돌아간 모양이었다. 그는 배려심이 깊은 남자였다. 뭐든지 그녀 위주로 해 주었다. 하지만 그것이 그녀가 가진 막대한 주식 때문인지, 아니면 다른 이유가 있기 때문인지는 알 수 없었다.

그는 사랑한다고 말하지 않았다. 아니 좋아한다는 말도 하지 않았다. 섹스할 때 예쁘다고 말하는 정도지 그 이상을 말한 적이 없었다. 그녀는 냉정하게 생각하기로 했다. 그녀도 그가 필요하고 그도 그녀가 필요했다. 그리고 그들의 섹스는 환상적으로 좋았다. 더 바란다는 건 욕심이었다.

"작은 사모님, 오늘 마사지 받으러 가시는 날입니다."

"준비할게요."

그녀는 침대에서 일어나 마사지 숍에 갈 채비를 했다. 정아도 그녀와 함께했다.

"지금 가는 마사지 숍에서 작은 사모님 예쁘다고 난리도 아니에요. 어쩜 그렇게 미인이냐면서, 그래서 재벌가의 며느리가 된 거 아니냐며 난리예요."

"……."

또 정아의 이야기보따리가 풀어졌다. 마사지 숍에 도착해서도 정아는 끝도 없이 말했다. 주차장에 내려서도 정아의 이야기는 끝을 맺지 못했다. 그때였다.

"이게 누구야?"

등 뒤에서 익숙한 목소리가 들렸다. 설아가 뒤를 돌자 머리서 부터 발끝까지 명품으로 치장한 다희가 서 있었다. 블랙 타이트 스커트에 같은 블랙 블라우스를 입은 다희는 커리어우먼 그 자체 였다.

"대한그룹에 들어가더니 이제 동생은 엿으로 보는 거야?"

"……"

"그래도 미운 정도 정인데 말이야. 기껏 도망치라고 기회까지 줬는데, 도망은 안 치고 하준 오빠한테 돈 들고 그대로 가 버리고."

시비를 걸고 있었다.

"마사지 받으러 온 거 아니야?"

"맞아."

"그럼 마사지나 받고 돌아가. 괜한 시비 걸지 말고."

"뭐?"

팍!

다희의 손이 그녀를 향해 날아들었지만, 이번엔 설아의 뺨에 닿지 못하고 그녀의 손에 잡혔다.

"이거 안 놔!"

"미안한데, 예전에 갇혀 살던 내가 아니야. 그리고 언니한테 손을 휘두르면 안 되지."

"어디서 충고질이야!"

짝!

그때였다. 정아가 그녀를 대신해서 다희의 뺨을 세게 후려쳤다. 그러자 다희의 얼굴이 옆으로 돌아갔다. 엄청난 힘에 셋 모두가 놀랐다.

"야!"

그중에 가장 놀란 건 다희 같았다.

"죄송해요. 모기가 뺨에 붙어 있어서 그만……."

하마터면 웃음이 터질 뻔했다.

"그리고 언니분에게 무례하게 그러시면 안 되죠."

정아가 설아를 데리고 안으로 들어가려 하자 다희가 정아에게 달려들었다. 가만히 있을 다희가 아니었다. 하지만 놀란 건 그다음부터였다. 정아가 가볍게 다희를 들어 그대로 바닥에 내리꽂았다.

"악!"

설아가 보기에도 아파 보였다.

"정아 씨, 유도했어요?"

"네. 유도는 2단이고 태권도는 4단입니다."

정아가 아주 자랑스럽게 말했다.

"은근히 재주꾼이네요."

"감사합니다."

바닥에 다희가 뻗어 있든지 말든지 둘은 신경 쓰지 않고 숍 안으로 들어갔다.

"속이 다 후련하네요."

"저도요."

둘은 어느새 환상의 콤비가 되어 있었다. 그녀가 마사지를 받는 사이에 정아는 그녀 옆에 의자를 놓고 앉아 있었다.

"정아 씨, 경호원 같아요."

"제가요?"

"그렇게 운동을 잘한다고 생각 못했어요."

"제가 덩치도 크고 해서 아빠가 운동을 가르치셨어요. 아빠가 태권도장을 하시거든요."

의외의 모습이었다. 키는 컸지만 덩치가 좋게 느껴지지 않았는데. 그러고 보니 탄탄한 몸이긴 했다.

"또 오는 건 아니겠죠?"

"겁먹었을 거예요. 내 주변에 이런 사람이 있다는 건 생각지 못했을 테니까요."

설아의 입꼬리가 저도 모르게 올라갔다. 날이 갈수록 설아는 연약했던 자신에서 탈피해서 조금씩 강한 모습으로 변하고 있었다. 상황이 그녀를 강하게 만들었지만 지금 생각해 보면 어릴 때도 그랬던 것 같았다.

맞는 엄마를 보며 아버지에게 대들었던 때가 떠올랐다. 그래서 더 맞기는 했지만, 설아는 강했었다. 10년의 감금 생활 동안 그녀가 무기력해졌던 건 사실이었지만, 천성은 바뀌지 않는 법이었다. 잔인한 아버지의 천성이 바뀌지 않듯이 말이다.

마사지를 받고 있는데, 담당이 바뀌었는지 마사지의 느낌이 달라졌다.

"다른 분이 들어오셨나 봐요?"

"……."

대답이 없었다. 그런데 이상하게 자꾸 마사지사가 그녀의 가슴 쪽과 엉덩이 쪽을 만지고 있었다. 손의 느낌이 익숙했다. 끈적이면서 야릇한 느낌이었다. 이런 느낌을 줄 수 있는 건 단 한 사람뿐이었다.

하지만 평일, 그것도 오전에 시간을 낼 수 있는 사람이 아닌데 이상했다.

"으으음……."

마사지사의 손이 그녀의 엉덩이 아래로 내려와 여성을 건드리자 절로 신음이 터져 나왔다. 하지만 그녀는 뒤를 돌아보지 않았다. 왠지 이렇게 모른 척하는 게 더 야릇하다는 생각이 들었기 때문이었다.

그의 손이 여성을 가르고 들어왔다.

"헉!"

질 안으로 파고드는 그의 손가락이 주는 쾌락보다 그녀의 등에 닿은 그의 입술이 그녀의 몸을 소름 돋게 했다. 하준의 혀가 그녀의 등을 따라 점점 아래로 내려갔다.

"하으······."

"마사지 받을 때마다 이렇게 야릇한가?"

"······처음이에요."

"너무 젖었어."

"그런 말은 하지 말아요."

설아는 하준이 주는 쾌감에 몸을 부르르 떨었다. 그의 손가락이 질 안을 긁어 대는 바람에 그녀는 더 이상 다른 생각을 할 수 없었다.

"아흐······. 회사는요?"

"다희가 주차장에서 행패를 부렸다고 하기에 달려왔지."

"어떻게 알았어요?"

"경호원. 하지만 내가 알지 못한 경호원이 당신 곁에 붙어 있다는 소리에 깜짝 놀랐어."

정아의 이야기를 하는 모양이었다. 하지만 하준이 붙인 다른 경호원들이 있다는 사실은 설아도 오늘 처음 알게 되었다.

"경호원이요?"

"설아의 안전이 내겐 최우선이야."

그도 주식에 관심이 많은 모양이었다. 이렇게까지 그녀의 안전을 신경 쓰는 걸 보면 말이다. 이제 얼마 후면 결혼을 할 거고, 그렇다면 그녀의 주식도 그가 마음대로 할 게 뻔했다. 그렇게 원하는 걸 다 얻으면 그도 아버지처럼 변해 버리는 걸까?

아버지는 언제나 엄마를 '쓸모없는 년'이라고 했었다. 결혼 전에 대국전자의 딸이라고 해서 내심 기대했는데 친정으로부터의 지원이 하나도 없었기 때문이다. 그래서 아버지는 그때부터 엄마를 때렸고, 엄마는 묵묵히 참고 살았었다.

할아버지는 아버지의 인성을 처음부터 알아보셨고 엄마와의 결혼을 반대했지만, 덜컥 그녀를 임신하는 바람에 어쩔 수 없이 결혼을 시킨 것이었다.

아버지의 기대는 한순간에 물거품이 되었다. 그래서 결혼 전부터 내연 관계로 지내던 김선영과 따로 살림을 차리기까지 하며 엄마를 괴롭혔다. 그가 주식을 갖게 되고 자신이 쓸모없어지면 하준도 나를 버릴까? 설아는 두려웠다.

"왜?"

"네?"

"무슨 생각을 그렇게 골똘히 하나 해서."

"……당신과 난 영원할까요?"

"당연하지."

그가 당연하다고 말하는 게 더 불안했다. 설아의 눈동자가 흔들렸다.

"쓸데없는 생각하지 말고…… 지금을 즐겨."

그가 그녀를 바로 눕힌 후에 오일을 가슴에 뿌렸다. 차가운 오일이 가슴에 닿자 그녀는 몸을 부르르 떨었다. 오일이 잔뜩 묻은 가슴을 그가 주무르기 시작했다. 확실히 보통의 마사지를 받을 때와는 느낌부터가 달랐다.

"유두가 단단해졌어……. 아주 야해."

"하준 씨가, 자꾸 만지니까……."

그가 미끄러운 그녀의 유두를 살짝 비틀었다. 하준은 그녀가 걸친 것과 같은 가운을 입고 있었다. 남자들도 와서 마사지를 받는 곳이라서 출입 가능했다.

"마시지 받을 거예요?"

"아니."

"그런데?"

"설아의 벗은 뒷모습을 보는 순간 참을 수가 없어서 부탁했지. 1시간 동안 아무도 들여보내지 말라고."

그는 작심하고 들어온 것 같았다.

"여긴 집이 아니라고요."

"알아."

"그런데 어떻게……."

"어떻게 뭘?"

"아니에요."

설아가 새침하게 말했다. 그러자 그가 설아의 입술을 빠르게 삼켰다. 그의 키스는 생각보다 거칠었다. 참을 수 없다는 듯 그녀의 부드러운 입술을 빨아들이고 있었다. 집이 아닌 다른 공간에서 이렇게 그와 야릇한 일을 벌이고 있으니 설아도 다른 때보다 더 흥분해 있었다.

설아를 마사지 침대 위에 앉힌 그는 그녀의 다리를 벌리고 그 가운데 섰다. 그의 페니스는 벌써 단단해져 그녀의 여성을 찌르고 있었다.

"널 보면 이렇게 흥분이 돼."

"저도 그래요."

"이렇게만 있을 수 있다면 얼마나 좋을까? 널 항상 곁에 두고 싶은 마음뿐이야."

설아는 아마 그녀의 인생에서 이렇게 격하게 제 몸을 원하는 남자는 하준 이외에는 없을 거라 생각했다.

"하준 씨……."

하준이 자신의 페니스를 잡고는 그녀의 여성에 대고 문질렀다.

"하으……."

"넣고 싶어."

"빨리…… 넣어 줘요."

온몸에 미끈거리는 오일을 발라서 그런지 그의 페니스마저도 오늘은 부드럽게 들어갔다.

"아아앙……."

"윽!"

그가 설아의 엉덩이를 양손으로 꽉 잡고는 빠르게 움직이기 시작했다. 사람들이 들어올지도 모른단 사실은 신경 쓰지 않았다. 오로지 지금 이 순간, 그와 하나가 되는 게 전부였다.

"헉헉, 이런 건 처음이야."

"아아앙……."

설아는 아랫배에 전율이 퍼지는 걸 느꼈다. 이런 느낌은 처음이었다. 다른 공간에서의 섹스는 신선하게 느껴졌다. 그의 분신들이 그녀의 몸 안에 퍼지고 있었다.

"으윽!"

그는 뜨거운 숨을 헐떡이며 그녀를 품에 안았다.

"하준 씨……."

그녀도 그의 허리를 끌어안았다. 그를 놓칠 수 없었다. 그가 뭘 원하고 있는지 알지만, 자꾸만 그에게 빠져드는 마음은 어쩔 수가 없었다. 저도 엄마와 같은 인생을 살게 되는 것일까? 두려웠다.

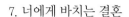

7. 너에게 바치는 결혼

10월에 들어서자마자 집 안은 분주해지기 시작했다. 새사람을 맞이할 준비로 모두가 들썩였다. 특히나 집안의 안주인인 나은은 더 바빴다. 이를 곁에서 지켜보는 오 집사의 마음도 덩달아 분주했다.

"내일부터는 2층 공사를 시작하는데 일주일간 무슨 일이 있어도 끝내도록 해요."

"네."

"아버님이 일요일에 오시니까 토요일까지는 마치도록 해요. 설아가 원하는 디자인은 받아 놨죠?"

"네, 작은 사모님과 정 사장님의 의견은 이미 수렴해 두었습니다."

"후……. 영주야."

오 집사는 나은이 결혼 전부터 함께해 온 사이였다. 장애가 있었던 어머니와 아버지 때문에 그녀는 어린 나이에 나은의 집에 상주 도우미로 들어가게 되었다. 그 뒤로 쭉 나은을 모셔 온 영주였다.

"네."

"너라면 어떻게 할 것 같아?"

"무슨 말씀이신지……."

나은의 마음을 누구보다 잘 아는 영주였다. 설아가 불쌍하고 안쓰러웠지만 설아의 어머니인 은희의 삶을 누구보다 잘 아는 나은이기에, 혹시나 설아도 은희처럼 학대 때문에 이상해지지는 않았을까 걱정이 되는 모양이었다.

"처음엔 그냥 안쓰럽기만 했는데, 이제 걱정이 돼. 네 아들이라면 어떻겠어? 그런 며느리를 쉽게 받아들일 수 있어?"

"걱정 안 하셔도 될 것 같습니다. 정아의 말에 의하면 작은 사모님은 지극히 정상이십니다."

"하지만 언제 은희처럼 될지도 모르고. 그 어린 것이 그런 고통을 참고 살았는데…… 과연 멀쩡할까?"

결혼 후엔 따로 연락을 하진 않았지만, 가끔 오 집사를 통해서 전해 들은 태신건설 본가의 얘기는 공포 영화보다도 더 무서웠다. 술만 마시면 은희를 때리는 백 회장 때문에 은희는 몸도 정신도 점차 망가져 갔다.

결국 앓다가 죽었지만, 소문엔 병사가 아니란 말도 많았다. 병사로 위장한 타살이라는 것이었다. 그런 걸 곁에서 보고 자란 설아가…… 과연 정신적으로 건강한 아이일까?

걱정이 이만저만이 아니었다.

"주식 때문에 결혼시키긴 하지만, 뭔가 찝찝해."

"괜찮을 겁니다."

오 집사는 그렇게 나은을 진정시켰다. 결혼식이 가까워 오니 불안하신 모양이었다. 그런 불안감은 큰 사모님뿐 아니라 작은 사모님에게도 느껴지고 있었다. 어제도 잠을 제대로 이루지 못하신 것 같았다.

아침에 보니 눈 밑이 검은 게 피곤해 보였다. 거기에 정 사장님의 지나친 경호 덕에 오 집사가 보기에도 숨이 막혔다. 좋아하는 건 좋았지만 너무 사람을 조이는 느낌이었다. 곁에서 보기에 그렇게 좋아 보이지 않았다.

어릴 때부터 정 사장을 보아 왔지만 이런 모습은 처음이었다. 잘생긴 얼굴과 재벌 타이틀로 하준은 언제나 여자들에 둘러싸였다. 그래서 여자 귀한 줄 모르는 하준인데, 이상하게 설아에게는 영혼을 빼앗긴 사람처럼 굴었다.

"영혼을 빼앗겼다라……."

하준은 매일 밤 사랑채를 찾았고 주말은 사랑채에서 밖으로 나올 생각을 하지 않았다. 그래서 정아는 설아의 건강을 걱정했다.

오 집사는 설아의 변화를 눈으로 보고 있었다. 설아에 대해 걱정하는 나은처럼 오 집사도 설아에 대해 걱정하고 있었다. 나은은 학대로 인해 그녀의 정신에 문제가 있지 않을까 걱정했지만 오 집사의 걱정은 다른 곳에 있었다.

우울증보다, 요즘 설아는 복수의 화신 같은 느낌이 더 강했다. 설아는 가녀리게 보였지만 굉장히 강한 여자였다. 그게 무서운 오 집사였다.

하준이 정신 못 차리는 걸 이용해서 설아는 자신이 원하는 걸 차지할 것 같았다. 그래서 미리 설아를 도와주려고 하고 있었다. 하준이 이용당하는 것보다 그녀가 미리 설아를 도와주는 게 훨씬 나을 것 같았기 때문이다.

"앞서 가는 걸까?"

사랑채 앞에서 한창 꽃꽂이 수업을 받고 있는 설아를 보며 오 집사는 중얼거렸다.

"집사님!"

정아였다. 정아는 그녀의 하나뿐인 조카였다. 그녀의 여동생의 딸이자 이젠 그녀의 딸이나 마찬가지인 존재였다. 어디로 튈지 모르긴 했지만 정직하고 착실한 아이였다.

"천천히 다녀."

"네."

"무슨 일이야?"

헐레벌떡 뛰어온 정아는 가쁜 숨을 몰아쉬며 말했다.

"헉헉, 그러니까……."

"윤정아."

"죄송해요. 너무 급해서……. 백 회장님이 지금 집 앞에 와 계시다고……."

"뭐? 백 회장님이?"

"아니, 백 회장님이 아니라 백 회장님 부인하고 딸이 밖에 와 계시다고요……."

오 집사는 서둘러 밖으로 나갔다. 검은색 세단이 대문 앞에 버티고 서 있었다. 그녀가 나가자 차의 창문이 내려갔다. 그 안에는 고고한 표정의 김선영이 앉아 있었다.

"어떻게 오셨습니까?"

"안사돈을 만나러 왔는데, 문전 박대인 겁니까?"

"약속을 하고 다음에 오시죠."

"뭐? 대한그룹의 벽이 높긴 높구먼. 약속을 안 했다고 손님을 내쫓는 걸 보니, 인심이 박해."

자신 있게 큰소리로 말하는 여자가 이상해서 주변을 살피니 곳 곳에 기자들이 보였다.

"기자들을 대동하고 오셨습니까?"

"내가 그런 것까지 설명해야 해?"

"들어가시죠."

"뭐?"

오 집사의 말에 김선영이 놀란 얼굴을 했다. 문전 박대 당하는 걸 기사에 내보낼 생각이었던 것 같았다. 김선영의 시나리오대로 해 줄 생각은 없었다.

"사모님께서 원하시니 잠깐 드시지요."

"흠……."

"엄마, 뭐 해. 들어갔다가 가자."

딸로 보이는 여자가 이렇게 말하자 김선영도 마지못해 차에서 내렸다. 확실히 인사를 온 게 아닌 것이 사돈집에 오면서도 빈손 이었다. 오 집사는 그녀들을 데리고 안으로 들어갔다. 그리고 나 은과 설아까지 네 여자를 한꺼번에 모이게 했다.

설아는 오 집사의 생각이 뭔지 알 것 같았다. 꽃꽂이 수업을 받 다가 말고 그녀는 태명당으로 향했다. 정아가 흥분해서 따발총

수준의 말을 쏟아 내고 있었지만 아무런 소리도 귀에 들리지 않았다.

태명당에는 새어머니와 다희가 짙은 향수 냄새를 풍기며 앉아 있었다. 오늘따라 그들이 싸구려처럼 보였다.

"오셨어요."

"어, 설아구나."

"언니……."

언니라니 다희의 언니라는 말에 설아는 하마터면 웃음을 터트릴 뻔했다.

"이렇게 약속 없이 저희 집을 찾는 분이 없어서, 좀 당황스럽습니다."

시어머니인 박 여사의 말에 새어머니의 얼굴이 굳었다.

"사돈댁을 방문하는 데 절차가 이렇게 복잡할 줄은 몰랐습니다."

"원래 사돈 지간이 더 어려운 법이죠."

박 여사는 조용히 할 말을 다 하고 있었다. 오 집사님은 이런 시어머니의 성품을 잘 아는 것 같았다. 시어머니는 어디 가서 질 분이 아니었다.

"오신 용건이 뭐죠?"

"이제 곧 결혼식을 올릴 텐데, 저희 쪽에서 준비할 게 있나 해서 여쭈러 왔습니다."

"준비는 필요하지 않습니다. 어차피 결혼식도 조촐하게 할 거고요."

"네……."

"그날 오실 겁니까?"

"네? 당연히 와야죠. 무슨 말씀을 그렇게 하십니까?"

새어머니가 발끈했다.

"그럼 오세요. 대신에 보안이 삼엄할 겁니다."

"결혼식에 보안은 무슨……"

"누군가 자꾸만 그렇게 만드네요."

"아무리 사돈 지간이라지만, 너무 무례하신 거 아닌가요?"

다희가 끼어들었다.

"아가씨, 무례한 건 그쪽이야. 무례를 입에 올려선 안 될 말이지. 기자들을 대동한 이유가 뭐지? 우리가 어떤 반응을 보일지 궁금했나? 우린 당신들을 이렇게 마주 앉아 상대하기도 싫어. 하지만 설아의 체면을 봐서 상대하는 것뿐이야."

"이보세요. 사부인!"

"사부인? 내가 누군 줄 아나? 난 억울하게 죽은 설아의 엄마인 은희의 둘도 없는 친구였지. 그런데 내가 은희를 괴롭힌 당신을 좋아할 수 있을 거라 생각하나?"

새어머니의 얼굴이 창백해졌다.

"괜히 우리 집을 기웃거리지 말았으면 좋겠어요. 또 그랬다가는 정말 가만히 있지 않을 거니까. 그만 가 보시죠."

어머니가 자리에서 일어났다.

"설아야, 꽃꽂이 수업은 끝났어?"

"네."

"그럼 나하고 차 한잔할까?"

설아가 시어머니의 뒤를 따랐다. 그녀가 굳이 거들 필요는 없어 보였다.

"감사해요."

설아는 진심이었다.

"뭐가?"

"새어머니는 언제나 절 못 잡아먹어서 안달이신 분이죠. 맞기도 많이 맞았어요."

"설아야……."

시어머니가 그녀의 손을 꼭 잡아 주었다. 설아는 천군만마를 얻은 기분이었다.

"그런데 전 언제나 혼자였거든요."

"아니, 이젠 우리가 곁에 있을 거야."

"어머니……."

"울지 마라. 속상하니까."

"네……."

시어머니가 그녀의 손을 다독였다.

"이제 들어가서 쉬어 여기는 내가 마무리할 테니까."

"네."

그렇게 어수선한 시간이 흐르고 설아는 사랑채로 향했다. 정아가 그녀의 뒤를 따랐다.

"정신이 이상한 사람들 아닌가요?"

"그러게."

"저 같으면 이곳에 올 생각조차 못했을 텐데요."

"날 만만하게 생각하는 것 같아."

"아무리 그래도 저건 아닌 것 같아요."

"그래서 마무리를 짓고 싶어."

설아는 이를 악물었다. 시어머니를 볼 면목도 없었다. 결혼식을 끝내고 그녀의 주식이 정리가 되면 본격적으로 아버지를 벌할 것이다.

"차가운 물 좀 부탁해."

"또 공부하시게요?"

"내가 공부를 하는 건 잘 물어보기 위해서야. 내가 알지 못하면 뭘 물어야 할지도 모르기 때문이지. 철저하게 죽일 거야. 죽일 수 없다면 나처럼 가둘 거야. 그 고통이 어떤 건지, 그들에게 톡톡히 느끼게 해 주고 싶어."

"……."

이를 악문 설아의 모습이 낯설었는지 정아는 한동안 말이 없었다.

"사모님……."

"이런 모습을 보이는 건 싫지만, 그래도 이렇게 마음을 보일 수 있는 사람이 있다는 게 좋아."

정아는 안쓰러운 눈길로 설아를 바라보았다.

대한그룹 본가를 찾아가 수모를 당한 날 이후로 선영의 신경질은 극에 달한 상태였다. 백 회장은 선영의 신경질이 못마땅했다. 이렇게 다른 사람의 비위를 맞추는 건 그가 아니었다. 참 신기했다. 뭐든 예뻐 보이던 선영과 다희가 설아가 사라진 순간부터 눈엣가시가 되어 있었다.

매일같이 미워하고 화풀이를 하던 설아가 사라지자 이제 화풀이 대상이 바뀐 것 같았다.

"결혼을 막는다고 하지 않았어요?"

선영이 방에 들어오자마자 그의 재킷을 받으며 잔소리를 하기 시작했다.

"기다려."

"언제까지 기다려요. 당장 얼마 안 있으면 결혼인데……."

"지금은 밖에 나오지조차 않는데 어떻게 해?"

"그럼 이대로 있어요? 밖으로 나오게 만들어야죠."

자꾸만 그의 신경을 자극하는 선영 때문에 그는 이를 악물었다. 그의 손이 오랜만에 근질거렸다. 폭력을 통해 강한 쾌감을 느끼는 창수였다. 그런 창수의 이중적인 면을 모르는 선영은 지금 그의 본성을 자꾸만 끄집어내려고 하고 있었다. 선영은 창수의 폭력을 한 번도 당한 적이 없었다. 그래서 자신은 끝까지 창수가 때리지 않을 거라는 자신감이 있는 것 같았다.

하지만 나이가 들어서도 그의 본성은 달라지지 않았다.

"그만해. 한 번만 더 그 소리 하면 나도 가만히 안 있어."

"안 있으면요? 태신건설이 다른 회사에 합병될 거라는 소문이 자자한데. 설아의 주식이라도 당장 뺏어 와야지 뭐 하는 거예요?"

찰싹!

순간적인 일이었다. 그동안 참고 참았는데 오늘 선영이 그를 화나게 한 것이었다.

"뭐, 뭐 하는 거예요?"

"……."

그는 선영의 멱살을 쥐었다. 은희를 때릴 때처럼 선영도 파닥거리는 생선 같았다. 그의 손을 잡으며 발버둥 치는 선영의 꼴이 우스웠다.

"여보⋯⋯. 악!"

그의 손이 쉴 새 없이 선영의 머리를 내리쳤다. 마치 인형을 때리는 것 같아 재미가 없었다. 그의 손에 선영의 피가 묻었지만, 그는 멈추지 않았다.

"아빠!"

놀란 다희가 그들의 침실로 들어와도 아랑곳없이 그는 한동안 선영을 때렸다. 다희가 그의 허리를 잡고 집사까지 들어와서 그를 말리고 나서야 겨우 멈출 수 있었다.

"아빠 도대체 이게 무슨⋯⋯. 악!"

이번엔 다희의 얼굴을 때린 창수였다. 이제 다 귀찮아진 창수였다.

"나가!"

"아빠가 어떻게⋯⋯."

"은희와 설아도 다 참고 살았어."

"⋯⋯우리는 안 참아요."

"그러시겠지."

그는 별로 개의치 않았다. 어차피 자신의 여자들이었다. 그의 돈으로 먹고사는 그런 여자들, 그가 함부로 해도 상관이 없는 여자들, 한마디로 쓸모없는 것들이었다.

"그간 내 돈으로 호의호식했으면 입 다물고 있어."

"……."

놀란 선영과 다희는 그를 원망 어린 시선으로 보았다.

"저것들 둘 다 별채에 가둬."

"네?"

"귀찮으니까 가두라고!"

집사는 놀란 눈이었지만 그의 말대로 둘을 별채에 가두었다.

"시끄러운 것들!"

창수의 눈이 분노로 벌겋게 충혈되었다.

"내가 주식을 빼앗길 것 같아?"

그는 이를 악물며 주방으로 내려가 냉장고에서 소주를 꺼내 병째로 마셨다. 지금 회사 상황이 너무 안 좋았다. 날이 갈수록 주주들이 그의 목을 조이고 있었다. 돈이 필요했다. 그것도 아주 많은 액수가 말이다.

대한그룹이 태신건설을 인수하는 게 확정 났다고 해도 그는 그렇게 허망하게 회사를 내놓고 싶은 생각은 없었다. 자금만 해결된다면 얼마든지 살릴 수 있는 회사였다.

벌컥벌컥.

이렇게 상황이 안 좋아진 건 다 설아 때문이었다. 진작에 주식에 대해 알았다면 그가 다 처분해서 회사를 키울 수 있었을 텐데, 끝까지 입을 다물고 있는 설아가 아주 못된 년이었다.

"모른 척을 했겠다."

분명히 알고 있었을 것이다. 10년 동안 갇혀 지내면서도 독하게 말 한마디 안 한 나쁜 년이었다.

"용서 못해."

창수는 술을 마시며 분노를 식히고 있었다.

9월까지 기승을 부리던 더위가, 추석이 지나고 10월의 문턱을 넘어서면서부터 사라졌다. 10월 초순인 지금은 밤이면 쌀쌀했다. 설아는 하준이 오기 전까지 기를 쓰며 법률 공부에 전념했다. 이렇게 하다 보면 뭐라도 도움이 될 것 같았다.

하준이 올 시간이 되면 그녀는 언제 그랬냐는 듯이 가운 하나만 걸치고 그를 맞이했다. 하준은 그녀가 옷을 입고 있는 걸 좋아하지 않았다. 때와 장소를 불문하고 어디서든지 그녀를 안길 원하는 사람이었다.

설아는 차라리 솔직한 하준이 좋았다. 그녀는 그냥 하준이 원하는 대로 해 주면 그뿐이었다. 그런데 이상한 건 날이 가면 갈수록 하준과의 섹스가 좋아지는 게 문제였다. 그가 그녀를 만질 때마다 느껴지는 느낌이 너무 좋았다.

"좋아진 걸까? 사랑인 걸까?"

이제 경계가 아주 모호해졌다. 저를 아껴 주는 그가 좋았다. 하지만 지금 설아는 해야 할 일이 있었다.

"어머!"

창밖을 보고 있는데 어느새 다가온 그가 뒤에서 그녀를 안았다.

"언제 왔어요?"

"방금?"

"기척이라도 하지. 놀랐잖아요."

그가 설아의 목에 입을 맞추었다.

"너무 예뻐서 넋을 놓고 있었지."

그는 그녀에게 사랑한다는 말을 하지 않았다. 결혼을 하고, 또 제가 주식을 상속받은 후에도 그가 이렇게 잘해 줄까? 자신이 없었다.

"밥은요?"

"약속이 있어서 먹었어. 설아는?"

"먹었어요."

7시까지 그가 오지 않으면 설아는 혼자서 밥을 먹었다.

그의 손이 정신없이 그녀의 가슴을 만지고, 그의 입술은 그녀의 목을 탐했다. 하준의 숨결이 그녀를 뜨겁게 만들었다.

"혼자서 무슨 생각을 했어?"

"……그냥요."

"결혼식 준비는 잘돼 가?"

"네, 태명당의 인테리어도 들어간다고 했어요."

"나야 여기서 매일같이 지내니, 내 방이 어떻게 되는지도 몰랐어."

그의 뜨거운 손이 그녀의 유두를 살짝 비틀었다. 그의 손길에 설아는 더는 견딜 수가 없었다. 설아는 몸을 돌려 발꿈치를 들어 그의 목을 팔로 감고 얼굴을 마주 보았다.

어느 사이엔가 설아는 그를 가슴에 새겨 버렸다. 이 잘생긴 남자를 사랑하고 있었다. 하지만 날이 갈수록 불안한 마음이 강했다.

"왜 그렇게 봐?"

"우리가…… 행복할 수 있을까요?"

"당연하지. 백 회장의 숨통을 조이고 있으니까 너무 걱정하지 마. 내가 용서하지 않을 거니까."

"……고마워요."

하준은 설아의 행복이 그녀의 아버지에게 복수하는 것이라고 생각하는 것 같았다. 하긴, 그가 그렇게 생각하는 것도 이상하지 않았다. 그녀는 매일같이 그를 졸랐다. 아버지를 망하게 해 달라고 말이다. 그는 한다면 하는 사람이었다. 그런데 설아에게 이제는 복수뿐만 아니라 그의 마음을 가지고 싶다는 욕심이 생겨 버렸다.

"이제 나에게만 집중해."

그의 입술이 그녀의 입술을 삼켰다. 굳이 노력하지 않아도 그녀는 이미 하준에게 집중하고 있었다. 그들의 혀가 뜨겁게 얽혔다. 이렇게 속궁합이 잘 맞는 사람은 다시는 찾지 못할 것 같았다.

오늘 그를 더 뜨겁게 안고 싶은 설아는 그의 바지 버클을 풀기 시작했다. 그리고 뜨거운 키스를 하며 그의 브리프 속으로 손을 집어넣었다.

"윽!"

그의 페니스는 이미 준비가 되어 있었다. 손으로 잡기 버거울 정도였다. 언제나 그 크기에 놀라긴 했지만, 오늘은 더 커진 것 같았다.

"으으윽!"

그녀가 손가락으로 그의 페니스를 쓰다듬자 그의 입에서 신음이 흘러나왔다. 페니스의 굵은 핏줄에 그녀의 손가락이 스치자 움찔거렸다. 끝까지 쓰다듬자 그녀의 손가락 끝에 쿠퍼액이 묻었다.

그가 흥분했다. 그녀의 작은 움직임에도 그는 격렬하게 반응했다. 그의 마음도 이렇게 반응해 준다면 얼마나 좋을까?

"그만!"

그가 갑자기 그녀의 턱을 잡았다. 평소에도 거칠게 섹스를 하는 스타일이었지만 오늘 하준의 눈빛은 그 어느 때보다도 위험스럽게 빛났다.

"더는 날 자극하지 마. 오늘은 자제가 안 될 것 같아."

"……."

"널 보면 너의 모든 걸 가지고 싶어. 오직 나만 보게 하고 싶어. 복수도 생각하지 마. 다른 사람이 너의 머릿속에 들어 있다는 것 자체만으로도 화가 나니까."

"하준 씨……."

"널 온전히 가질 수만 있다면, 난 뭐든 할 수 있어."

"읍!"

그가 또다시 그녀의 입술을 삼켰다. 그의 손은 여전히 아프게 그녀의 턱을 잡고 있었고 설아는 그의 페니스를 자신의 손안에 쥐고 있었다.

탁!

설아가 그의 손을 쳐 냈다. 그리고는 그를 똑바로 보았다.

"오늘은 내가 해요."

"……."

그녀의 말에 그가 창가에 몸을 기댔다. 설아는 무릎을 꿇고 앉아 그의 페니스를 입에 물었다. 다 들어가지 않았지만, 오늘은 목 안 깊숙이까지 그의 페니스를 넣었다.

"으윽……. 하아……."

그가 신음을 뱉으며 그녀의 머리카락에 손을 넣었다. 설아의 혀가 그의 페니스를 쓸어내렸다. 그녀의 타액이 그의 페니스를 적셨다. 그의 모든 걸 기억에 남기고 싶었다. 그가 그녀를 잊는 순간에도 설아는 기억하고 싶었다.

사소한 것 하나하나까지 다 그녀의 기억에 새기고 있었다. 그러다 보니 모든 게 새로웠다. 그를 갖고 싶다는 생각뿐이었다. 그의 엉덩이를 손으로 잡고 페니스를 열심히 빨았다.

그의 신음 소리 또한 기억에 새겼다. 오늘의 뜨거운 그를 영원히 기억하고 싶었다.

"설아야……."

그는 오늘 설아의 이름을 계속해서 불렀다. 그녀의 움직임이 마음에 드는 모양이었다. 그런데 갑자기 몸이 공중에 붕 하고 떴다.

"더는 참기 힘들어."

"참지 말아요."

그녀의 목소리가 욕망으로 인해 잠겼다. 정신을 차리고 보니 그들은 어느새 침대 위였다. 그녀를 위에서 내려다보는 하준의 눈빛은 뜨거웠다.

"오늘 날 죽일 셈이야?"

"네?"

"내가 마녀를 만났어."

그가 으르렁거리더니 그녀를 덮쳐 왔다. 그들의 뜨거운 밤은 끝날 줄 모르고 이어졌다.

손에 땀이 너무 심하게 나서 공사장에서 쓰는 목장갑을 꼈다. 성훈은 긴장을 하면 이상하게 땀이 많이 나는 타입이었다. 그는 오늘 경호원 생활 중에 최대의 위기를 맞았다.

성훈은 10년 가까이 설아를 지키며 그녀의 경호원 일을 했다. 하루 종일 별채의 문 앞을 지키며 생활했는데, 설아가 집을 나가자 그는 그녀를 지키지 못했다는 이유로 직장에서 잘리게 되었다. 직장을 잃는다는 건 성훈에게 아주 큰 문제였다. 그동안 심심풀이로 게임 도박에 빠져 있었는데 그 빚이 생각보다 많았기 때문이다. 퇴직금을 다 쏟아부어도 모자란 빚 때문에 그는 사채업자들이 빚 독촉에 시달리게 되었다.

그런데 며칠 전에 백 회장으로부터 전화가 걸려 왔다. 집을 나간 설아를 데려온다면 엄청난 액수의 돈을 주겠다는 것이었다. 성훈은 망설임 없이 승낙을 했다. 다른 것도 아니고 딸을 집으로 데려오라는 건데 걸릴 게 없었다.

하지만 백 회장은 쉽지 않을 거라고 했다. 설아에게 경호원이 붙었다는 것이었다. 상대는 대한그룹의 경호원들이었다. 아는 사람은 없었지만 대한그룹은 대기업이니 만큼 실력 있는 경호원을 썼을 게 분명했다.

그래서 걱정이었다. 그의 실력으로 성공할 수 있을지 말이다. 그런데 고맙게도 백 회장이 사람 하나를 더 붙여 주었다. 그와 같이 일을 했던 경수였다.

"형, 우리 괜찮겠지?"

옆에 앉아 있는 경수도 긴장을 한 모양이었다.

"어차피 자기 집으로 데려가는 건데, 무슨 문제가 있겠어."

"하긴……."

그들은 마사지를 받고 나올 설아를 기다리고 있었다.

"불쌍하긴 해."

경수가 조용히 말했다.

"뭐?"

"그렇잖아. 아버지로부터 10년이나 감금되어 살다가 결혼하겠다고 나갔는데, 다시 붙잡혀 들어오니 말이야."

"네 일이나 신경 써. 너도 돈이 필요한 거 아니야? 그냥 집으로 돌려보낸다고 생각해."

"집이 감옥인데도?"

"야!"

그때였다. 멀리서 한 남자가 그들을 향해 다가오고 있었다. 처음 보는 사람이었다. 왜 그들에게로 오는지 이해가 가지 않았다.

똑똑똑!

차문을 내린 성훈은 당황하지 않으려고 애를 썼다.

"무슨 일이십니까?"

"잠깐 얘기 좀 할까요?"

"네?"

"저는 대한그룹의 김규인입니다."

"……."

대한그룹이란 말에 성훈과 경수 둘 다 얼어붙었다. 이렇게 놀란 건 태어나서 처음이었다. 가뜩이나 긴장을 해서 장갑까지 낀 성훈이었다. 그는 여차하면 달아나기 위해서 차의 시동을 걸 준비를 했다. 아니 미리 걸어 두었어야 했다.

그대로 달아나야 하나 망설이던 순간이었다.

"저희가 두 분을 역으로 고용하면 안 될까요?"

"네?"

"저희 사모님을 납치했다고 백 회장님께 말만 해 준다면, 약속된 금액의 두 배를 드리겠습니다."

"……."

그들이 의심스러운 눈빛을 보내자 규인이 5만 원권이 든 가방을 열어 보여 주었다.

"전화만 하세요. 그리고 여기 이곳으로 당장 오라고만 하면 됩니다."

"그럼…… 정말 돈을 주나요?"

"네."

"형, 한다고 해. 괜히 찜찜하게 이런 일 안 해도 되고 좋잖아."

경수가 옆에서 아주 난리였다. 사실 성훈도 찜찜하던 차에 잘됐다는 생각이 들었다.

그리고 성훈은 규인이 내민 쪽지를 받아들었다. 그리고 그가 시키는 대로 백 회장에게 전화를 걸었다.

"여보세요?"

[그래, 어떻게 됐지?]

"지금 모시고 가는 중입니다."

[그래?]

"돈은 확실히 주실 겁니까?"

[그래, 바로 주지. 집으로 데리고 와.]

"싫습니다. 저희가 주소를 보낼 테니 회장님께서 그리로 오십시오."

[뭐야?]

백 회장의 목소리가 커졌다. 아주 분해서 죽겠는 것 같았다.

"안 그러면 저희도 싫습니다."

[……알았어. 주소 보내. 내가 당장 갈 테니까 기다려.]

"네."

성훈은 남자에게서 돈을 받고 회심의 미소를 지었다.

"어차피 나쁜 놈인데 우리가 의리를 지킬 필요는 없지."

"맞아, 형."

경수도 그를 보며 웃었다.

탁!

신경질적으로 전화를 끊은 백 회장은 나갈 채비를 했다. 그래도 그렇게 멀지 않은 장소였기 때문에 다행이었다.

그는 혹시나 하는 마음에 경호원들을 대동시키고 약속 장소로 향했다. 이쯤 되면 일은 마무리되는 상황이었다.

"11월이란 말이지……."

그는 대한전자의 주식을 보았다. 4억 2천만 원이었다. 거기에 시가총액이 200조였다. 여기에 30%의 지분이라면⋯⋯. 계산이 되지 않는 엄청난 액수였다. 그러니 그의 눈이 뒤집히지 않을 수가 없었다.

"기다려라⋯⋯."

그는 흥분을 감출 수가 없었다. 진작 알았어야 했다. 다만 걸리는 게 있다면 장인의 유언 내용이었다. 그건 대한그룹의 장남과 결혼을 해야 상속할 수 있다는 조건이었다. 일단은 데려와서 조율을 하면 될 것이다.

그가 단 몇 퍼센트만 받아도 지금의 태신건설을 살리고도 남았다.

"하하하, 죽으란 법은 없어."

그는 약속장소로 가는 내내 기분이 좋았다.

Rrrrrrr―

그의 핸드폰이 열심히 울리고 있었다. 그의 오른팔인 조 사장이었다.

"여보세요."

최대한 부드럽게 그의 전화를 받은 백 회장은 기분이 들떠 있었다.

[큰일 났습니다.]

"뭐가?"

[어음이 부도가 났습니다. 빨리 회사로 돌아오셔야 할 것 같습니다.]

"기다려. 그깟 어음쯤은 내가 막을 테니까."

[네?]

"그런 게 있으니 은행에 11월까지 기다려 달라고 해."

[그게…… 어려울 것 같습니다.]

"나만 믿고 기다리라고 해. 몇 조가 생길지 모르니까."

[회장님, 지금 시간이 없습니다. 잘못하다가는 회장님께서도 위험하십니다.]

"내가 해결할 테니까 기다리고 있어."

그는 전화를 끊었다.

"새가슴이야."

조 사장은 언제나 이렇게 소심하게 굴었다. 그게 유일하게 마음에 안 드는 점이었다.

"회장님 다 왔습니다."

도심 외곽의 대규모 아파트 공사장이었다. 오늘은 무슨 일인지 공사를 안 하는 것 같았다. 어쨌든 조용한 장소로 아주 잘 고른 것 같았다. 그는 금고에서 가져온 1억 원이 든 가방을 자신의 자동차 트렁크에 실어 놓고는 경호원들과 함께 공사 중인 아파트 안으로 들어갔다.

"잘 따라와."

"네."

그는 콧노래까지 부르며 안으로 들어갔다. 시멘트 공사가 끝이 나고 인테리어 시공 전 단계인 듯했다. 평수가 꽤 넓은 아파트 안으로 들어간 창수는 곳곳을 두리번거렸다. 아직 문이 달리지 않은 방을 기웃거리다가 안방 같은 곳에서 의자에 앉아 있는 설아를 보았다. 아무도 없는 공간에 설아 혼자 앉아 있었다.

"설아야……."

못 보던 사이에 아주 예뻐져 있었다. 은희의 젊은 시절의 모습이 그대로 드러났다. 은희 생각이 들자 백 회장은 인상을 썼다. 그에게 좀 맞았다고 복수라도 하듯이 죽어 버린 여자였다.

"설아야, 집에 가자."

"아뇨."

"그래도 가야지."

백 회장은 화를 꾹 참으며 좋게 말했다. 이런 식의 실랑이를 해도 되는 자리가 아니었다.

"전 안 가요."

"왜?"

"또다시 갇혀 지낼 수는 없으니까요."

"네가 뭔가를 착각하는가 본데, 넌 내가 하자는 대로 해야 하는 거야. 넌 내 딸이고 난 네 아버지니까. 아버지의 뜻에 따르는 건 당연한 일이야. 그게 갇혀 지내는 것이라고 해도.”

“왜 절 가두신 거예요?”

“그건 네 엄마 때문이었지. 결혼하기 전에 네 할아버지가 금전적인 도움을 줄 거라고 나에게 얘기했지만, 그건 거짓말이었어. 그래서 난 화가 났어. 이제 너희 외가라면 치가 떨려.”

처음으로 장인에 대해 이야기를 했다.

“그래서 그렇게 엄마를 죽기 직전까지 때리고, 절 10년이나 가두신 거예요?”

“그래, 이제 속이 시원해? 얘기 다 했으면 이제 일어나.”

“싫어요.”

“이게 어디서 반항이야?”

백 회장이 설아 쪽으로 이동하자 설아가 앉아 있던 자리의 뒤에서 갑자기 정 사장이 튀어나왔다. 안쪽에 숨어 있다가 설아가 위험해지자 나온 것이다.

“그건 힘들겠습니다.”

“넌…….”

“이제 그만두시죠.”

“뭘?”

“딸을 이런 식으로 납치하는 것도 범죄입니다. 거기다가 스스로 딸을 10년 동안 감금했다는 이야기까지 하셨으니, 이것 또한 구속감이죠. 거기에 오늘 부도까지 막지 못하시면 많이 곤란하지 않으시겠습니까?"

"정하준!"

그는 목에 핏대를 세우며 하준을 불렀다. 죽여 버리고 싶은 심정이었다.

"이거 다 네가 꾸민 짓이지? 왜? 너도 주식 때문에 이러는 거야?"

"아니라고는 못하죠."

"솔직하군."

"돈이 싫은 사람은 없으니까요."

"하하하, 결국은 장인이 이겼군. 하지만 설아야. 돈이 없으면 너도 저 자식에게 버림받게 될 거야. 내가 네 엄마를 버렸듯이 말이야."

백 회장은 미친 듯이 웃으며 설아에게 독설을 퍼부었다. 그의 뒤를 따르던 경호원들은 벌써 경찰에 잡힌 상태였다. 그도 경찰에게 잡혀 손에 수갑을 찼다.

"하하하, 난 설아 네가 언젠가 내 뒤통수를 칠 줄 알았어. 나쁜 년!"

그는 지금 제정신이 아니었다. 모든 게 끝이 났다. 그의 인생은 이제 막을 내린 것이나 마찬가지였다. 그런데 기가 막히게도 눈물 대신 웃음이 터져 나오고 있었다.

　모든 게 그의 계획이었다. 아버지의 가장 오른팔인 조 사장을 설득해서 아버지의 일거수일투족을 모두 보고받고 있었다고 했다.

　하준은 무서운 남자였다. 그의 용의주도함을 그녀는 따라갈 수가 없었다.

　"괜찮아?"

　그가 그녀의 어깨를 감싸 안으며 공사장 밖으로 데리고 나갔다. 아버지가 경찰차를 타고 가는 게 보였다.

　"이제 끝났어."

　"……."

　"집에 가자."

　그의 리무진에 오른 설아의 표정은 펴질 줄 몰랐다. 하준이 그의 입으로 직접 말했다. 주식 때문에 그녀와 결혼하는 거라고 말이다. 그에게 그녀의 존재는 침대를 데워 주고 엄청난 주식을 줄 사람이지, 사랑하는 사람이 아니었다.

　그가 잘해 주는 걸 착각해서는 안 될 일이었다. 이제 모든 게 끝나고 나니 자신의 처지를 정확하게 알게 되었다. 언젠가 그도 아버지와 같아질 것이다. 영원히 섹스에 취해 살 수는 없었다. 그녀의 매력이 다하면 그는 다른 여자를 찾을 것이다.

그렇게 된다면 그녀는 견딜 수 없을 것 같았다. 이제 두려움이 현실이 되어 버렸다. 복수를 하고 나면 모든 게 해결될 줄 알았는데, 결국 해답은 아버지에게 있던 게 아니었다.

"설아야……."

그가 걱정스러운 눈빛으로 그녀를 보았다. 설아는 그의 짙은 눈동자를 들여다보았다. 그 안 가득 그녀가 채워져 있다고 생각했는데, 아니었다. 그의 껍데기가 아니라 그의 알맹이를 갖고 싶었다.

하지만 그게 지나친 욕심이었다는 걸 알게 되었다.

"힘들면 기대."

"아니에요……."

그녀는 고개를 돌려 창밖을 보았다. 가슴속이 텅 비었다. 설아는 오늘 또 한 번 뼈저리게 느꼈다. 그를 사랑하고 있다는 걸. 그래서 더 가슴이 아프다는 걸 말이다. 눈물이 나오려고 했지만, 그녀는 이를 악물고 참았다.

"피곤하지?"

"조금요. 눈 좀 감고 있을게요."

"그래."

그가 설아의 머리를 자신의 어깨에 기대게 했다.

집에 도착하자 시어머니가 그녀를 맞이했다. 할아버지도 나와 계셨다.

"고생했다. 이제는 마음이 편하겠구나."

"……네."

설아는 건성으로 답했다. 그녀의 마음이 편할 리가 없었다. 이 상황에서 편한 게 더 이상했다. 그들의 결혼은 일주일 앞으로 다가왔다. 이제 결혼을 하게 되면 끝인 것이다.

사랑채에 그녀를 데려다준 하준은 그녀를 안지 않았다. 오늘은 그녀가 많이 힘들었을 테니 이를 악물고 참겠다는 말을 하며 그녀를 껴안고 잠이 들었다.

하지만 설아는 쉽게 잠을 이룰 수가 없었다. 하준의 본심을 알게 되고 나니 머리가 더 복잡해졌다.

"으으음……."

그는 신음하며 그녀의 가슴을 꽉 움켜쥐었다. 자면서도 그녀를 놓지 못하는 그였다. 한때 그녀를 좋아해서 그러는 게 아닌가 착각했던 때가 있었다. 설아의 눈에서 눈물이 흘러내렸다.

"사랑해요."

설아는 깊이 잠든 그의 얼굴을 보며 속삭였다.

"이 결혼, 할게요. 이 결혼은 정하준, 당신에게 바치는 나의 선물이에요."

일주일이 총알같이 흘렀다. 설아는 말이 없어졌고 그는 걱정이 되었다. 내일이 결혼식인데 설아의 몸이 계속 좋지 않았다. 그래서 일주일 동안 그는 설아를 안고만 잤다. 그녀 혼자 자게 하는 게 싫어, 그는 고통스러워도 그녀의 곁에 있었다.

"총각 파티냐?"

규인이 신혼집으로 꾸며진 태명당 2층으로 올라왔다.

"아니, 청승 떨고 있는 거야."

그는 바에 앉아서 소주를 마시고 있었다.

"하긴 이렇게 멋진 바를 꾸며 놓고 소주는 좀 그렇지 않아? 저기 좋은 술도 많구먼."

"소주나 마셔."

"있는 놈들이 더하다니까."

규인이 소주잔을 받았다.

"내일 결혼하려니까 심란하냐?"

"아니."

"그럼 후회해?"

"아니, 엉뚱한 소리 하려거든 꺼져."

규인이 양손을 들어 올리며 항복의 표시를 했다.

"미안, 기분 상하게 하려던 거 아니야. 그리고 나 내일 이사 간다."

"어디로?"

"회사 근처에 오피스텔 얻었어. 네가 결혼도 했는데 계속해서 태명당에 있기도 그렇고 해서 독립을 결심했다. 가끔 부부 싸움 했을 때 이용해도 좋아."

"그럴 일 없어. 그리고 난 설아가 옆에 없으면 잠 못 자."

"병이다."

규인이 한숨을 내쉬며 하준의 빈 잔에 소주를 따라 주었다.

"넌 아무래도 무서운 병에 걸린 것 같아. 여편네 증후군이라고, 마누라 없이는 잠도 못 자고 아무 일도 못하는 심각한 무기력증에 빠지는 병 말이야."

"그런 병이 있어?"

그가 심각하게 물었다.

"농담이다."

"싱거운 놈."

"하지만 내가 말한 병이 있다면 넌 이미 걸린 것 같아. 설아 씨가 화사에서도 생각이 나지?"

"……응."

"곁에 두고 싶어서 미칠 것 같아?"

"응."

규인이 심각한 표정을 지으며 그를 보았다.

"해결 방법은 하나뿐이야."

"뭔데?"

"마누라를 비서로 두는 거지."

"미친놈."

그가 술잔을 비웠다.

"뭐가 불안한 거야?"

"안 불안해."

"아닌데……."

규인은 누구보다 그의 마음 상태를 잘 알았다.

"사랑은 두려운 것 같아. 난 그런 사랑을 해 본 적은 없지만, 만약 나도 그런 무조건적인 사랑을 하게 된다면 도망치고 싶을 것같아."

"……사랑 아니야."

"네 얼굴에 쓰여 있어. '난 지금 사랑하는 중'이라고 말이야."

그가 다시 술을 마셨다.

"도망가지 마라. 누구는 하고 싶어도 못하는데……. 부러운 놈. 아주 다 가졌어. 잘생겼지. 돈 많지. 그런데 이제 사랑까지? 나쁜놈."

"시끄러!"

"시끄럽긴. 가만히 있는 사람 염장이나 지르고 말이야."

그들은 그렇게 긴 시간 동안 투덕거리며 술을 마셨다. 시간이 얼마나 흘렀는지 알 수 없었다.

"그만 일어나자. 너 내일 장가가는 날이야. 아니, 오늘이다."

12시를 넘긴 모양이었다.

"알았어······."

그가 자리에서 일어났다.

"축하한다."

"고맙다."

"결혼을 축하하는 게 아니라 사랑을 시작한 거 말이야."

규인이 이렇게 말하고는 손을 흔들며 자신의 방이 있는 별채로 향했다. 그도 사랑채로 향했다. 이제는 정말 설아 없이는 잠을 이룰 수 없었다. 불 꺼진 방에 설아가 잠이 들어 있었다. 그는 조용히 설아 옆으로 들어가서 누웠다. 그리고 설아를 조심스럽게 안았다.

"으음, 몇 시예요?"

"더 자."

"하준 씨도 얼른 자요. 내일은 일찍 일어나야 해요."

"그래, 얼른 자."

그는 설아를 끌어안고는 한참 동안 잠들지 못했다. 설아의 체향이 너무 좋아서, 그녀의 심장 소리가 너무 듣기 좋아서 그는 쉽게 잠들지 못했다. 이런 게 사랑이라니 믿어지지 않았다. 그렇게 한참을 두근거려 하던 하준은 늦게 잠이 들었다.

8. 그의 진심

하늘은 높고 그 빛은 물감을 풀어 놓은 것처럼 더없이 푸르렀다. 태명당 정원에 작은 하우스 웨딩이 준비되었다. 그녀의 손님이 하나도 없음을 생각해 준 시댁 어른들의 배려였다. 그냥 작은 파티를 하는 것처럼 친척들만 모여 결혼식을 치렀다.

태명당이 이렇게 예쁜 곳인지 설아는 오늘 새삼 느꼈다. 사랑채에서만 많은 시간을 보내다 보니 태명당을 제대로 둘러볼 시간이 없었다. 하지만 오늘 그녀는 마음껏 그 아름다움을 즐기고 있었다.

오늘 아름다운 건 태명당만이 아니었다. 신부 대기실에 앉아 있는 설아는 아름다움의 극치를 보여 주고 있었다. 더불어 화려

함의 끝도 보여 주었다. 시어머니가 그녀가 기죽지 말라고 혼수로 해 준 모든 것은 억 소리가 나는 가격을 자랑하는 것이었다.

'황실의 드레스'라고 불리는 스티븐 유릭의 고급스러운 레이스와 럭셔리한 크리스털 비즈 장식이 된 웨딩드레스와 다이아몬드로 장식이 된 티아라, 그리고 5캐럿이 넘는 다이아 반지까지. 오늘 설아는 아파트 몇 채를 몸에 두르고 있었다.

하지만 가장 중요한 건 그 모든 게 너무나 잘 어울린다는 것이었다.

"작은 사모님 너무 아름다우세요."

그녀의 웨딩 베일을 내려 주며 정아가 눈물을 글썽였다.

"왜 울어요?"

"그렇죠? 제가 이렇게 주책이라니까요. 웃어야 하는 날인데, 괜히 혼자 감동해 가지고……."

정아가 눈물을 훔쳤다.

"아직 사장님께서 못 보신 게 너무 안타까워요. 아마 보시면 기절하실걸요."

하준의 이야기가 나오자 설아의 표정이 굳어졌다.

"긴장되시죠?"

정아는 그녀가 긴장해서 표정이 굳은 줄 아는 모양이었다.

"사실 사장님은 오 집사님이 못 들어오게 하셨대요. 결혼식장에서 신부를 봐야 잘 산다고 어디서 들은 모양이에요. 그래서 조금 전에 들어오시려던 걸 막으셨거든요."

"……."

그녀를 피하는 건 아닌 모양이었다. 하긴 하준이 그녀를 피했다기보다 설아가 그를 피해 다녔다. 저녁에도 피곤하다고 그와 섹스를 하지 않았다. 도저히 마음이 내키지 않았다. 아직 버려질 준비가 되지 않았기 때문이었다.

"신부님, 준비하세요."

스태프가 대기실로 들어왔다. 스태프는 그녀의 웨딩드레스를 잡아 주며 식장으로 안내했다. 식장에는 세상의 모든 꽃들을 다 가져다 놓은 듯이 많은 꽃들이 장식되어 있었다. 작지만 무척 아름다웠다.

버진로드는 흰색 카펫이 깔려 있었고 그 주변은 백합으로 장식이 되어 있었다. 하객들은 원탁의 테이블에 앉아서 그들을 축복해 주었다.

갑자기 숨이 막혀 왔다. 그녀의 옆으로 하준이 와서 섰기 때문이었다.

"……."

심장이 입 밖으로 튀어나올 것 같이 뛰었다. 흰색 턱시도를 입은 하준은 동화 속의 왕자님 같았다.

"예쁘다……."

그의 얼굴을 제대로 보지도 못한 설아의 귀에 대고 그가 속삭였다. 그리고 그들은 팔짱을 끼고 버진로드를 걸었다. 설아는 머릿속이 하얗게 된 것 같았다. 그와 이렇게 있다는 게 너무나 좋았다.

이게 꿈이라면 절대로 깨지 않으면 좋겠다고 생각했다.

정신없이 예식이 끝이 나고, 식구들끼리 피로연 겸 점심을 먹었다. 대한그룹의 계열사들의 사장님들은 다 모인 상황이었다. 그런데 사촌인 대한건설 사장의 딸이 얼마 전 미국인과 결혼을 했고, 다음 달에 결혼 예정인 대한상선의 딸도 예비 신랑이 일본인이었다.

공교롭게 외국인들이 둘이나 있는 자리가 되었다. 어른들은 한국말을 잘 못하는 외국인 사위들이 몹시 부담스러운 상황인 것 같았다. 하지만 설아는 그렇지 않았다. 평소에 외국어에 재능이 있던 설아는 외국인 신랑들과도 잘 어울렸고, 하준의 사촌 동생들과도 대화가 통했다.

그런 그녀를 하준이 흐뭇하게 보고 있었다.

"언니가 이렇게 영어를 잘할 줄은 몰랐어요."

미국인 신랑을 둔 효진이 칭찬을 아끼지 않았다. 설아는 사촌들과 어울리고 있었고, 하준은 어른들에게 붙들려 그녀 쪽으로는 아예 오지도 못했다. 정신없는 피로연이 끝날 동안 그들은 거의 따로 떨어져 있었다.

특히 할아버지가 하준을 붙들고 놓아주지 않았다. 무슨 심각한 말을 그렇게 오래 하시는지, 하준은 꼼짝하지 못하고 할아버지 곁에서 피로연을 보내야 했다.

그나마 다행인 건 피로연 후에 그들은 바로 신혼여행을 떠난다 는 것이었다. 그의 바쁜 일정 때문에 그들은 다른 곳은 못 가고 제주도 별장에서 주말을 보내기로 했다.

설아는 자꾸만 졸음이 쏟아졌다. 아무래도 결혼식을 치르느라 피곤했던 모양이었다. 공항까지 가는 내내 그녀는 그의 어깨에 기대서 잠을 청했고, 하준은 뭐가 그렇게 바쁜지 차 안에서도 계 속 서류를 살피느라 바빴다.

규인이 공항까지 데려다주면서 계속해서 회사 이야기를 했다. 하준은 몸이 열 개라도 부족한 사람 같았다.

그의 어깨에 기대 잠을 자다 보니 어느새 제주도의 별장에 도 착해 있었다. 눈으로 푸른 바다를 보고, 코로 냄새를 맡으며 귀로 파도 소리를 즐길 수 있는 곳이었다. 무엇보다도 사람들이 없었 다. 별장에도 일하는 사람이 많을 줄 알았는데 별장지기와 그의 아내가 청소와 음식을 해결해 주었다.

작지 않은 규모였지만 식구들이 매주 오는 게 아니라서 간단하게 관리만 하는 것이었다.

"많이 피곤해?"

"아뇨."

그가 입술에 살짝 입을 맞추며 물었다.

"며칠 사이에 살이 많이 빠졌어."

"아니에요."

"아니긴."

신경을 너무 썼는지 그녀는 안 그래도 마른 몸에 살이 더 빠져버렸다.

"들어가요. 저 배고파요. 어머!"

그가 설아를 안아 들었다.

"문지방은 이렇게 넘어야지."

그가 햇살처럼 밝게 웃으며 말했다. 설아는 그의 이런 표정을 놓치지 않기 위해 계속해서 바라보았다.

"그렇게 뚫어지게 보면 오늘은 못 참아."

"그럼…… 참지 마요."

이번엔 그가 설아를 뚫어지게 보고 있었다.

"참 묘한 기분이 들어."

"어떤 기분이요?"

"행복이 영원할 것 같은 기분……."

하지만 설아는 불안했다. 그를 사랑하면 할수록 더 불안해졌다. 너무 달콤한 맛을 보았기 때문에 놓치고 싶지 않은 마음뿐이었다.

"밥부터 먹을까?"

"……네."

그들은 간단하게 저녁을 먹고 야외 수영장에서 샴페인을 마셨다. 그녀의 건강이 걱정되었는지 하준은 키스조차 조심스럽게 했다.

"잠깐만……."

그는 전화를 받기 위해 거실로 들어갔다. 여전히 바쁜 그였다. 설아는 잠시 혼자 앉아 있다가 입고 있던 원피스를 벗어 던지고 알몸으로 수영장에 들어갔다. 수영을 배운 적이 없어서 깊은 곳에 들어가지는 못하고 얕은 곳에 몸을 담가 보았다.

10월의 쌀쌀한 날씨 때문인지 수영장의 물은 따뜻했다. 그리고 혹시나 해서 작은 풀을 살펴보니 김이 모락모락 나는 온천수였다.

푸우!

설아는 물에 머리까지 담갔다가 올라왔다. 역시 수영은 체질에 안 맞았다. 그녀가 머리를 들었을 때 하준이 전화를 끊고 수영장가에 서 있었다.

"수영 잘해요?"

"조금."

"난 못해요. 가르쳐 줄래요?"

그가 대답 대신 옷을 벗기 시작했다. 구릿빛의 탄탄한 근육들이 설아를 유혹했다.

풍덩!

그가 멋지게 입수했다. 수영을 조금 할 줄 아는 게 아니라 아주 잘했다. 수영에 대해 모르는 그녀가 봐도 멋진 모습이었다.

푸하!

그가 수면 위로 올라와 손으로 물에 젖은 머리를 쓸어 올렸다.

"수영까지 잘하네요."

"반했나?"

"네, 아주 많이 반했어요. 전화번호를 따고 싶을 만큼이요."

"물어봐."

"저기요. 마음에 들어서 그러는데……. 읍!"

그가 갑자기 그녀의 얼굴을 잡고는 입을 맞추었다. 그는 강철처럼 강인했고 설아는 그런 하준의 모습에 흥분했다. 곁에만 있어도 애가 타게 만드는 남자였다. 그의 혀가 강하게 밀고 들어왔다. 그의 몸에 연약한 구석이 있기나 한 건지 설아는 궁금해졌다.

설아의 손이 탄탄한 가슴 근육을 쓸었다.

"가만히 있어."

"으으음……."

"이러면 거칠어져. 오늘 널 갖는다면 다치게 할 것 같아."

하지만 이미 설아의 몸은 흥분해 있었다. 일주일 동안 그들은 섹스를 하지 않았다. 그녀가 아픈 척을 했기 때문이었다. 그동안 설아는 그와 질펀한 섹스를 하고 싶은 마음보다 불안감이 더 컸기 때문에 어쩔 수가 없었다.

하지만 오늘은 그들의 첫날밤이었다. 오래도록 기억하고 싶은 밤이기도 했다. 설아는 오늘 그를 온전히 차지하고 싶었고 기억에 남는 첫날밤을 만들고 싶었다. 그들은 지금 거추장스러운 옷을 하나도 걸치지 않은 채 원초적인 모습으로 물 안에 있었다.

"아앙……."

그가 설아의 입술을 살짝 깨물었다. 그는 지금 정신을 못 차리고 그녀의 입술을 탐하고 있었다. 그의 키스 때문인지 아니면 정신없이 온몸을 어루만지는 손길 때문인지, 그녀의 유두가 아프게 섰다.

그가 흥분한 그녀의 유두를 거칠게 빨기 시작했다.

"아흐……."

미칠 것 같은 짜릿함이었다. 그가 유두를 혀로 핥았다. 유두를 빠는 그의 표정은 탐욕스러웠다. 그가 유두를 살짝 깨물자 설아의 온몸에 소름이 돋았다. 강한 쾌감도 동시에 느껴졌다.

"하준 씨, 더 세게……."

그녀가 더 빨아 달라고 요구했다. 일주일 동안의 욕구 불만으로 오늘은 그가 강하게 빨아도 만족스럽지 않았다.

그의 입속에서 나온 유두가 발갛게 부어 있었지만 설아는 흥분한 나머지 아픔을 느끼지 못했다. 그의 손이 물속에서 그녀의 여성을 어루만졌다.

"얼마나 만지고 싶었는지 알아?"

"알아요."

"헉헉. 경고하는데, 아프지 마."

"……."

그의 말은 진심이었다. 그래서 설아도 고개를 끄덕였다. 그가 설아를 안아 들었다. 그리고 발기한 자신의 페니스를 그녀의 여성에 대고 문질렀다.

"넣어 줄까?"

"넣어…… 줘요."

그가 설아의 다리를 그의 허리에 감게 했다. 그리고 단번의 동작으로 그녀의 질 안에 자신의 페니스를 밀어 넣었다.

"악!"

비명이 절로 터져 나왔다. 그의 페니스는 언제나 감당하기 힘이 들었지만 일주일 만에 넣는 그의 페니스는 더 거대해진 것 같았다.

물속에서 그가 요란하게 허리를 움직였다. 가슴까지 차오르는 물 안에서 하는 섹스는 좀 특별했다. 설아는 그의 목에 있는 힘껏 매달렸다.

"너무 조여."

그의 페니스를 그녀의 질이 잔뜩 조이고 있었다. 그가 인상을 쓰면서도 몸을 부르르 떨었다.

"요물……."

그는 언제나 그녀를 그렇게 불렀다. 그의 영혼을 쏙 빼놓는 요물이라고 말이다. 그녀의 질이 그의 공격에 경련을 일으켰다. 그가 주는 쾌감을 참아 보려 했지만 설아는 첫 번째로 오르가즘을 맛보고 말았다.

그가 설아의 목을 입술로 강하게 빨았다. 그도 마지막을 향해 달리고 있는 것 같았다.

"여기선, 안 돼……."

그는 이렇게 말을 하고는 그녀를 안고는 계단을 이용해서 밖으로 나왔다. 설아는 끝까지 만족하지 못해서 그에게서 떨어지지 않았다. 그는 수영장 바닥에 커다란 수건을 깔고 그 위에 설아를 눕혔다.

달빛을 뒤로한 채 그림자를 드리우며 그녀의 앞에 무릎 꿇고 앉아 있는 하준은 아주 자극적이었다.

"유혹적인 악마 같아요."

"악마?"

"네. 내 몸을 흥분하게 만드는 사악한 악마……."

"하하, 그렇다면 실망시키지 말아야겠군."

그는 이렇게 말을 하며 설아의 몸 위로 자신의 몸을 겹쳤다. 10월의 바람은 차가웠지만 그가 모든 추위를 막아 주고 있었다.

"추워?"

"아뇨, 하준 씨가 있어서 따뜻해요. 하준 씨는요?"

"난 뜨거워서 터져 버릴 것 같아. 이건 다 설아 때문이야."

그들의 입술이 다시 한 번 뜨겁게 겹쳐졌다. 그가 강하게 그의 페니스를 질 안으로 밀어 넣었다.

"아아악! 아파!"

수영장 안에서보다 바깥에서의 삽입이 더 아팠다. 설아는 그의 등에 손톱을 세우며 고통을 참았다.

"으윽!"

그도 그녀의 좁은 질 때문에 고통스러운 것 같았다. 하지만 고통도 잠시, 그들은 하나의 리듬을 타기 시작했다.

"아아앙, 하앗……."

설아는 저도 모르게 신음을 냈다. 언제 사람이 올지 모르는데 그녀는 부끄러운 줄도 모르고 한동안 소리를 질렀다.

설아의 허리가 활처럼 휘자 하준이 설아의 턱을 입술로 물었다. 그리고 목선을 따라 입술을 옮겼다.

"으으윽!"

그도 참을 수가 없었는지 점점 빠르게 피스톤질을 하기 시작했다. 그의 거친 움직임에 설아가 아파할까 봐 그는 가끔 그녀의 표정을 살피는 것 같았다.

"설아야 더는 힘들어."

"아아악!"

설아의 신음과 함께 그의 분신이 그녀의 몸 안에 따뜻하게 퍼졌다.

"혁혁, 감기 걸리겠다."

"괜찮아요……."

"괜찮긴."

그가 얼른 몸을 일으켜 그녀를 수건으로 감싸 안았다.

"우리 공주님이 감기 걸리면 내가 더 손해야. 지난 일주일도 고문이었는데, 신혼여행지에서도 참기는 싫다."

그녀가 피식 웃었다.

"웃어? 난 다 죽어 가는데 웃음이 나와?"

"나 졸려요. 정말 피곤해서 죽을 것 같아요……."

"그럼 잘까?"

"네……."

너무 피곤한 나머지 설아는 대답과 동시에 까무룩 잠이 들어 버렸다. 그래서 하준이 얼마나 사랑스러운 눈으로 그녀를 보고 있는지 알지 못했다.

제주의 햇살이 미친 듯이 그녀의 얼굴을 찌르고 있었다. 어제 저녁, 그도 피곤했는지 커튼도 치지 않고 잠이 든 모양이었다.

설아는 잠든 그의 품속으로 파고들었다.

"으으음……. 깼어?"

그가 몸을 뒤척이며 설아를 자신의 품 안으로 더 가까이 끌어 당겼다.

"아뇨……."

"뭐 하는 거야?"

설아가 햇빛을 피해서 머리를 그의 겨드랑이 사이로 밀어 넣었다.

"태양을 피하고 있어요."

그가 웃으며 시트를 그녀의 머리까지 씌워 주었다.

"됐어?"

"네……."

"어제 너무 피곤해서 그냥 잤더니 태양이 아침 인사를 너무 격하게 하는군."

그렇게 말을 하며 하준이 그녀를 꼭 안아 주었다.

"몸은 괜찮아?"

"아뇨, 아파요."

"어디가?"

그가 깜짝 놀라 일어났다. 아프다는 말에 이렇게 민감하게 반응할 줄은 몰랐었다.

"병원에 가야 하는 거 아니야?"

"장난이에요."

"백설아!"

"조금 더 자요……. 난 잠이 필요해요."

그가 다시 그녀의 곁에 누웠다.

"점점……."

"미안해요. 장난 안 칠게요."

설아가 그를 끌어안았다.

"아, 좋다."

"이런 장난은 다신 하지 마."

그는 화가 난 것 같았다.

"미안해요. 화내지 말아요⋯⋯."

설아가 그의 품에 파고들자 그도 더는 말하지 않았다. 그의 심장 소리가 듣기 좋게 울리고 있었다.

"계속해서 이렇게 있고 싶어요."

"종일 침대에서?"

"아뇨, 제주도에서 이렇게 둘이 있으니까 좋아서요."

"여기서 살고 싶어?"

"네, 그러면 좋을 것 같아요. 하지만 나중에요. 여기서 아이들을 키우며 사는 것도 좋을 것 같아요."

그를 닮은 아이들이 뛰어논다면 얼마나 좋을까 라는 생각이 들었다. 하지만 그는 뭐라고 답을 하지 않았다. 괜한 소리를 했다는 생각이 들었다.

"오늘 우리 뭐 해요?"

"뭘 할까?"

"날씨가 좋으면 드라이브도 좋고, 맛집에 가는 것도 좋고. 뭐든 하준 씨하고 같이하고 싶어요. 침대에 있는 거 말고요. 추억을 만들고 싶어요."

"좋아."

그는 대답은 했지만, 얼굴은 어두웠다.

"나가기 싫으면 집에서 쉬는 것도 좋아요."

"그게 아니라 설아가 힘들까 봐 그렇지."

"괜찮아요. 그러니까 우리 같이 나가요."

설아는 이렇게 말하고는 그의 입술에 입을 맞추었다. 그리고는 재빠르게 침대에서 나왔다.

"이런 게 화가 나. 불을 지펴 놓고 도망쳐 버리는 거."

"난 불을 지르지 않았어요."

그녀는 이렇게 말하고는 욕실 안으로 들어갔다. 이렇게 준비하지 않으면 온종일 침대 안에 있을 것 같았기 때문이었다.

흰색 티셔츠와 청바지, 그리고 하늘색 카디건을 똑같이 입은 그들은 여느 신혼부부처럼 제주도를 돌아다녔다. 물론 경호원들의 차량이 그들의 뒤를 따르는 바람에 그들의 모습이 무척이나 튀는 건 사실이었지만, 그래도 나름의 편안함을 즐기고 있었다.

"우리 내일 오전에 가는 건가요?"

"왜?"

"아쉬워서요."

"하루 더 있을까?"

"아뇨, 하루 더 있으면 뭐 해요. 더 아쉽기만 하지. 여름휴가 때 다시 와요."

"그러자."

그가 설아의 손을 꼭 잡았다. 그의 따뜻함이 손끝에서 그대로 느껴지고 있었다. 설아는 그와 함께한 사소한 것 하나하나를 좋은 추억으로 만들었다.

태명당의 거실에 여러 명의 사람이 모여 있었다. 대한그룹 법무팀과 설아의 외할아버지의 담당 변호사들이 거실을 빙 둘러섰다. 설아는 시어머니인 박 여사 옆에 앉아 있었고 할아버지와 시아버지, 그리고 하준은 맞은편에 앉아 있었다.

"오늘은 백설아 씨의 스물다섯 번째 생일로, 돌아가신 고(故) 이도영 회장님의 유언에 따라 백설아 씨에게 유산을 상속한다는 내용으로 여러분들을 모셨습니다."

변호사가 이야기를 하는 동안 설아는 그저 멍하게 앉아 있었다. 과연 그 어마어마하다는 상속이 얼마나 되는지 궁금했고, 그게 대한그룹에 어떤 영향을 줄지도 궁금했다. 하지만 제일 궁금한 건 하준의 반응이었다.

시할아버지를 싫어하는 건 아니지만 시할아버지는 확실하게 그녀보다는 주식에 관심이 많으셨고, 그건 시아버지도 마찬가지였다. 시어머니는 재산보다는 손자에 관한 관심이 더 많으셔서 조금 전부터 이 자리를 굉장히 지루해하고 계셨다.

하지만 설아의 눈은 하준에게 꽂혀 있었다. 돈이든 뭐든 다 필요치 않았다. 오로지 그의 마음을 알고 싶을 뿐이었다. 하준이 그녀를 바라보고 웃었다. 무슨 의미인지 알 수 없었지만, 설아도 그를 보며 따라 웃었다.

모두가 그녀에게 축하한다고 말을 했지만, 설아는 울고 싶은 마음이었다. 이제 모든 게 끝이 났으니 하준의 마음도 떠날 것 같았다. 불안했다.

9. 사랑보다 욕망?

하늘에서 첫눈이 내리던 날, 설아는 창가에 앉아 테이블 위에 핸드폰을 보았다.

"하나, 둘, 셋⋯⋯."

떨어지는 눈송이를 세는 것인지, 아니면 오지 않는 전화를 기다리는 것인지 설아는 한동안 계속해서 숫자를 셌다.

"천하나, 천둘, 천셋⋯⋯."

멍하게 숫자만 세고 있으려니 기분까지 우울해졌다. 결혼 후 처음으로 일주일간 출장을 가게 된 하준을 기다리다 보니 우울한 마음이었다. 상속이 끝난 지금 대한민국에서 가장 핫한 사람이 바로 설아였다.

인터넷 검색 순위에 매일같이 그녀의 이름이 올라 있었다. 하루는 한국의 부자 순위에, 다음 날은 태신건설 백 회장의 학대받은 딸로, 그다음 날은 경제계 1순위 기업인 대한그룹의 며느리로…….

사람들이 그녀에게 이토록 많은 관심을 쏟을지 상상도 하지 못했다. 하지만 그런 그녀의 관심사는 단 하나. 정하준이었다.

매일같이 오 집사를 통해 언론사의 인터뷰 요청이 쏟아지고 있었지만 설아는 어떤 것에도 관심이 없었다. 그냥 대한그룹의 며느리로 조용히 살고 싶은 마음뿐이었다.

"천……."

딴생각을 하다 보니 숫자 세는 걸 잊었다. 첫눈인데도 탐스럽게 내리는 눈을 보며 설아는 울리지 않는 핸드폰을 힐끗 보았다.

"작은 사모님!"

정아가 또 무슨 소식을 들었는지 부리나케 달려왔다. 정아는 작은 일도 크게 해석하는 경향이 있었다.

"무슨 일이죠?"

"큰일 났어요. 헉헉……."

오늘은 다른 날보다 반응이 크긴 했다. 정말 큰일이라도 난 것처럼 정아의 커다란 눈이 불안하게 흔들렸다.

"인터넷 보셨어요?"

아직 숨을 헐떡이며 정아는 그녀를 바라보았다.

"무슨……? 아, 첫눈이 오긴 했죠."

"그, 그게 아니라……."

정아는 답답하다는 듯이 가슴을 치더니 핸드폰으로 눈길을 줬다. 그녀가 핸드폰을 들어 인터넷 기사를 확인했다. 그녀의 기사가 검색어 1위를 장식한 모양이었다. 하지만 기사를 확인한 순간 설아는 핸드폰을 놓치고 말았다.

"작은 사모님!"

정아가 넋을 잃고 있는 그녀를 붙잡았다.

"괜찮으세요?"

"……."

괜찮을 리가 없었다. 기사는 파파라치의 사진까지 올리며 윤보리와 정하준의 밀회 장면을 보도했다. 설아는 떨리는 손으로 바닥에 떨어진 핸드폰을 다시 주웠다. 그리고 다정하게 웃으며 프랑스 레스토랑에서 식사를 하는 둘의 모습을 보았다.

"사모님……."

"잠깐…… 혼자 있고 싶어."

머리가 너무 어지러웠다. 그냥 혼자 있고 싶었다. 그녀의 곁에 있을 땐 그렇게 잘해 주더니 나가서는 하준도 아버지와 다를 바가 없었다. 엄마처럼 참아야 할까? 그게 맞는 것일까? 혼란스러웠다.

"지금 큰 사모님께서 5분 후에 오신다고 하셨어요."

결국, 정아가 전하려고 했던 말은 시어머니의 등장이었다. 혼자 있고 싶은데 시어머니는 설아가 걱정된 모양이었다. 그리고 정확하게 5분 후에 설아는 시어머니와 눈 내리는 창가에 마주 앉아 있었다.

시어머니는 한참을 머뭇거리던 끝에 말을 꺼내셨다. 며느리에게 아들의 여자관계까지 이야기를 해 주려니 마음이 안 좋은 모양이셨다.

"보리하고는 아주 친한 사이야. 어릴 때부터 알고 지냈지."

"……."

설아의 입장에선 시어머니까지 알고 있는 여자라니 기분이 더 좋지 않았다.

"언론에서는 스캔들이다 뭐다 하고 난리지만, 둘은 그냥 친구야."

"……."

어쩌면 저렇게 확신을 하시는지, 남녀 간의 관계는 당사자만이 아는 법이었다.

"내 말 듣고 있어?"

"네."

솔직히 시어머니의 변명은 귀에 들어오지도 않았다. 하지만 두려움이 현실로 다가오자 마음이 아팠다.

"괜찮아요, 어머니……."

"그래, 우리 하준이를 믿어다오."

"네."

대답은 했지만 설아의 마음은 그렇지 않았다.

"내가 제일 걱정스러운 게 이런 거였다. 은희에 대한 이야기를 모르는 게 아니고, 너의 특수한 상황도 너무나 잘 알기 때문에 이런 일이 일어나면 어쩌나 걱정했어."

어머니가 무슨 말씀을 하는지 이해가 가지 않았다.

"그래서 아기부터 낳기를 바랐는데……."

"어머니……."

"난 말이다. 돈이 많은 며느리도 별로고 예쁜 며느리도 별로야. 그냥 행복한 가정에서 자란 평범한 며느리를 원했다. 물론 아버님의 욕심은 그렇지 않으셨겠지만. 그리고 네가 우리 집 며느릿감이라는 말을 들었을 때는 가슴이 철렁했어."

시어머니가 그녀의 얼굴을 똑바로 보지 못하고 말을 이어 갔다. 이게 시어머니의 진심이란 걸까. 그럼 보리라는 여자는 평범한 가정에서 티 없이 자란 여자일까? 순간 이런 생각이 들자 자신이 한없이 낮게 느껴졌다. 그리고 시어머니에게 서운한 감정이 들었다.

"난 반대했다. 물론 아버님께는 말하지 못했고 네 시아버지에게는 말했어. 싫다고."

"……."

시어머니가 그녀를 반대했던 이유를 담담하게 말하기 시작했다.

"은희는 착한 아이였다. 누구도 그 아이가 백 회장 같은 놈에게 시집을 가서 그렇게 고통을 받으며 살 거란 생각을 못했지. 그에 가장 분노한 게 은희의 아버지였다. 홀아비 밑에서 자란 은희는 이 회장님에게는 눈에 넣어도 안 아픈 딸이었거든."

외할아버지는 엄마를 너무나 사랑하신 것 같았다. 그래서 엄마가 백 회장 같은 놈과 결혼한다는 걸 받아들이기 어려우셨나 보다. 사위가 너무나 마음에 안 들었고 그런 사위와 헤어지지 않는 딸을 이해하지 못하셨다. 그렇게 두 분은 점점 멀어지게 되었을 것이다. 가끔 그녀를 만나러 오신 걸 빼면 엄마와는 따로 교류가 없었던 것 같다.

"그래서 몇 번이나 딸을 데려오려고 했지만, 백 회장 그놈이 놓아주지 않았어. 오히려 은희와 너를 놓아주는 대가로 돈을 바랐지. 하지만 이 회장님은 금수만도 못한 백 회장에게 돈을 주느니 사회에 환원하겠다고 생각하신 것 같아."

"……."

"하지만 그마저도 못하셨지. 그래서 돌아가시기 전에 아버님을 만났고, 평소에 예뻐하시던 하준이와 너의 결혼을 생각하신 거야. 은희가 죽고 너에 관한 소식은 철저하게 비밀에 부쳐졌어. 아버님은 백 회장의 집에 사람을 심어 두고 오랜 세월 널 지켜보셨지."

시할아버지인 정 명예회장은 주식 때문에 그녀를 지켜보았다는 말이었다.

"스무 살에 결혼하기엔 이르다고 생각해서 스물다섯 살까지 기다리라는 조건을 건 건 아니라고 생각해. 난 말이지…… 설아의 외할아버지인 이 회장님은 설아가 그렇게 오랜 시간 동안 감금을 당할 거라고는 생각하진 않았다고 봐. 그래서 일정한 교육을 받고 졸업을 하면 회사의 일을 맡을 거라고 생각하신 거지. 그래서 나이는 스물다섯 살이라고 하신 거고."

"어머니 전……."

"알아, 아무것도 배우지 못해 자신감이 없다는 걸. 하지만 설아야. 네가 자신감을 가져도 될 게 딱 하나 있어. 그건 돈이 아니라 바로 하준이다."

설아는 멍하게 시어머니를 보았다. 그리고 그 말뜻을 잘 생각해 보았다.

"내가 처음에 널 반대했을 때 하준이도 널 탐탁지 않게 생각하는 줄 알았어. 그런데 아니더라. 설아 너에게 처음부터 마음이 있었던 것 같더구나. 난 네가 그런 생활을 하면서 많이 삐뚤어져 있을 줄 알았어. 그래서 반대한 건데, 겪어 보니 아니라서 다행이었다. 그래서 우리 아들이 여자 보는 눈은 있다고 생각했어."

어머니가 그녀의 손을 잡았다.

"우리 하준이는 너를 아낀다. 널 놔두고 바람을 피울 아이가 아니야."

이건 시어머니이기 이전에 소중한 친구의 딸에 대한 마음이었다. 진실을 말해 주고 싶으신 모양이었다.

"어머니……."

"내일 하준이가 프랑스에서 돌아올 거야. 그러면 마음에 담아 두지 말고 하준이에게 속마음을 물어보렴. 그게 내가 해 줄 수 있는 말의 전부구나."

"어머니, 전……. 흑흑흑……."

설아가 서럽게 울었다. 그런 설아를 시어머니가 말없이 달래 주었다. 설아는 마음이 아팠다. 하준을 너무나 사랑하기 때문에 모든 게 불안했다. 그에게 자신이 없었다. 그에 관한 스캔들이 계속해서 나온다면 그녀는 그때마다 상처를 받을 것 같았다. 그가 아직 그녀에게 믿음을 주지 않기 때문이었다. 그녀의 마음만으로 버티기는 힘이 들었다.

하준은 입안이 바짝바짝 마르는 기분이었다. 보리와 저녁을 먹은 게 이렇게 크게 기사화될 줄은 몰랐었다.

"비운의 재벌녀……. 제목 한번 거지같이 뽑았군."

규인이 비행기 안아서 가사를 보고는 혀를 찼다.

"설아 씨가 이 기사를 보면 얼마나 가슴이 아플까……. 이건 완전히 사람 하나 죽이는 거라고."

"그만해."

규인이 하는 말조차 듣기 싫었다. 그를 걱정한다고 하는 말 같은데 더 짜증만 나게 만들고 있었다.

"전화는 했어?"

"안 받아."

전화를 계속했는데 아예 배터리를 뽑아 버린 모양이었다.

"하긴, 나 같아도 안 받아. 누가 바람피운 남편의 전화를 받냐? 보살도 아니고……."

"야! 내가 언제 바람을 피웠다고 그래?"

속에서 천불이 나는데 규인이 옆에서 화를 돋우었다.

"내가 만나지 말라고 했지? 보리가 왜 너한테 미련을 못 버리는데. 네가 자꾸 만나 주니까……."

"그만해!"

그가 목소리를 바꾸자 규인이 꼬리를 내렸다. 보리는 유명 연예인으로, 하준과는 어릴 때부터 친하게 지낸 사이였다. 대학 때는 잠깐 만난 적도 있었다. 하지만 그뿐이었다. 둘의 관계는 그 이상도 이하도 아니었다.

이번엔 보리가 화보 촬영 때문에 프랑스에 왔고, 그의 일정도 겹쳐서 저녁 한 끼 먹은 것뿐이었다.

"잘못도 안 했는데 하루 일찍 출발하냐? 설아 씨가 무섭긴 한가 보네."

"닥쳐라."

"싫다. 그렇게 좋은데 같이 오지 그랬냐? 그랬으면 이런 사달도 안 일어났을 텐데."

"지금 설아는 어디서나 주목을 받고 있잖아. 그래서 같이 오고 싶어도 참은 거야. 더는 상처 주기 싫어서……."

설아는 모두의 이목을 끌고 있었다. 그런 설아가 공항에 나타난다면 기자들의 아주 좋은 먹잇감이 될 게 분명했다.

"그런 놈이 보리를 만나냐?"

"마지막 경고야, 그만. 나에게 보리는 아무것도 아니지만, 설아는…… 전부다."

"……."

"그러니까 속 좀 그만 긁어."

비행기 안에서 그는 발을 동동 굴렀다. 설아가 얼마나 속상할까를 생각하니 마음이 급했다. 그냥 가볍게 생각했던 일이 너무 커져 버린 상황이었다. 오해하면 안 되는데 그게 걱정이었다.

"처음이다. 내가 이렇게 여자에게 신경 쓰는 거."

하준은 독백처럼 중얼거렸다. 처음이었다. 여자에게 이렇게 온 마음을 빼앗긴 건……. 설아에 대한 마음은 처음부터 사랑이었다. 하지만 자존심이 강한 그는 애써 그걸 부정했었다. 하지만 이제는 설아에 대한 마음을 고백하지 않고는 견딜 수가 없는 상황이었다.

사랑이라는 감정이 이렇게 마음을 뜨겁게 하는 줄 몰랐었다.

설아가 오해할까 봐 하준은 전전긍긍이었다. 이런 자신에 스스로 놀라고 있었다.

"다 와 간다."

"……."

"이번에 가서는 너의 마음을 온전히 보여 줘."

"안 그래도 그럴 생각이다. 넌?"

"거기서 내가 왜 나와?"

요즘 규인도 고민이 많아 보였다. 여자가 있긴 한 것 같은데 영 말이 없었다.

"너, 여자 생겼지?"

"여, 여자? 여자야 언제나 넘치지."

"······."

뭔가 그에게 말하지 않은 것이 있었다.

"귀신을 속여라."

"너나 설아 씨한테 신경 써."

하긴 지금은 자신의 코가 석 자였다.

한국에 도착하자마자 그는 집으로 향했다. 서울에 도착하니 벌써 저녁 11시를 넘기고 있었다. 설아는 분명히 잠이 들었을 것 같았다. 하지만 하준은 깨워서라도 그녀에게 상황을 설명할 생각이었다.

거실은 생각대로 어두웠고 그는 곧장 침실로 향했다. 하지만 침대 위엔 설아가 없었고 욕실에서 샤워 소리가 들렸다. 순간 하준은 아래로 피가 몰리는 기분이었다. 이럴 상황은 아니었지만 그는 확실하게 흥분한 상황이었다.

철컥!

쏴아아!

욕실 문이 열리자 샤워부스에서 시원한 물소리가 났고, 뜨거운 수증기가 샤워부스를 부옇게 만들어 그 안의 설아가 보이지 않았다. 그녀의 바디라인만이 흐리게 보일 뿐이었다. 하준은 더 이상 지체하지 않았다.

그는 샤워부스의 문을 열었다.

"악!"

놀란 설아가 손으로 몸을 가리며 비명을 질렀다.

"하준 씨? 놀랐잖아요!"

깜짝 놀란 얼굴로 그는 보며 말하는 설아를 하준이 넋을 놓고 보았다. 일주일 만이었다. 잠도 자지 않고 하루를 당겨서 왔다. 이렇게 설아를 보니 힘들게 온 보람이 있다는 생각이 들었다.

"옷이……. 읍!"

그는 슈트를 입은 채로 물이 쏟아지는 부스 안으로 들어갔다. 그리고 설아를 거칠게 끌어안고는 숨 막히는 키스를 했다. 그녀의 입을 가르고 들어가 일주일 동안 참았던 그녀의 향기를 빨아들이고 있었다.

평소라면 설아가 그의 목에 팔을 두르고 매달렸겠지만, 지금은 그렇게 하지 않았다. 설아는 지금 화가 나 있음을 그에게 표현하고 있었다. 하지만 보리에 대한 설명은 지금의 갈증을 해소한 다음의 일이었다.

그의 양복이 물에 흠뻑 젖었지만 하준은 신경 쓰지 않았다. 지금은 설아의 부드러운 혀가 주는 느낌만을 즐기고 싶었다. 그가 설아의 목덜미를 살짝 물었다. 입안에 물맛과 함께 설아의 맛이 느껴졌다.

"핫!"

설아가 신음을 삼켰다.

탁!

하준은 샤워기를 끄고 설아를 바라보았다. 눈가에 물이 흘러내리고 있었지만, 그는 뚫어지게 설아의 모습을 바라보았다.

"읍!"

참을 수 없이 섹시한 설아의 잘못이었다. 그를 이토록 미치게 만든 건 분명 그녀의 잘못이었다. 점점 더 미친놈이 되어 가는 것 같았다. 그녀의 혀를 뿌리째 뽑아 버릴 정도로 강하게 빨아들이며 키스를 했다.

둘의 혀가 강하게 얽혀 들었다. 여전히 설아는 그의 키스에 반응하지 않았다. 그는 설아의 입술을 빨아들였다. 그리고 목덜미를 지나 쇄골까지 붉은 자국이 날 때까지 빨고 또 빨았다.

물에 젖은 옷이 이렇게 벗기 어려운 줄 처음으로 알게 되었다. 그는 설아의 입술을 빨아들이며 넥타이를 신경질적으로 풀었다. 그리고 빛의 속도로 재킷을 벗었다. 욕실 바닥에 그의 옷이 차례로 깔리고 있었다.

투두둑!

하준은 와이셔츠를 찢어 버렸다. 그는 지금 너무나 급했고 그녀를 갖지 않으면 죽을 것 같았다.

"제길!"

와이셔츠가 몸에 붙어서 잘 벗겨지지 않아 절로 욕설이 튀어나오고 말았다. 그는 빠르게 바지까지 벗고는 완벽하게 알몸이 되었다.

"일주일 동안 미치는 줄 알았어."

"……."

설아는 여전히 차가운 반응이었지만 다행히 거부하지는 않았다. 그녀의 이런 반응에도 그의 피는 여전히 그녀 때문에 뜨거웠다. 그는 설아를 안아 들고는 침실로 향했다. 그리고 수건으로 물기를 제대로 닦지도 않은 채 설아를 침대 위로 던졌다.

그녀는 그를 바라볼 뿐 아무런 말을 하지 않았다. 침대 위에 인어가 누워 있는 것 같았다. 그의 심장이 미친 듯이 뛰었다. 그는 설아의 위로 다급하게 몸을 포갰다.

"하앗!"

그가 입술을 다시 한 번 겹쳤다. 그녀의 입술을 빨아들이자 이번엔 설아가 신음을 삼켰다. 하준은 한 손으로는 설아의 가슴을 주무르고 다른 한 손으로는 그녀의 여성을 감쌌다. 설아의 반응은 차가웠지만, 그녀의 여성은 이미 흠뻑 젖어 있었다.

끝까지 화를 내는 설아였지만 하준은 그게 미치게 귀엽게 느껴졌다. 그녀는 질투하고 있었다. 그가 다른 여자와 있는데 무덤덤하다면 그것도 싫을 것 같았다. 설아의 차가운 반응은 미안하긴 했지만, 오히려 그를 기쁘게 했다.

그의 손가락이 그녀의 애액으로 젖어 들었다.

"아흣!"

설아가 본능적으로 몸을 활처럼 휘었다. 더는 참기 힘이 든 모양이었다. 그는 짐승같이 거친 숨을 내쉬며 설아의 몸을 만졌다. 그녀의 가슴을 거칠게 빨며 그는 점점 더 이성을 잃어 가고 있었다.

"헉, 설아야……."

"……."

그는 다급하게 설아의 이름을 부르며 유두를 빨았다. 그리고 손가락을 질 안으로 깊숙이 집어넣었다. 처음엔 다리를 오므리며 그의 손길을 말없이 거부하던 설아도 이제는 다리를 벌리며 그의 손가락이 주는 쾌락을 즐기고 있었다.

"아아아……."

설아도 자신의 욕망을 끝까지 숨기진 못했다. 손가락이 움직이기 시작하자 그의 목에 팔을 강하게 감고는 매달리기 시작했다.

"어떻게 해 줄까?"

"……."

입술을 꽉 물며 그의 물음에 답하지 않고 있는 설아였다. 그가 자신의 페니스를 그녀의 여성에 대고 문지르기 시작했다. 그녀의 클리토리스가 움찔거리는 게 느껴졌다.

"어떻게 해 줄까? 응?"

"아흐……."

"설아야, 난 넣고 싶어."

"아아아……."

그가 움직일 때마다 설아는 신음하긴 했지만, 답을 하진 않았다. 그는 더는 참지 못하고 설아가 답을 하기 전에 페니스를 그녀의 질 안으로 밀어 넣었다.

"으윽!"

"아악!"

그는 인상을 쓰며 너무 좁아 들어가지 않는 그녀의 질 안으로 서서히 페니스를 찔러 넣었다.

"악!"

일주일 만의 관계라서 그런지 둘 다 너무 힘이 들었다.

퍽퍽퍽!

그가 허리를 움직이기 시작하자 서로 연결된 부위에서 질척이는 소리가 요란하게 들렸다. 하준은 쾌감에 미칠 것 같았다. 섹스를 할 때 그는 언제나 우위에 있다고 생각했는데 설아의 경우에는 달랐다.

그는 설아에겐 절대로 자신이 우위일 수 없다는 걸 알았다. 언제나 더 좋아하는 쪽이 죄인인 것이다. 그는 지금 설아와의 관계에서 자신이 대역 죄인이라는 걸 알았다. 설아 앞에서는 숨조차 제대로 쉬어지지 않았다.

설아를 만나고부터는 심장이 자신의 것이 아니란 생각이 들었다.

그는 설아의 엉덩이를 양손으로 잡고는 더 깊이 자신의 페니스를 밀어 넣었다.

"아아앙……."

"헉헉……. 윽!"

설아의 질이 그를 강하게 조이고 있었다. 그는 지금 너무 흥분해서 자신의 분신을 쏟아 낼 것만 같았다. 하지만 참아야 했다. 아직은 아니었다.

"하아!"

설아의 입에서 달뜬 소리가 나왔다. 그는 한 손으로 설아의 가슴을 쓸어내렸다. 그리고 가슴 한가운데 입을 맞추었다. 그녀의 몸은 활처럼 휘어 있었다. 그 모습이 그를 흥분하게 했다. 머리끝부터 발끝까지 설아는 유혹 덩어리였다. 미칠 것 같았다.

설아의 손이 시트를 꽉 움켜잡았다. 그녀는 강한 쾌감을 느끼는지 몸을 뒤틀었다.

"아하! 읏!"

그가 그녀 안에서 빠르게 움직이기 시작했다. 이제는 한계였다.

"읏!"

그가 자신의 분신들을 그녀 안에 쏟아 냈다.

"하아! 하아!"

"헉헉헉."

그들은 서로를 끌어안고는 그렇게 거친 숨을 몰아쉬고 있었다. 그렇게 한참을 있다가 먼저 몸을 일으킨 건 설아였다.

"설아야……."

"……."

그가 설아의 손을 잡아 다시 침대 위에 눕혔다. 그녀가 하준의 눈을 똑바로 올려다보았다. 슬픔을 머금은 눈물을 가득 채운 채로 보고 있었다.

"그냥 친구일 뿐이야. 우연히 만나서 식사를 했을 뿐이고 기사처럼 같은 방에 들어가지도 않았어. 보리는 보리 방으로, 난 내 방에 갔어. 오해하지 말았으면 좋겠어."

"……."

설아의 눈에서 눈물이 흘러내렸다.

"설아야, 내 말 못 믿겠어?"

"……하준 씨가 보리라는 여자와 어떤 관계든 난 괜찮아요. 우린…… 평범한 부부가 아니란 걸 아니까."

"뭐?"

"당신의 사랑을 존중해요. 오랜 세월 동안 쌓은 마음을 한순간에 거두진 못하겠죠. 하지만…… 나와 결혼 생활을 계속하려면 기본은 지켜 줬으면 좋겠어요."

설아는 차가웠다. 그의 마음을 알려고도 하지 않았다.

"내 말을 믿지 않는군."

"믿을 이유도 없죠."

"백설아!"

"아버지는 어머니를 때렸고 저도 때렸죠. 그래도 어머닌 아버지를 온전히 원망하진 않았어요. 엄마는 천사였고, 그래서 바보처럼 악마 같은 아빠의 행동을 참고 또 참았어요."

"……."

"그런데 말이죠. 그런 천사 같은 엄마도 아빠에게 다른 여자가 있는 건 참지 못했어요."

"……."

"비켜 줘요."

그를 살짝 밀어낸 설아가 침대를 빠져나갔다. 생각보다 설아의 마음이 많이 다친 것 같았다. 하준은 거칠게 자신의 머리를 쓸어 올렸다. 설아가 가운을 입고 손님용 이불을 가지고 나와 소파에 누웠다.

"당분간은 따로 자요."

설아가 소파에 누웠다. 하준은 그런 설아를 멍하게 바라보았다. 생각보다 일이 복잡해진 것 같았다.

차가운 감옥 안에 여러 명의 사람이 각자의 자리를 지키며 앉아 있었다. 온몸에 문신을 한 조폭, 사기꾼, 폭력 사범 등. 저마다 각각의 사연이 있었다.

"왜 독방을 안 주는 거야?"

이곳에서 창수는 유일하게 투덜거리는 사람이었다. 모두의 눈총을 받아도 그는 투덜거림을 멈추지 않았다. 원래 창수처럼 투덜거리는 사람이 있으면 진작에 이불을 뒤집어씌워 놓고는 죽지 않을 만큼 때리는데, 모두 잠자코 있었다.

그건 이 방의 우두머리인 형식이 창수를 아직까지 지켜보고 있기 때문이었다. 형식은 창수에게 친한 척도, 그렇다고 대놓고 무시도 하지 않고 주시만 하고 있었다. 그건 교도소 소장이 지켜만 보라는 특별 지시를 내렸기 때문이었다.

창수는 태신건설의 오너이자 몇 백억의 자산가였다. 다들 언제까지 감옥에만 있을 건 아니기 때문에 부자들의 경우는 감옥에서도 대우를 받았다.

"김형식 면회!"

형식은 가족이 없었다. 그를 면회하는 건 교도소장뿐이었다. 형식은 이런 시간을 좋아했다. 소장실에서는 마음껏 담배를 피울 수 있기 때문이었다.

"부르셨습니까?"

"그래."

소장이 형식에게 담배 한 갑을 스윽 건넸다.

"백창수는 어때?"

"매일 투덜거리고 있죠, 뭐. 아주 꼴 보기 싫어 죽겠습니다. 소장님 때문에 참고 있는 거죠."

"참지 마."

"네?"

소장이 주머니에서 뭔가를 꺼내더니 그에게 스윽 내밀었다.

"뭡니까?"

형식이 슬쩍 보자 어마어마한 액수의 수표였다.

"이 정도면 죽여 드릴 수도 있겠는데요? 누굽니까?"

"알 것 없어. 넌 네 일이나 하면 돼."

"네."

"그렇다고 죽이진 말고. 삶이 고달프다는 걸 느낄 정도로만 해."

"그건 제가 알아서 할 일이고요."

형식이 담배를 끄더니 자리에서 일어났다. 그리고는 비릿한 미소를 띠며 자신의 방으로 돌아갔다. 그가 방 안에 들어서자마자 그의 부하들에게 눈짓했다. 그러자 창수를 제외한 방 안의 사람들이 빠르게 움직였다.

"좁아터진 방에서 왜들 이래? 얌전히 좀 있지?"

"터진 입이라고 함부로 지껄이네."

"뭐, 뭐?"

형식의 부하가 그를 보며 말했다.

"이 새끼가 내가 누군 줄 알고?"

"네가 누군데? 너도 지금은 같은 죄수 아냐? 개자식아."

"뭐, 개자식?"

"개도 자식은 예뻐하는 법인데, 넌 아니잖아. 네 딸년을 학대해서 들어왔으면 우리보다 못한 개자식이지. 씨발!"

"뭐? 악! 뭐 하는 거야?"

창수의 머리 위로 담요를 뒤집어씌운 후에 그들은 다 같이 창수를 때리기 시작했다. 인정사정없는 발길질에 소리를 지르던 창수는 기절했는지 곧 조용해졌다.

"재미없네. 말을 잘하는 것도 아니고 맷집이 있는 것도 아니고…… 씨발!"

형식이 자신의 자리에 앉아 구시렁거렸다.

"저 영감 구시렁댈 때마다 찍소리 못하게 해. 아주 시끄러워 죽겠어."

"네, 형님."

형식의 한마디에 모두가 답했다. 담요 안의 창수는 죽었는지 소리조차 내지 않고 있었다.

"저 영감 정신 차리게 해."

"네."

"반성할 때까지 때려. 딸년에게 용서를 빌 때까지 말이야. 여기가 어디냐? 교화하는 곳 아니냐? 저런 가정 폭력범들은 뉘우치고 나가야지."

형식은 앞으로 창수의 생활이 얼마나 힘들어질지 말해 주고 있었다.

"오늘의 헤드라인도 역시 작은 사모님이시네요."

정아가 한숨을 쉬며 말했다.

"'윤보리의 남자, 대한그룹 정하준 사장이 오늘 오전에 공식 기자회견을 열었다.' 이렇게 쓴 건 무슨 용기일까요? 어째서 윤보리의 남자야? 백설아의 남자지."

정아가 투덜거리고 있었지만 설아는 창밖만 내다볼 뿐, 신경조차 쓰지 않았다. 그가 프랑스에서 돌아와 경제 전문 기자들과 기자 회견을 하는 자리였다. 그런데 경제에 관한 기사보다는 가십에만 초점이 맞춰진 상황이었다.

"작은 사모님, 이 얄미운 기자를 어떻게 하죠? 지난번에도 악의적인 기사를 써서 사장님께서 경고를 주신 기자거든요."

"신경 쓰지 말아요. 관심 없으니까."

"두 분 때문에 요즘 집 안에서 일하는 사람들이 아주 숨이 막힐 지경인 거 아세요? 정말로 화해 안 하실 거예요?"

"……."

설아는 화가 풀리지 않았다. 주위에서 아무리 좋은 말을 해도 마음이 풀리지 않았다.

"작은 사모님."

"오늘은 쉬고 싶어요. 일정을 모두 취소해 주세요."

"……네."

정아가 방을 나가고 그녀는 조용히 앉아 있었다.

윙―.

갑자기 핸드폰이 울렸다. 모르는 번호였다. 다른 날 같았으면 분명히 받지 않았을 텐데 설아는 무슨 마음에선지 전화를 받았다.

"여보세요?"

[나야.]

"누구세요?"

허스키한 목소리였다. 처음 듣는 목소리 같지는 않았지만, 그렇다고 누구라고 단번에 떠올리기는 어려웠다.

[다희야. 목소리도 잊었어?]

"……."

갑작스런 연락에 설아는 당황해서 아무런 말도 하지 못했다.

[엄마하고 나, 한국을 떠나. 그동안 우리에게 많은 일들이 있었지만 잊어 주길 바라.]

"……."

[마지막으로 만났으면 하는데 시간 좀 내 줘. 사과도 하고, 줄 것도 있고 해서 그러니까 거절하지 말아 줘.]

설아는 근처에 와 있다는 다희를 만나기로 했다. 아버지는 교도소에서 형을 살고 있었고 지금 새어머니와 다희의 입장도 그렇게 좋지는 않았다. 물론 설아도 다희와 좋은 감정은 아니었지만 그래도 세상에서 유일하게 피를 나눈 사이였다.

"웃기네⋯⋯."

설아는 정아와 함께 근처의 커피숍으로 나갔다. 정아가 끝까지 뜯어말렸지만, 마지막이란 다희의 말에 그녀는 다희를 만나기로 했다.

커피숍은 생각보다 한적했고 그녀를 본 손님들이 웅성거리기 시작했다. 그동안 유명 인사가 된 게 분명했다. 하긴 오늘도 검색어 순위에 이름을 올렸으니 사람들이 저러는 것도 무리는 아니었다.

커피숍 2층의 가장 구석진 자리에 다희가 먼저 와서 앉아 있었다. 당당하던 모습은 어디 가고 아주 초췌한 모습이었다.

"안녕."

그녀가 앞자리에 앉자 다희가 멋쩍은 미소를 지으며 인사했다.

"잘 지낸 것 같지는 않고⋯⋯. 좀 당황스럽네."

설아가 자리에 앉으며 말했다.

"미안하단 말을 하고 싶었어."

"⋯⋯."

"이제 우리 떠나니까 더는 힘들게 할 일은 없을 거야. 우리도 언니처럼 며칠 갇힌 생활을 하다 보니까 생각이 좀 많아지더라. 얼마나 힘들었을까 하는 생각도 들고, 우리를 얼마나 원망했을까 하는 생각도 했어."

다희가 왜 이러는지 이해는 갔지만 이건 다희 스타일이 아니었다. 잘못을 뉘우쳐도 자존심 때문에 버틸 아이였다.

"무조건 잘못했어."

갑자기 다희가 자리에서 일어나 바닥에 무릎을 꿇었다.

"……"

다희가 오늘 그녀를 여러 가지로 당황스럽게 만들고 있었다.

"왜 이러는 거야?"

"미안해. 우리의 사과를 받아 줘. 엄마는 너무 아파서 오늘 이 자리에 못 왔어. 엄마도 잘못했다고 했어. 그리고 우리가 사라지는 게 언니에게도 좋다는 결론을 냈고."

"……"

다희는 사과했지만, 솔직히 진심이 느껴지지 않았다.

"하준 씨가 시킨 거야?"

"어?"

"너 이러는 게 하준 씨 때문이야?"

설아가 차갑게 말했다.

"이러는 거 안 어울려."

"……"

다희가 자리에 앉았다.

"맞아, 이건 내 스타일이 아니야. 하지만 언니가 너무 강한 사람을 만나는 바람에 우리의 패배를 인정할 수밖에 없어. 자존심이 상하긴 하지만 어쩔 수 없는 일이잖아."

"아직도 뭘 잘못한 건지 모르고 있구나."

"그건 아니야. 정말 며칠 엄마와 별채에 있으면서 생각이 많아졌으니까."

"어디로 갈 거야?"

"정 사장님이 미국에서 우리들이 지낼 수 있도록 도와준다고 했어. 거기까지만 알아."

"그래, 잘 가……. 더는 뭔 말을 못하겠다."

"내가 이번에 빚을 졌으니 빚을 갚는 차원에서 한 가지 가르쳐 주고 갈게."

"……."

빚을 갚는다는 말이 우습긴 했지만 어차피 마지막인 자리였다. 다시는 볼일이 없었다. 아니, 보고 싶지 않았다.

"하준 오빠와 윤보리는 아무 관계도 아니야. 둘은 그냥 친구야. 그건 내가 누구보다 잘 알아. 윤보리랑 사귀는 남자, 내가 아는 사람이거든. 둘이 곧 결혼할 거고."

"왜…… 그런 말을 해 주는 거야?"

"언니가 멍청해 보여서."

"뭐?"

"그렇게 한곳만 바라보는 남자가 또 있을까? 주변에서는 다 그렇게 생각하는데, 정작 당사자는 모르는 것 같아서 말이야."

다희는 이 말을 마지막으로 커피숍에서 나갔다.

"작은 사모님."

"네?"

"얼굴이 창백하세요."

"괜찮아요."

생각이 많아지는 순간이었다. 하준이 그녀를 어떻게 생각하는지는 알고 있었다. 하지만 그건 어디까지나 그녀의 주식 때문이었다. 게다가 지금은 그 모든 걸 그가 관리하고 있었고, 설아는 그에게서 주식을 빼앗을 마음은 없었다.

그런데 그는 아직도 그녀를 처음처럼 대하고 있었다.

"왜일까요?"

설아가 혼잣말처럼 중얼거렸다.

"사장님의 마음을 너무 몰라주시는 것 같아요. 제가 보기에도 사장님의 시선은 언제나 사모님을 향해 있는데…… 너무 몰라주시니 답답해요."

"정아 씨가 생각하는 것처럼 그렇지 않아요. 그 사람은…… 날 사랑하는 게 아니에요. 나에게 친절한 거지."

"작은 사모님, 바보세요? 그게 어떻게 친절한 걸로만 보세요?

299

이해가 안 가요."

"⋯⋯."

정아가 발끈했다. 하지만 정아가 모르는 것이 있었다. 그는 그녀를 좋아할지는 몰라도 절대로 사랑하는 게 아니었다.

그녀는 사랑하는 사람이 아니라 그의 욕망의 대상일 뿐이었다.

"사모님은 사장님을 사랑하세요?"

"⋯⋯."

"사랑하시죠? 그게 저의 눈에는 보여요. 사랑과 재채기는 숨길 수 없다잖아요. 그런데 말이에요. 저는 정 사장님이 사모님을 어떻게 생각하시는지도 눈에 보여요. 그래서 말씀드리는 거예요."

갑작스러운 말에 그녀는 할 말을 잃었다.

"그런데 사모님만 모르시니까 안타까워요."

"정아 씨⋯⋯."

"사장님께 먼저 고백하는 것도 나쁜 건 아닐 것 같아요. 사랑한다는 건 좋은 거지 숨길 일은 아니잖아요."

이렇게 어린 정아도 아는 사랑을 그녀만 모르는 것 같았다. 설아는 두려웠다. 말하는 순간 진실을 알게 될까 봐.

"정아 씨는 사랑을 해 봤어요?"

"저, 저요?"

"요즘 뭔가 고민이 있던 것 같은데……."

그녀의 말에 정아는 아무런 말을 하지 못했다.

"정아 씨가 말했죠? 사랑과 재채기는 숨길 수 없다고 말이에요. 그런데 사랑이라는 게 쉬운 게 아니에요. 일방적인 짝사랑은 난 별로 좋아하지 않아요. 난 그런 사랑엔 지칠 것 같아요. 그런데…… 지금 나의 사랑은 그런 것 같아요."

"아니에요. 사모님은 사장님의 사랑을 한 몸에 받으세요. 저처럼 짝사랑을 하는 게 아니세요."

"짝사랑?"

"네, 저 좋아하는 사람 있어요."

확실하게 정아는 당당한 스타일이었다. 그녀처럼 소심한 사랑을 하는 것 같지는 않았다.

"말했어요?"

"그럼 짝사랑이 아니죠."

"누군데요?"

"오늘의 주인공은 제가 아니라 사모님이세요."

아주 잘 빠져나가는 정아였다.

"고민해 볼게요."

"고민이 뭐가 필요해요. 사랑한다고 하면 되는 거지."

정아는 역시 화끈했다.

"저도 짝사랑만 아니라면 벌써 고백했을 겁니다."

설아는 정아의 말에 깊은 한숨을 내쉬었다. 생각이 너무 많아
지는 순간이었다.

10. 설아의 선택

퇴근 시간이었다. 예전 같으면 퇴근 시간에 칼같이 몸을 일으켰을 하준이었지만, 그의 손엔 아직 서류가 들려 있었다.

"퇴근 안 하십니까?"

규인이 하준에게 놀리듯이 물었다.

"조금만 더 있다가……."

그의 답에 규인이 놀란 눈치였다. 매일같이 빨리 집에 가려고 안달하던 놈이 갑자기 의자에 본드를 붙여 놓은 것처럼 자리를 지키고 있으니까.

"사장님, 전 퇴근해도 됩니까?"

"미쳤어?"

"빠른 답을 하는 것 보니 정신은 멀쩡하신 것 같은데⋯⋯. 왜 이러시는지 여쭈어봐도 되겠습니까?"

규인이 그의 책상에 걸터앉으며 말했다.

"퇴근 시간 1분 남았어."

"네, 사장님."

그가 책상에서 내려와 정자세를 하고 서 있었다.

"규인아."

"네, 사장님."

"힘들다."

처음이었다. 규인에게 힘들다고 투정부리듯 말한 것 말이다. 자신의 감정이 뭔지 그동안은 몰랐기 때문에 견딜 만했는데 모든 걸 알아 버린 지금은, 솔직하게 힘이 들었다.

"많이 힘들어?"

"⋯⋯."

설아에 대한 그의 마음은 사랑이었다. 그걸 깨닫고 나서는 설아를 대하는 게 너무나 힘이 들었다. 그녀를 욕망의 대상이 아닌 사랑하는 사람으로 생각을 하고 나니 조심스러웠다. 그녀가 마음 상하지 않을까?

아니면 주식 때문에 그가 자신에게 잘해 준다고 생각할까 봐 이것저것 신경이 안 쓰이는 게 없었다. 설아에 관한 모든 게 다

신경 쓰이는 것뿐이었다.

그런 증상이 요즘 들어 더 심해졌다.

"술 한잔할까?"

"좋지."

둘은 오랜만에 단골로 가는 바를 찾았다.

"오늘은 취할 때까지 마셔 보자."

"좋지."

어차피 내일은 토요일이었고 출근하지 않아도 되니 편하게 아주 편하게 술을 마셨다. 바에 앉아서 그들은 주거니 받거니 하며 술잔을 기울였다.

Rrrrrrr—

"전화 왔어."

"누구?"

술에 잔뜩 취해 가던 도중, 핸드폰이 요란하게 울렸다.

"어? 설아다."

"마눌님?"

"그래."

그는 핸드폰을 들었다.

"여보세요?"

[여보세요? 어디예요?]

처음 있는 일이었다. 설아가 그가 어디 있는지 물었다.

"처음이네⋯⋯. 이렇게 전화도 다 해 주고."

혀가 꼬이고 있었다.

"고백해. 빨리해."

그보다 더 만취한 상태인 규인이 자꾸만 고백하라고 했다.

"고백?"

"사랑한다고 해⋯⋯."

이 말을 마지막으로 규인이 테이블에 머리를 박고 뻗어 버렸다.

"설아야, 사랑한다."

[⋯⋯.]

"난 정말 널 사랑해⋯⋯. 알아? 태어나서 누군가를 사랑한다고 말하는 건, 처음이라고⋯⋯."

술기운이 올라오기 시작했다.

[빨리 집에 들어와요.]

설아의 한숨 소리가 전화기 너머로 들렸다.

"안 가!"

[네?]

"너무 취했는데⋯⋯ 더 마시고 싶어. 네가 내 마음을 몰라주니까, 화가 나. 난 윤보리랑 아무 관계도 아니라고⋯⋯. 젠장!"

그는 갑자기 울컥해서 전화기에 대고 소리를 질렀다.

[어디예요?]

"왜, 오게?"

[네, 갈게요.]

그녀가 온다고 말을 한 거 같은데 그다음은 생각이 나지 않았다. 규인은 완전히 뻗어 버렸고 그는 계속해서 술잔을 기울였다.

"하준 씨!"

설아의 목소리였다.

"설아다."

그의 옆에 설아가 서 있었다.

"설아야……."

갑작스런 설아의 등장에 하준은 정신이 번쩍 들었다. 하지만 술이 깼다는 표시는 내지 않았다. 그를 걱정스럽게 바라보는 설아의 표정이 마음에 들었다. 설아는 그를 걱정하고 있었다.

"하준 씨, 집에 갈 수 있겠어요?"

"한 잔만 더……."

"하준 씨."

"우리 와이프야. 예쁘지?"

"굉장한 미인이십니다."

바텐더가 그를 보며 웃었다. 그는 설아를 앉게 했다. 그리고 칵테일을 주문했다.

"마셔."

"아니에요."

"나랑 술 한잔해요. 예쁜 아가씨."

"……."

설아가 조용히 그의 옆에 앉았다. 그리고 어디론가 전화를 해서 규인을 데려가게 했다. 곁눈질로 보니 그의 경호원이었다.

"집까지 잘 모셔다 드리세요."

"네."

설아에게 제법 안주인의 포스가 뿜어져 나왔다. 하지만 어두운 조명 아래 설아는 너무나 섹시했다. 당장이라도 안고 싶을 정도로 말이다. 그는 미친 게 분명했다.

"아가씨, 너무 섹시해 보이는데?"

"……."

설아가 피식 웃었다. 이렇게 취한 척하는 게 아니었다면 그는 벌써 설아를 안고 입을 맞추었을 것이다. 그는 규인처럼 테이블에 머리를 대고 엎드렸다.

그리고 눈을 감았다. 설아가 경호원을 시켜 그를 데리고 갈 게 분명했기 때문이었다.

"고마워요."

"네, 오늘 술을 좀 많이 드셨어요."

"그런 것 같아요. 잠시 있다가 데리고 갈게요."

"네."

그를 당장 데리고 갈 줄 알았는데 설아는 칵테일을 마시는 모양이었다.

"하준 씨……."

"……."

하준은 순간 뜨끔했다.

"이렇게 바에 앉아서 칵테일을 마실 거라곤 생각도 못해 봤어요. 별채에서 외롭게 지내면서…… 나는 그냥 이렇게 살다가 어느 날 죽겠구나, 이런 생각을 했어요. 복수도 하고 싶었는데 그게 혼자 힘만으로 되는 것도 아니고. 그래서 날이 갈수록 무기력해졌어요."

"……."

그는 설아의 말을 가만히 듣고 있었다.

"그런데 당신이 어느 날 백마 탄 기사처럼 나타나서 날 구해 줬어요. 그래서 너무 좋았고…… 감사했어요. 그냥 그렇게 고마운 감정으로 끝이 날 뻔했는데……. 주식……."

그도 걱정했던 주식 이야기를 설아가 하고 있었다.

"당신이 주식 때문에 나한테 잘한다는 생각이 들자, 마음이 너무 아팠어요. 그런데 그때는 이미 내가 당신을 너무나 사랑하게 된 다음이라서……."

사랑? 설아가 지금 그를 사랑하게 되었다고 말하고 있었다. 심장이 미친 듯이 뛰기 시작하는 하준이었다.

"그래서 마음이 좋지 않았어요. 당신이 날 뜨겁게 안아도 그게 다 주식 때문인 것 같고……. 난 아무것도 아닌 것 같아서요."

"……."

"하지만 이제는 당신이 날 어떻게 생각하든 상관없어요. 내가 당신을 사랑하면 그만인데, 너무 복잡하게 생각했어요. 어차피 난 받는 데 익숙하지 않은 사람이니까. 그냥 이렇게 혼자 사랑하며 살아도 기쁠 것 같아요."

설아가 그를 사랑한다고 했다.

"그러니 어디 가지만 말아요. 날 버리지만 말아요. 그럼 난 행복한 마음으로 당신을 사랑할 수 있을 것 같아……."

그가 몸을 일으켰다.

"하준 씨? 취한 거 아니었……."

하준이 수표를 카운터에 놓고는 설아의 손을 잡고는 바를 나왔다.

"하준 씨, 이러는 게 어딨어요? 이건 반칙이라고요."

그가 리무진에 그녀를 태웠다.

"집으로 가요."

그리고는 차단막을 올려 버렸다.

"이건 너무한 거라고요……. 읍!"

하준은 더 이상 참지 못하고 그녀에게 달려들었다.

"으으읍!"

그녀의 혀를 빨아들이는 하준의 입가에 웃음이 가득했다. 그녀가 그를 사랑하고 있었다. 가슴이 뜨거워졌다. 마치 하늘을 날아갈 날개를 단 느낌이었다.

"날 사랑한다고?"

"……몰라요."

"날 사랑해?"

새침하게 있는 설아를 보며 그가 다그쳤다.

"그래요, 사랑해요. 다 들었으면서……. 읍!"

또다시 그녀의 입술을 삼킨 하준이었다.

"사랑해."

"네?"

"나도 사랑한다고. 너무너무 사랑한다고."

"하준 씨……!"

그는 봇물이 터진 것처럼 사랑한다는 말을 하며 설아의 입술에 계속해서 키스를 퍼부었다.

"으으읍!"

차 안에서 그녀를 가질 것 같아서 그는 자제하고 또 자제했지만, 벌써 그의 못된 손은 설아의 팬티 안에 들어가 있었다.

"아아앙……."

"젖었어."

"그렇게 만지니까……."

"아니야, 설아가 야한 거야."

"하준 씨……. 아아핫!"

촉촉하게 젖은 질 안에 그가 손가락을 넣자 설아가 허리를 활처럼 휘었다. 그녀의 다리를 벌리고 그는 레이스 팬티를 찢어 버렸다.

그리고 그녀의 여성을 바라보았다. 옆으로 지나치는 차들의 불빛에 그녀의 여성이 보였다.

"밖에서 보여요……."

"안 보여."

"하준 씨……. 싫어요!"

그가 설아의 여성을 입술로 삼켜 버렸다. 그녀의 모든 걸 먹어

치우고 싶은 마음뿐이었다.

"설아야……. 츄읍 츄읍!"

"아아악!"

그의 혀가 설아의 여성을 가르고 들어가 클리토리스를 자극하기 시작했다. 설아는 몸을 가늘게 떨기 시작했다. 빨리 그녀 안에 들어가고 싶은 마음뿐이었다. 그러는 사이에 그들은 집에 도착했다.

하준은 설아의 손을 잡고 정원을 가로질러 뛰기 시작했다.

"하준 씨, 천천히……."

"뛰지 않으면 여기서 널 가질지도 몰라."

"……."

그의 말에 설아는 입을 다물었다. 그의 말은 진심이었다.

벌컥!

"오셨습니까?"

오 집사가 그에게 고개 숙여 인사했다.

"하준아……."

거실에 할아버지와 아버지가 앉아 계셨다. 모처럼 다정해 보이는 부자지간이었다.

"다녀왔습니다."

"바쁘냐?"

"네."

그는 간결하게 말하고 웃고 있는 어른들을 뒤로한 채 계단을 오르기 시작했다.

"오늘 손자를 보는 거냐?"

"네."

할아버지의 진담이 섞인 농담을 받아치며 그는 2층으로 올라왔다.

"왜 그래요, 부끄럽게……."

방문 앞에서 설아가 말했다.

"뭐 어때? 우린 부분데……."

벌컥!

"……."

문을 열자마자 하준은 멍하게 서 있었다. 그녀와 침대에서 섹스할 생각뿐이었는데 방 안의 모습을 보고는 그의 눈가에 이슬이 맺혔다.

"이건……."

"오늘 고백하려고 했는데, 하도 안 와서……."

그가 술을 마시며 헛짓을 할 동안 설아는 그에게 고백하기 위해 그들의 신혼 방을 풍선으로 도배를 해 놓았다.

"이건 다 정아 씨의 아이디어예요. 사랑한다고 먼저 고백하면 어떻겠냐고 해서……."

"설아야……."

"유치하죠?"

"아니."

벽엔 설아의 사랑으로 가득 찬 형형색색의 풍선이 있었고 '사랑해.' 라는 글의 현수막까지 아주 난리도 이런 난리가 없었다. 하지만 하준의 입에선 웃음이 떠나지 않았다. 어린아이 같은 이런 고백이 그의 가슴을 뜨겁게 만들었다.

"사랑해요……."

그녀는 이렇게 수줍게 고백을 하며 그의 입술에 입을 맞추었다.

"나도 사랑해. 방 안은 청소년 관람가지만 우리는 지금부터 19금을 찍을 예정이야."

"어머!"

그가 설아를 안아 들었다. 그리고 침대에 던지듯이 내려놓았다. 설아가 안에 아무것도 입지 않았음을 알기에 그는 더 흥분했다. 그녀의 찢어진 팬티는 그의 주머니 안에 들어 있었다.

"설아야……."

"하준 씨, 사랑해요."

그가 설아의 옷을 빠르게 벗겨 냈다. 아름다운 몸이 그대로 드러났다. 침대 위에도 수십 개의 풍선이 놓여 있었다.

펑!

그중 하나가 그의 무릎에 의해서 터졌다.

"깜짝이야!"

"호호호……."

설아가 소리 내서 웃었다. 그 모습이 너무 행복해 보여서 하준은 가슴이 아팠다. 이렇게 아름다운 여자에게 있었던 그간의 불행들이 떠올랐다.

"내가…… 평생 행복하게 해 줄게."

설아가 하준의 얼굴을 양손으로 감쌌다. 그리고 그의 입술에 가볍게 맞추었다.

"내 선택이 옳았던 것 같아요."

"무슨 선택? 다른 녀석이 있었던 거야?"

"아뇨."

그녀가 웃었다.

"내가 주식을 포기하고 당신을 택한 거 말이에요. 돈을 선택했다면 지금의 이런 행복을 평생 모르고 살았겠죠."

"……맞아. 설아의 선택이 후회가 되지 않도록 내가 잘할게."

"고마워요."

그들이 입술이 부딪쳤다. 설아의 선택을 받았다는 게 너무 좋앇다.

"오늘 다희를 만났어요. 무릎 꿇고 용서를 구하더라고요."

"……."

"하준 씨가 그렇게 해 줬다는 거 알아요. 고마워요."

설아가 그의 얼굴을 잡고 입술을 맞추었다.

"너무 얌전한 거 아니에요?"

"어?"

"짐승처럼 달려들 줄 알았는데……."

"그렇게 해 주길 원해?"

설아가 고개를 끄덕였다. 하준은 설아의 바람대로 그 순간부터 짐승이 되었다.

"읍!"

그녀의 입술을 거칠게 빨아들였다. 부드러운 입술과 그의 치아가 부딪쳐서 입안에 피 맛이 느껴지고 있었다.

"설아야……. 흡!"

그런데 이번엔 설아가 그의 목을 강하게 잡더니 입술을 겹쳐왔다. 그리고 어느새 그의 위에 그를 깔고 앉아 있었다.

"레슬링을 해도 되겠어."

그가 웃으며 말했지만, 설아의 눈빛은 웃지 않고 있었다.

"오늘은 내가 하고 싶은 대로 할 거예요."

설아가 그의 옷을 빠르게 벗겨 냈다. 그리고 다시 그의 위에 앉아서 가슴에 입을 맞추었다. 그 부드러운 감촉에 하준은 몸을 부르르 떨었다. 시작부터가 그의 패배였다. 지금 그는 완전히 설아의 노예가 되어 버렸다.

설아의 입술이 위험스럽게 점점 아래로 내려오고 있었다.

"설아야……. 흣!"

그녀의 혀가 그의 움푹 파인 배꼽을 간질이자 그는 호흡을 멈추었다. 그녀의 손은 그의 페니스를 잡고 있었고 자세를 돌렸다. 그리고 그의 페니스를 입에 물었다. 하준은 설아의 엉덩이를 잡아끌고는 그의 얼굴 쪽으로 가져와 그녀의 여성을 빨기 시작했다. 서로의 가장 예민한 부분을 탐하기 시작한 그들이었다.

그는 지금 설아가 자극하는 페니스 때문에 흥분하기도 했지만, 그의 혀에 반응하는 설아의 여성 때문에 더 흥분했다. 이런 자세로 섹스를 할 줄은 상상도 못했었다.

츄읍 츄읍…….

그들은 서로의 것을 빠느라 정신이 없었다. 극한의 쾌감이 그를 관통하고 있었다. 그녀의 클리토리스를 혀끝으로 자극하다 보니 그녀가 움찔거리기 시작했다. 더는 참을 수가 없었다. 그는 자신의 혀로 그녀의 여성을 길게 쓸어내리고는 설아를 침대에 눕혔다.

"살 좀 쪄야겠어."

"아니에요."

그녀가 웃으며 말했지만, 그는 웃지 않고 있었다. 설아 때문에 온몸이 타들어 갈 것 같았다. 그는 설아의 다리를 벌리고 자리를 잡았다. 그의 페니스는 설아의 타액으로 젖어 있었다. 한 손에 페니스를 잡은 그는 설아의 여성에 데고 문지르기 시작했다.

부드러운 느낌이 그의 페니스 끝에 닿았다.

"아아앙……."

그는 설아의 클리토리스를 만지며 서서히 자신의 페니스를 그녀 안에 밀어 넣었다.

"으으윽!"

"악!"

"너무 좁아."

"아아앙……."

그는 설아의 질 안에 자신의 페니스를 깊이 넣고는 허리를 움직이기 시작했다.

"아흐, 미칠 것 같아요."

"으으윽……. 핫!"

그가 속도를 높일수록 설아는 숨이 넘어갈 것처럼 헐떡거렸다. 설아가 오늘따라 많이 흥분한 것처럼 느껴지고 있었다.

"설아야……."

"하준 씨……. 더 깊이……."

설아의 질의 끝까지 그의 페니스를 밀어 넣으며 그는 설아의 가슴을 움켜쥐었다. 좋아서 미칠 것 같은 느낌이었다.

"아악!"

그가 허리를 강하게 튕기자 설아가 비명에 가까운 신음을 토했다. 그는 더는 참지 못하고 허리의 속도를 높였다. 그리고 그녀의 안에 그의 분신을 뿌려 놓았다. 그대로 서로를 끌어안은 채 잠이 든 설아와 하준이었다.

"못 일어나겠어요. 5분만……."

처음이었다. 설아는 눈이 똑바로 떠지지 않았다. 어제 그와 섹스를 하고 나서 새벽에 잠든 그녀를 깨운 하준이 또 한 번의 섹스를 했다. 마지막 섹스 때는 그녀가 언제 잠들었는지 기억도 나지 않았다.

너무 힘이 들어 그대로 기절해서 잠이 든 모양이었다.

쪽!

"좀 더 잘 거야?"

"네⋯⋯."

"알았어. 식사는 방으로 가져오라고 할게."

"어른들이 싫어하실 텐데⋯⋯."

"괜찮아."

시할아버지까지 모시고 살다 보니 행동 하나하나에 신경이 쓰이는 설아였다. 하지만 어른들도 신혼인 그들을 이해해 주시려고 많이 노력하시는 것 같았다.

"내일모레 할아버지 생신인 거 알죠?"

"알아."

"선물은 준비했어요?"

"내가 준비했으니까 걱정하지 마."

"뭔데요?"

"좋아하시는 술."

"아⋯⋯."

설아는 그대로 잠이 들어 버렸다. 요즘 이상하게 자꾸만 졸음이 쏟아졌다. 조금만 움직여도 피곤했고 자꾸 졸음이 쏟아졌다. 그렇게 한참을 잔 후에야 설아는 겨우 몸을 일으킬 수 있었다. 요즘 계속해서 몸이 무거운 설아였다.

"내일은 어머님하고 한의원에 가기로 했어요."

"왜?"

그녀에게 밥을 먹여 주던 하준이 물었다.

"아기 때문에 그러시는 거죠……."

"아기 때문에 너무 스트레스받지 마."

"……아기가 싫어요?"

"아니, 그런 건 아닌데. 그건 신의 섭리잖아. 주실 때가 되면 주시겠지."

"하지만 어른들은 급하신 것 같아요. 할아버님 연세도 있으시니까……."

"너무 걱정하지 말았으면 좋겠어."

그가 또다시 밥을 입에 넣어 주었다.

"하준 씨는 안 먹어요?"

"네가 먹는 걸 보는 것만으로도 좋아."

설아는 하준의 얼굴을 보며 웃었다. 그녀가 사랑하는 남자가 오늘따라 더 멋져 보였다.

다음 날, 그녀는 시어머니와 함께 한의원을 찾았다. 시어머니의 단골 한의원으로, 아주 유명한 곳이었다.

"박사님. 잘 지내셨죠?"

"네."

"우리 며느리예요. 인사드려."

"안녕하세요?"

"그 유명하신 분을 실제로 보니 영광입니다."

"네?"

인터넷을 좀 하시는 분인가 보다. 그녀가 실시간 검색어 순위를 장식했다는 걸 아는 걸 보니 말이다.

"하준이 또 다녀갔어요?"

"네."

"얘가 자기 와이프에 정신이 팔려서 못하는 짓이 없다니까."

"……."

두 분이 무슨 말씀을 하는지 알 수 없었다.

"그거야, 정 회장님도 그러셨는데요. 집안 내력입니다."

"아이참……. 기억력도 좋으셔."

두 분은 그렇게 잠시 동안 가벼운 대화를 나누고 계셨다. 하지만 설아의 마음이 편할 리가 없었다. 설아는 결혼한 지 얼마 되지는 않았지만, 하준과의 관계 횟수로 말하면 아기가 생겨도 벌써 생겨야 맞았다.

"어디, 진맥부터 할까요?"

한의사가 설아의 맥을 잡기 시작했다.

"생리는 언제 했죠?"

"제가 규칙적이지가 않아요. 안 하는 달도 많고……."

"그건 몸이 차니 혈액순환이 안 돼서 그러는 겁니다. 몸을 따뜻하게 하는 약을 먹으면 될 것 같습니다."

"아직 얘들이 아기가 없어서……."

시어머니의 본격적인 이야기가 시작되었다. 이곳에 온 목적이 바로 그것이었다.

"걱정 안 하셔도 될 것 같습니다."

"아직 젊은 아이지만, 그래도 몸이 차다고 하니……."

시어머니는 그녀가 기분 나쁘지 않게 말을 돌려서 했다.

"걱정 안 하셔도 된다니까요."

"그게……."

"이미 임신하셨는데 걱정할 게 뭐 있습니까?"

"……."

설아와 어머니는 서로의 얼굴을 마주 보고 아무런 말도 하지 못했다.

"축하드립니다. 산부인과에 가서 더 정확한 검진을 받도록 하세요."

어머니는 말없이 그녀를 안아 주었다. 그리고 그들은 곧바로 산부인과에 가서 임신 4주 차라는 진단을 받았다.

집 안은 축제의 분위기였지만 그녀는 하준에게는 말하지 말아 달라고 부탁했다. 하준에겐 그녀가 직접 말하고 싶었기 때문이었다. 그러다가 더는 참지 못하고 설아는 하준의 회사로 향했다. 그녀가 회사에 들어선 시간은 거의 퇴근 시간에 가까워서였다.

그녀의 모습을 본 직원들은 난리였다. 검색어 순위를 장식하던 그녀를 본 것이 마치 연예인을 본 것 같은 생각이 드는 모양이었다. 그녀는 다른 사람들의 시선은 신경 쓰지 않고 사장실의 위치를 물었다. 그리고 사장실에는 그녀가 온 사실을 알리지 말아 달라는 부탁을 했다.

34층…….

그가 일하는 최상층에 간 설아는 사장실이라고 써 있는 문 앞에 한참을 서 있었다.

드르륵!

자동문이 열리고 그 안에서 규인이 나왔다.

"악!"

그녀를 보고 놀란 규인이 소리를 쳤다.

"여긴 어떻게……."

"하준 씨 좀 만나려고요. 안에 있죠?"

"네……."

그녀의 모습을 보기 위해 비서실 직원들이 일제히 일어서서 호기심 어린 눈으로 문을 바라보고 있었다.

"제가 들어가도 될까요?"

"그럼요. 그런데 청심환이라도 가지고 들어가셔야 할 것 같습니다."

"왜요?"

"우리 정 사장님께서 놀라서 쓰러지실 것 같아서요."

그녀가 규인을 보며 웃었다.

"그리고 저에게 다시는 그런 아름다운 미소를 짓지 말아 주세요."

"네?"

"정 사장이 절 죽일 겁니다."

규인의 농담에 긴장감이 풀린 그녀는 비서들에게 인사를 하고는 그의 사무실 앞에서 노크를 했다.

똑똑!

"사장님, 놀라지 마세요."

"미친놈!"

하준이 친구인 규인에게 욕을 하는 소리가 들렸다. 조금 놀랐지만 그만큼 둘의 사이는 친한 거라고 이해했다.

벌컥!

문이 열리고 그녀가 안으로 들어가자 하준의 얼굴은 혼자 보기 아까울 정도로 놀란 얼굴이 되었다.

"서, 설아야……."

와이셔츠의 팔을 올리고 넥타이를 느슨하게 맨 하준은 정말 멋진 모습이었다.

"여긴 어떻게……."

"반갑지 않아요?"

"반가워."

"그런데 표정이 왜 그래요?"

그녀가 놀리듯이 말했다.

"이거……."

규인이 그녀의 손에 들려준 청심환을 설아가 하준에게 건넸다.

"이게 뭐야?"

"일단 마셔요. 규인 씨가 농담하는 줄 알았는데, 당신 정말 기절할 것 같은 표정이라서."

"안 마셔도 돼."

"아니, 마셔요."

설아가 병뚜껑을 따서 그에게 건넸다. 그가 설아의 말대로 청심환을 다 마시자 그녀는 덤덤하게 말했다.

"저 임신했어요."

콜록! 콜록! 콜록!

그가 사레가 들렸는지 기침을 하기 시작했다.

"오늘 산부인과 다녀왔어요."

얼굴까지 빨개지며 기침을 하던 그가 설아를 자신의 품에 꽉 끌어안았다.

콜록! 콜록!

여전히 기침하는 그의 품에 안겨 손으로 그의 등을 쓸어 주는 설아였다.

"난 너무 기뻐요."

"콜록! 나도……."

그는 여전히 기침하며 겨우 말했다.

"너무 기뻐서 직접 알려 주려고 왔어요. 회사에 이렇게 불쑥 찾아와서 미안……. 읍!"

그가 설아의 입술에 짙은 키스를 했다.

"사랑해. 세상 모든 걸 다 가진 기분이야."

"거짓말……."

"아니야."

겨우 기침을 멈춘 그가 말했다. 그는 설아의 배에 손을 살며시 가져갔다.

"신기하죠?"

"응, 신기하기도 하고 감동적이기도 하고."

그의 눈가가 촉촉해졌다. 그런 하준의 모습에 설아의 눈가도 촉촉해졌다.

"어떻게 여기 올 생각을 다 했어?"

그가 설아를 끌어당겨 자신의 무릎에 앉게 했다.

"좋아요?"

"아주 많이 좋아."

그가 설아의 입술에 입을 맞추었다. 이렇게 하려고 온 건 아니었지만 보너스라고 생각하고 그녀는 하준의 목에 팔을 감았다.

"여기 앉아 봐."

그가 자신의 책상 위에 설아를 앉게 했다.

"왜요?"

"가끔 상상했어. 설아와 사무실에서 사랑을 나눈다면 어떨까 하고."

"하준 씨……."

설아의 목소리도 어느새 잠겨 있었다.

"다른 사람들이 들어오기도 하나요?"

"규인이만."

"그럼 안 되는데……."

설아가 과감하게 그의 앞에서 스타킹을 벗기 시작했다.

"……."

하준은 넋이 나간 표정으로 설아의 미끈한 다리를 감상했다.

"마음에 들어요?"

"너무너무……."

그리고 엉덩이를 들어 팬티까지 벗어 던지고는 다리를 벌렸다. 그녀의 여성이 온전히 그의 앞에 드러나는 순간이었다. 그녀는 다리를 책상 위로 올리고 뒤로 누웠다.

"헉!"

그가 거칠게 호흡을 들이마셨다.

"날 오늘 죽일 작정이야?"

"하준 씨……."

설아도 잔뜩 흥분한 상태였다. 집이 아닌 다른 공간이 주는 특별한 야릇함이었다. 그가 설아의 다리를 벌리고 다급하게 자신의 바지를 내렸다.

"여기선 오래 못해. 그리고 지금 난 급해……."

그가 자신의 페니스를 그녀의 여성에 대고 문질렀다. 오늘따라 흥분했는지 설아의 애액이 흘러넘쳤다.

"아아앙……. 읍!"

설아의 신음을 그가 입술로 막아 버렸다. 밖에서 들으면 안 되기 때문이었다. 하준도 극도로 흥분한 상태인 것 같았다.

"으윽, 설아야……."

그녀의 이름을 부르며 그는 피스톤 운동을 시작했다. 설아는 손으로 자신의 입을 막았다. 누군가 들어오면 큰일이기 때문이었다.

Rrrrrrr—

인터폰이 울렸다.

[김 실장입니다.]

"왜?"

그가 거친 호흡을 삼키며 말했다.

[사람들의 출입을 막을까요?]

"장난해?"

[그럼 들어갈까요?]

"아니, 들어오지 마. 앞으로 30분 동안은 안 돼."

[참 정력적이십니다.]

"김규인!"

스피커폰이라서 다 들리는 상황이었다. 설아는 웃음이 터져 나오는 걸 겨우 참았다.

"웃지 마."

"원래 두 분만 있을 땐 항상 이래요?"

"친구는 절대로 비서로 두는 거 아니야."

하준은 투덜거리며 말했지만, 그와 규인이 얼마나 가까운 사인지 그녀는 누구보다 잘 알았다.

"더는 힘들어……."

그는 이렇게 말을 한 후에 거친 숨과 함께 마지막 피스톤 운동을 시작했다. 그의 허리 짓은 거칠었지만, 그녀는 더없이 좋았다. 설아는 그의 목에 팔을 감으며 사랑한다고 말했다.

"사랑해."

하준도 그녀를 꼭 끌어안고 있었다.

"이렇게 섹스를 해도 되는 거야?"

"너무 거칠게는 안 된다고 했어요."

"지금…… 거칠었는데?"

"괜찮아요. 엄마가 행복하면 되는 거예요."

그는 설아를 끌어안고는 한참을 그렇게 있었다. 설아는 그의 따뜻한 품에 안겨 자신의 배를 살짝 쓰다듬었다. 이런 행복이 자신에게 왔다는 게 아직도 믿어지지 않았다. 그리고 이런 행복은 하늘에 있는 엄마가 그녀에게 준 선물이라는 생각이 들었다.

설아는 하준을 꼭 끌어안았다. 행복한 마음을 꼭 움켜쥔 것처럼…….

그녀가 사무실에서 나오자 하준이 그녀의 뒤를 바로 따라 나왔다.

"어디 가십니까?"

"오늘을 축하하러······."

하준도 쑥스러운 듯이 말했다.

"회사 오신 기념입니까?"

"아니, 임신 축하 기념이다. 왜?"

살살 약을 올리는 규인 때문에 결국 하준이 폭발했다.

"임신? 설아 씨, 너무 축하해요. 아니 사모님 축하드립니다."

규인도 놀랐는지 말을 버벅거리고 있었다.

"감사해요."

"일찍 들어가셔야죠. 축하할 일입니다. 박수!"

갑자기 비서실 직원들이 박수를 쳐 주었다. 설아는 너무 부끄러워 얼굴을 붉히고 말았다.

"나가지. 아 참, 김 실장. 우리 식당 예약 좀 해 줘."

"네."

하준의 손을 잡고 설아는 사무실을 빠져나왔다. 그리고 그의 리무진에 올랐다.

"한강으로 가 줘요."

규인이 벌써 예약을 잡은 모양이었다.

"평일이라서 한가한가 봐."

"그래요?"

"응."

하준이 그녀의 입술에 입을 맞추었다. 한강에 노을이 지고 있었다. 아직 퇴근 시간 전이라서 그런지 한강의 멋진 풍경이 보이는 레스토랑은 한가했다. 그는 설아를 위해 임산부에 좋은 음식을 달라며 몇 번이고 웨이터에게 말했다.

그의 얼굴을 알아본 웨이터가 그녀를 위한 서비스에 신경을 써주자 하준은 아낌없는 팁을 주었다.

"기분 좋아요?"

"어, 태어나서 이렇게 좋은 적은 없었어."

"다행이에요."

그가 갑자기 일어나더니 그녀 가까이 몸을 숙이고는 입을 맞추었다.

"하준 씨……."

"사랑해. 그리고 고맙고."

"저도 사랑해요."

"앞으로 정말 잘할게."

하준의 말에 설아의 눈에서 눈물이 흘러내렸다.

"왜……?"

"너무…… 좋아서요."

"울지 마."

하준이 그녀의 손을 꼭 잡아 주었다. 창밖의 노을이 그들을 축하해 주듯 오늘은 아주 아름다운 색으로 하늘을 물들이고 있었다.

에필로그

대한그룹 가족 전체의 나들이 전날이었다. 크리스마스를 이곳
별장에서 보내기로 한 것이었다. 원래는 오 집사님이 오기로 되
어 있었는데 갑자기 일이 생기는 바람에 정아가 오 집사님을 대
신해서 이곳에 오게 되었다. 새로 지어진 이 별장은 정 사장님이
작은 사모님을 위해 지은 아주 로맨틱한 별장이었다.

"제주도의 하늘이 좋긴 좋구나."

3년 차 도우미 생활을 하는 정아는 지금이 가장 의욕이 넘치는
때였다. 언제나 의욕이 넘치긴 했지만 지금은 그 어느 때보다 절
정을 이룬 상황이었다.

"도련님……."

벌써 눈에 밟히는 얼굴이 있었으니. 그건 작은 사모님이 아닌 우영 도련님이었다. 어찌나 잘생겼는지 태어난 지 얼마 되지 않았어도 여심을 흔들 정도의 완성형 미남이었다.

집 안에는 별장지기 아주머니와 아저씨가 계셨다. 일단 식구들이 내려오니 준비할 게 많았다. 총 열 명의 인원이 내려와서 음식에서부터 대량으로 구매를 해 놓은 상황이었다.

"처음으로 회장님과 어른들을 맞이하니까 떨리네요."

별장지기 아주머니가 그녀를 반기며 말했다.

"저도 떨려요."

"준비는 다 되었나요?"

"네, 그럼요. 저 힘들까 봐 여기 일하는 사람 둘을 고용해 주셔서 준비는 빠르게 해 놨지요."

"다행이네요."

별장은 기존의 별장을 허물고 완전히 아이들을 위한 놀이공원처럼 만들었다. 커다란 수영장과 아기들이 놀 수 있는 놀이기구가 가득한 작은 놀이터까지, 그야말로 천국이었다. 정아는 오 집사가 적어 준 메모장을 들고 하나하나 꼼꼼하게 살폈다.

저녁이 되어, 모든 점검을 마칠 무렵에 검은 그림자가 그녀의 뒤로 다가오고 있었다.

"엄마야!"

"놀라긴."

규인이었다.

"김 실장님이 여긴 어떻게⋯⋯."

"나도 주말을 여기서 보내기 위해 왔죠."

규인은 이 집의 둘째 아들 같은 존재였다. 큰 사모님이 어찌나 예뻐하시는지 몰랐다. 작년에 온천 사건이 있은 후에 규인은 그녀를 볼 때마다 여동생처럼 대했다. 친절하고 좋았지만, 그녀의 마음은 그게 아니었다.

정아는 규인을 오빠가 아닌 남자로 짝사랑을 키워 오고 있었다.

"저녁 식사하셔야죠?"

"응, 먹어야지."

"따로 얻은 집은 안 불편하세요?"

"약간 불편하긴 하지만, 그래도 혼자 있으니까 편해."

규인은 그렇게 말하며 아무렇지 않게 정아의 어깨에 손을 올렸다. 그의 이런 스킨십은 정아를 당황하게 만들었다.

"별장 너무 잘 지었지? 여긴 나의 아이디어가 숨 쉬는 공간이지. 역시 난 머리가 좋아."

"⋯⋯."

그의 농담에도 정아는 웃을 수가 없었다. 매번 이런 식이었다.

규인은 그녀와의 스킨십을 아무렇지 않게 생각하는 것 같았다. 규인은 정아를 동생 이상으로 생각하지 않았다.

"밥은 어디서 먹지?"

"식당에서요."

"같이 가자."

"전, 아직⋯⋯."

"혼자 먹으라고? 밥 먹고 같이 체크하자."

그가 이번엔 정아의 손을 잡고 집 안쪽으로 그녀를 끌고 갔다.

"비행기를 혼자 탄 게 얼마 만인지 모르겠어. 항상 정 사장님과 같이 다녀서 그런지 오늘 여기 오는데 정말 이상하더라. 난 정 사장님과 같이 살아야 할까 봐⋯⋯."

그는 밥을 입안 가득 넣고는 쉴 새 없이 떠들어 댔다. 정아는 그의 앞이라서 숟가락 들기도 힘이 들었다. 심장이 두근거리고 떨렸기 때문이었다. 정말 심장에 안 좋은 영향을 끼치는 남자였다.

"먹어 봐."

그가 쌈을 싸더니 그녀의 입에 넣어 주었다. 얼떨결에 쌈을 받아먹은 정아의 얼굴이 빨개졌다.

"여기 준비는 다 됐어?"

"네."

"완벽하게? 올 때 보니까 입구에 쓰레기가 그대로 방치되어 있던데……."

미처 살피지 못했다. 그녀도 들어올 때 보았는데 안쪽만 살피다 보니 놓친 부분이었다.

"처리하겠습니다."

"내가 할게."

그는 아무렇지 않게 말했지만, 정아는 너무 창피했다. 왜 이렇게 꼼꼼하지 못한 건지…….

"맛있게 잘 먹었습니다."

"네."

별장지기 아주머니가 밝게 웃어 주었다. 밥을 다 먹은 그는 그녀와 함께 정원에 나왔다. 바닷바람이 겨울인데도 그렇게 차갑지 않았다.

"수영장은 쓸 일이 없고. 아직 놀이기구도 그네 빼고는 좀 그렇고……. 할 일은 다 했다고 하니 내 할 일을 해 볼까?"

"네?"

"정아 씨……."

그가 갑자기 한 걸음 다가섰다.

"미로에 들어가 봤어?"

"미로요?"

"여기 편백으로 된 작은 미로가 있어."

"몰랐어요."

낮에도 보지 못한 곳이었다. 주로 건물 안쪽에만 신경을 썼더니 바깥쪽은 몰랐다.

"가 볼까?"

"아, 아뇨. 할 일도 있고……."

"다 했다며?"

"그야……. 그래도 가기 싫어요."

그녀의 말에도 규인은 벌써 정아의 손을 잡아끌고 가고 있었다. 정말 미로가 있긴 했다. 그녀의 키보다 훨씬 큰 담장 같은 미로 안으로 규인이 그녀를 끌고 들어갔다.

"무서워요."

"왜? 내가 있잖아."

"그래도……."

정아가 저도 모르게 규인의 팔을 꼭 잡았다. 어두운 밤인 데다 사방이 막힌 공간이다 보니 두려움이 더했다.

"그만 나가요."

"나가는 길 몰라."

"네? 장난하지 마시고요……."

"정말이야. 나도 처음 들어왔으니까."

"여긴 왜 온 거예요?"

"정 사장님이 부탁한 일을 하려고. 설아 씨를 위해 이벤트를 준비했거든 그래서 그걸 좀 설치해 주려고."

"아……."

이곳에 들어온 이유를 알게 되자 정아는 왠지 안심되기도 했고 서운하기도 했다. 뭘 기대한 걸까?

"정아 씨는 남자 친구 있어?"

"저요?"

"그래."

"김 비서실장님은 여자 많죠?"

"아니. 현재는 없어."

그가 계속 전진하며 말했다.

"잘못 들어왔나 보네."

"우리…… 못 나가는 거 아니에요?"

"설마, 그럴 리가……."

그는 웃었지만, 정아는 입안이 바짝바짝 타들어 갔다. 거기에 옷도 변변치 않게 입고 나와서 아무리 날씨가 좋다고 해도 한기가 점차 파고들어 왔다.

"추워?"

"네, 그러니까 빨리 가요."

이빨이 부딪치고 있었다.

"이럴 땐 방법이 있지."

"읍!"

너무나 갑작스러운 일이었다. 그가 정아를 거칠게 끌어당겨 입을 맞추었다. 너무 놀란 나머지 규인을 밀어내지도 못한 채 정아는 그대로 얼어붙어 버렸다.

"으으읍!"

그가 혀로 그녀의 입술을 벌리며 들어왔다. 처음 느끼는 느낌에 정아는 어쩔 줄을 몰랐다.

"으읍!"

키스가 처음인 정아였다. 남자를 사귄 적도 없는 정말 순순한 처녀인 정아는 태어나서 처음으로 남자의 혀를 받아들였다. 그의 손이 허리를 타고 올라가 그녀의 가슴까지 올라왔다.

"헉!"

너무 놀라 거친 숨을 몰아쉰 건 그녀가 아니라 규인이었다. 그는 그녀의 풍만한 가슴에 놀란 것 같았다.

"왜, 왜 이러는 거예요?"

"그동안 참으려고 노력했어. 우린 너무 나이 차이가 나고, 또 정아는 순수한 사람이니까……."

"실장님."

"그런데 말이야. 나도 여자를 놓고 그렇게 고민하는 놈은 아니야. 처음이었어. 이렇게 고민한 건……."

그가 그동안 그녀를 두고 고민했다고 말하고 있었다. 그녀 혼자만 그를 생각했던 게 아니었다. 정아의 입가에 미소가 걸렸다.

"사실 오늘도 내가 정아를 이곳에 먼저 보내 달라고 했어. 내일은 오 집사님도 오실 거야. 그러면 정아와 다른 곳에서 휴가를 보낼 생각이었거든. ……싫어?"

싫긴. 너무 좋아서 펄쩍 뛸 지경이었다.

"정아 씨?"

"좋아요. 하지만……."

"오 집사님 허락은 다 받아 놨어. 그리고 난 정아 씨를 함부로 대할 생각이 아니야."

"그래도 너무 갑작스러워서……. 읍!"

그가 다시 정아의 입술을 삼켰다. 정아는 저도 모르게 그의 목에 팔을 감았다.

"하아……. 언제부터 그런 거예요?"

"노천탕, 그날 왜 거기 있었어?"

정아는 작년에 그녀가 노천탕에 있었던 일을 떠올리며 웃었다.

"원래는 거기 들어가면 안 되는 건데, 그날 제가 사모님 때문에 넘어졌거든요. 그래서 다음 날 힘들겠다고 노천탕에서 몸을 좀 풀라고 하셔서……."

"그래서 그 뒤로는 안 보였군."

"뭐예요? 또 훔쳐보러 왔던 거예요?"

"내가 본 줄 알았어?"

"머리가 보였어요. 그래서 김 실장님인 줄 알고 저도 물속에 안 있고 올라와서 앉아 있었던 거예요."

"……여우였어."

"곰은 아니죠."

"내가 마음에 있었던 거야?"

"뭐……."

정아가 어깨를 으쓱이자 그가 야릇한 미소를 지으며 그녀의 입술을 다시금 삼켰다.

"방이 어디야?"

"별채 끝 방이요."

"오늘은 다른 곳에서 자자. 나와 같이 갈래?"

그녀가 고개를 끄덕였다. 그는 정아와 함께 내일 있을 이벤트 준비를 했다. 편백나무 안에서는 규인이 가지고 온 현수막을 장식했고 의자와 담요까지 준비해서 놓았다.

"작은 사모님은 정말 좋으실 것 같아요."

"나도 우리 정 사장님께서 이런 일들을 할지 몰랐어. 사랑이 사람을 바꾸는 것 같아."

그가 정아의 허리에 손을 올렸다. 그리고 별장을 벗어나 미리 예약을 해 둔 펜션으로 이동했다.

비행기를 타고 가는 내내 설아는 입이 툭 하고 튀어나와 있었다. 비즈니스석에 앉은 식구들의 시선은 모두가 우영에게 가 있었다.

"고개를 움직였어."

할아버지가 우영일 옆에 태우고는 아이의 얼굴에서 눈을 떼지 못했고 그건 시어머니, 시아버지도 마찬가지였다. 하지만 지금 설아의 신경을 건드리고 있는 건 다른 사람이 아닌 하준이었다.

설아는 솔직하게 하준의 마음이 이렇게 쉽게 변할 거라고는 상상도 못했었다. 우영이 태어나고 난 다음부터 설아는 완전 찬밥이었다. 아들을 질투하는 엄마라니, 아주 웃기는 일이었다.

"무슨 생각을 그렇게 해?"

"아니에요."

"우리 우영이 할아버지 옆에서도 잘 있네."

"그러네요."

설아가 뚱하게 말하는데도 하준은 우영이 이야기만 하고 있었다. 이번 여행도 그녀는 하준과 둘만 가고 싶었는데 하준이 식구들 모두를 새로운 별장에 초대했다. 그러니 설아는 더 서운할 수밖에 없었다.

"규인 씨는 정아가 마음에 든대요?"

"응, 좋아해."

"난 둘이 너무 나이 차이가 나서 그런데……."

"우리는? 우리도 여덟 살이나 차이 나는데 열한 살 차이는 뭐……."

하준은 규인의 편을 들었다.

"나이 차이는 괜찮은데, 그러다가 안 좋게 끝나면 정아만 상처 받아요."

설아는 정아를 동생처럼 아꼈다. 그래서 규인의 부탁을 들어주지 않으려 했었다. 하지만 규인이 하준을 얼마나 조르는지 설아도 덩달아 돕게 되었다.

"하여튼 정아가 상처 입기만 하면 그땐 내가 가만히 안 있어요."

"걱정 마. 내가 반쯤 죽여 놓을 테니까."

그러는 사이에 그들은 제주공항에 도착했고 기대하던 새로운 별장에 오게 되었다. 겨울이었지만 봄날처럼 따뜻한 날씨였다.

"우영이 주세요."

설아가 우영을 안아 들려고 하자 어른들이 먼저 우영을 안아

들었다. 지금은 시아버지의 품에 안겨 있었다. 아들 한 번 안아 보려면 번호표를 뽑아야 할 지경이었다.

"아무래도 설아 네가 애를 넷은 낳아야지 집 안이 조용하지 싶 다. 한 명씩 안고 있어야 조용하지, 이건 뭐……."

시어머니는 투덜거리며 말했지만, 입가엔 미소가 끊이지 않았 다.

"우리 하나 더 낳을까요?"

그 말에 하준이 고개를 저었다.

"왜요?"

"우린 우영이 하나로 족해."

"그래도 어른들이……."

"어머니, 아버지도 저 하나 낳으셨잖아요. 우리도 우영이 하납 니다."

"뭐? 앞으로 셋은 더 낳아야지."

시할아버지의 성화에 하준은 입을 다물었다.

솔직하게 우영이 태어나고부터는 집 안에 항상 웃음꽃이 피었 다. 그래서 설아도 너무 좋았다. 행복한 생활을 할 수 있다는 게 너무 감사했다. 불과 몇 년 전만 해도 그녀는 아버지의 학대를 받 았다. 이건 마치 꿈같았다.

"저기 보이지?"

새로운 별장이 보였다.

"궁전 같아요."

"그래?"

하준이 미소 지으며 그녀를 바라보았다. 우영이 태어나고 그들은 손에 꼽을 정도로 섹스를 했다. 우영이 태어나고 그녀가 조금 아프긴 했지만 그래도 빨리 회복했는데, 하준은 그녀의 곁에 오지 않았다. 섹스를 해도 적극적이지 않았고 마치 그녀를 멀리하려는 듯한 기분이 들어서 설아는 요즘 걱정이 가득했다.

하지만 그것도 잠시. 그녀를 위해 만들었다는 별장은 설아의 입을 다물지 못하게 했다.

"우와, 너무 멋져요."

"마음에 들어?"

"네."

하준의 넓은 가슴에 안기고 싶었지만, 어른들이 있는 관계로 팔짱을 끼우는 거로 대신했다. 유모가 우영을 안고 있었고 어른들은 집 안 구경을 하느라 정신이 없었다. 웃음이 끊이지 않는 아주 행복한 가정이었다.

겨울이지만 따뜻한 날씨 덕에 그들은 점심을 야외에서 먹었다. 따뜻한 햇살과 바다 내음이 어우러진 아주 좋은 시간이었다. 점심 식사 후에 가족들은 처음으로 제주 관광에 나섰다. 원래 별장에 오면 별장 안에서 나가는 스타일이 아닌데, 이번에 무슨 바람인지 모두가 박물관이나 식물원을 찾아 시간을 보냈다.

설아는 온종일 걸어 다니는 바람에 힘이 거의 빠진 상황이었다. 재미도 없고 지루한 시간이었다. 하준이 그녀를 잘 챙겨 주면 좋았을 텐데 하준의 신경은 온통 우영과 어른들뿐이었다.

물론 설아도 어른들에게 잘했지만, 하준에겐 서운했다.

"왜 그래?"

"네?"

저녁까지 먹은 후에 그들은 별장 안 침실로 들어왔다.

"피곤해서요."

"괜찮아?"

"괜찮아요."

하지만 설아의 표정은 전혀 괜찮지가 않았다.

"우리 바람 좀 쐴까?"

"아니요."

그녀는 양말을 벗고는 샤워할 준비를 했다.

"그냥 잘 거야?"

"네."

"······우리 정원에 미로 있는 거 알아?"

"아뇨."

그녀는 모든 대답을 건성으로 했다. 정말 피곤했고 하준에게는
서운한 마음뿐이었다.

"어머! 뭐 하는 거예요?"

"……."

설아를 안아 든 하준이 밖으로 나갔다. 기어이 미로를 보여 줄
모양인가 보다. 설아는 싸우는 게 싫어서 입을 다물었다. 그리고
그가 가는 대로 내버려 두었다.

"여기서부터 미로야."

"……."

대꾸조차 하기 싫었다. 피곤한데 그녀의 마음을 너무 몰라주는
것 같았다. 그때였다. 미로의 안쪽에서 빛이 뿜어져 나오고 있었
다.

"뭐예요?"

"……."

이번엔 그가 답이 없었다. 놀란 설아는 무서운 마음에 그의 목
에 두른 팔에 힘을 주었다.

"불난 거예요?"

"아니."

그가 미로의 안쪽까지 오자 빛의 정체가 보였고 설아의 눈에

눈물이 차올랐다.

"이건……."

"사랑해."

그가 설아의 입술에 입을 맞추었다. 작은 전구들이 마치 별빛처럼 빛나고 있었다. 그녀만을 위한 크리스마스트리였다. 미로의 벽이 온통 전구로 수놓아져 있었다. 그리고 그 중앙에 '영원히 사랑해.' 라는 현수막이 걸려 있었다.

"……사랑해요."

이번엔 설아가 그의 입술을 훔쳤다. 이렇게 행복한 크리스마스이브는 처음이었다.

그가 설아를 땅 위에 내려놓더니 주머니에서 뭔가를 꺼냈다. 그건 예쁜 하트 목걸이였다.

"메리 크리스마스."

"난 아무것도 준비 못 했는데……."

"설아 자체로 선물이야."

"느끼해요."

"하지만 진심이야."

그는 설아의 목에 목걸이를 걸어 준 뒤에 목에 입술을 묻었다.

그의 입술 때문에 소름이 돋은 건지 아니면 추운 날씨 탓인지 알 수 없었다. 하지만 지금 그의 입술을 삼키지 않으면 설아는 죽을 것 같았다.

"키스해 줘요."

저도 모르게 말이 튀어나와 버렸다. 우영이를 낳고 이렇게 적
극적으로 말한 건 처음이었다. 설아는 적극적인 성격이 아니기
때문에 사람들 앞에 나서는 것도 싫어할뿐더러 그와의 섹스에서
도 특별한 때가 아니면 적극적으로 하지 않았다.

그런데 오늘은 솔직하게 그에게 감동한 게 사실이었다.

"읍!"

그의 입술이 거칠게 겹쳐졌다. 그녀는 아무것도 생각하지 않고
그와의 키스에 모든 신경을 곤두세웠다. 그의 혀가 거칠게 그녀
의 입안으로 침입했다. 서로의 혀가 미친 듯이 얽혔다. 설아도 정
신을 놓은 것처럼 그에게 매달렸다.

"으으음……."

"헉헉, 너무 하고 싶었어."

그의 말에 설아는 다시 그의 입술을 삼켜 버렸다. 그녀의 심장
을 자극하는 아주 위험한 말이었다. 오늘 설아는 다른 날보다 훨
씬 더 자극을 받고 있었다. 벌써 그녀의 팬티는 애액으로 젖어 있
었다.

"하아……."

뜨거운 숨이 서로의 입술에서 흘러나왔다. 그의 혀가 그녀의

귓바퀴를 핥았다가 목선을 따라 내려오고 있었다. 결코 부드럽지 않은 움직임이었다. 오랜만에 서로를 너무나 원하고 있는 설아와 하준이었다.

"하아……. 하준 씨……."

하준의 손이 어느새 그녀의 팬티 안으로 쑥 하고 들어왔다. 예상하지 못한 움직임에 설아는 몸을 활처럼 휘었다. 그의 손가락은 이미 그녀의 여성을 가르고 들어가 그녀의 질 벽을 긁고 있었다.

차가운 바람이 그녀의 몸을 휘감았다. 하지만 지금 추위 따위는 문제가 되지 않았다. 그가 설아의 귓바퀴를 살며시 깨물었다.

"여기서는 안 돼."

그는 단호하게 말했지만 여전히 하준의 손은 그녀의 여성을 감싸고 있었다.

"왜, 왜 그동안은……."

"임신하면 안 되니까."

"……."

뜻밖의 말에 설아는 놀라지 않을 수 없었다.

"네?"

"하아……. 설아가 힘들어하는 게 싫었어. 난 설아가 더는 힘들어하지 않았으면 좋겠다는 결론을 내렸어."

그의 의외의 말에 설아는 갑자기 멍해졌다. 그녀와 섹스를 하지 않는 이유가 너무나 엉뚱했다.

"싫었던 게 아니었어요?"

"싫다니? 밤마다 설아를 옆에 두고도 안지 못하고 거의 뜬눈으로 밤을 새운 내 노력을 몰라주는군."

"그런 노력은 하지 말아요."

"뭐?"

그가 놀란 눈으로 설아를 내려다보았다.

"난 그런 노력보다는 다른 노력을 원해요. 그리고 난 당신이 우영이만 보는 게 싫은 거지. 아이가 싫은 게 아니에요."

"설아야……."

"난 당신이 매일 밤 나를 피하길래, 내가 싫어진 줄 알았어요."

"뭐?"

"사실이에요."

그는 이렇게 말하는 설아를 이해할 수 없다는 표정으로 바라보고 있었다.

"괜한 짓을 했어."

"맞아요. 난 우영이 동생을 갖고 싶어요."

"설아야……."

그의 품에 다시 안긴 설아였다.

"우리 안으로 들어갈까요? 여긴 좀……."

그가 갑자기 설아를 안아 들었다.

"나도 다리 있어요."

"난 설아를 내 주머니 속에 넣고 다니고 싶어."

"뭐라고요?"

설아는 그의 말에 웃음이 터졌다. 왜냐면 그가 너무나 진지하게 말하고 있기 때문이었다. 그는 빠르게 그들의 침실로 향했다.

쿵!

문을 차듯이 닫아 버린 하준은 설아를 침대 위에 내려 주었다. 그리고 설아의 입술을 삼켜 버렸다. 설아도 그의 혀를 빨기 시작했다. 서로의 혀가 얽혀 들었다. 그가 설아의 윗옷을 머리 위로 벗겨 냈다. 그리고 브래지어도 단숨에 풀어 버렸다.

"가슴이 커졌어."

하준이 감탄 어린 시선으로 그녀의 가슴을 보고는 단숨에 입안에 넣었다. 우영이를 낳고 가슴이 커진 건 사실이었다. 그가 혀로 단단해진 유두를 자극하기 시작했다.

"아아앙."

신음이 절로 터져 나왔다. 하준은 그녀의 어디가 민감한지 너무나 잘 알았다. 그녀의 유륜을 따라 혀를 움직였다. 설아는 아무런 생각을 할 수 없었다.

츄읍 츄읍.

하준은 게걸스럽게 그녀의 유두를 빨았다. 그가 이를 세워 그녀의 유두를 살짝 물었다.

"아아악!"

짜릿한 쾌감이 온몸을 관통했다.

"여기가 좋아?"

"으으응……."

그의 입에 물린 유두가 설아의 시선에 들어왔다. 외설적인 모습이란 생각이 들었다. 설아는 또 한 번 흥분했다.

"하아……. 어서……."

그의 페니스가 설아의 배를 찌르고 있었다. 그도 흥분해 있었다. 설아가 그를 침대 위로 쓰러뜨렸다. 너무나 쉽게 그가 침대 위로 쓰러졌다. 설아는 그의 바지를 단숨에 아래로 내렸다. 그리고 스웨터를 가슴 위로 올리고는 그의 유두를 빨기 시작했다.

설아도 그의 몸을 탐하고 싶었다. 설아는 솔직해지고 싶었다. 아니, 뜨거운 욕망에 지금 자신을 주체할 수 없었다. 그의 페니스를 손으로 쥐고 위아래로 움직이며 설아는 그의 유두를 계속해서 자극했다.

"하아……."

그의 입에서 신음이 흘러나왔다. 설아는 쥐고 있던 그의 페니스를 입안에 넣었다. 너무 커서 입안에 다 넣지 못했지만 그래도 너무 좋았다. 그도 그녀처럼 흥분해 있었다. 손으로 할 때와는 확실하게 달랐다.

입안 가득한 그의 페니스를 빨자 그가 신음했다. 설아는 그런 그의 모습에 흥분했다. 빨리 그의 것을 넣고 싶었다. 그래서 그의 위에 올라타서 자신의 질에 그의 페니스를 넣었다. 마치 처음부터 하나였던 것처럼 빈틈없이 맞아떨어졌다.

"으윽!"

"아아악!"

그의 위에서 설아는 허리를 움직이기 시작했다. 엉덩이를 돌리기도 하고 그가 하는 대로 움직였다. 본능에 따른 그녀의 움직임에 그가 갑자기 그녀를 움직이지 못하게 했다.

"잠깐……."

"왜요?"

"잠깐, 움직이지 마. 싸 버릴 것 같아."

설아의 몸짓에 그가 흥분해 있었다.

"어머!"

그가 갑자기 위치를 바꾸었다.

"반칙이에요. 내가 끝까지 하고 싶었는데……."

"내가 마녀를 키웠어."

그가 입을 맞추었다. 그리고는 단번의 동작으로 그녀와 하나가 되었다.

"윽!"

그가 빠르게 움직이기 시작했다. 그녀의 몸을 둘로 나누어 버릴 것 같은 기세였다.

"설아야……."

겨울인데도 불구하고 그의 이마에 땀이 맺혔다. 그는 지금 단거리를 전력 질주하는 운동선수 같았다.

"으윽!"

"아아앙!"

그가 드디어 자신의 분신을 그녀 안에 쏟아부었다.

"헉헉헉, 사랑해……."

"저도요……."

설아가 그의 땀에 젖은 몸을 끌어안았다. 그렇게 한참을 누워 있다가 먼저 몸을 일으킨 건 하준이었다.

"어디 가려고요."

"그냥 자면 안 돼."

"네?"

그가 설아를 안아 들었다.

"이 집의 비밀의 방에 가 봐야지."

"네?"

그가 아무것도 걸치지 않은 설아를 안아 들고는 욕실 안으로 들어갔다. 솔직히 욕실에 들어선 건 실망이었다. 욕실을 비밀의 방이라고 한 것일까?

"욕실이 비밀의 방이에요?"

"아니."

그는 욕실 안쪽의 문을 열었다.

"와아……."

깜짝 놀란 설아는 기쁨의 미소를 지으며 그의 입술에 입을 맞추었다.

"이걸 다 언제 준비한 거예요?"

욕실 안쪽엔 하늘이 보이는 야외 노천탕이 있었다. 그리고 노천탕 주위로 그녀가 좋아하는 꽃들이 장식되어 있었다. 추워서 시들 줄 알았는데 아니었다.

"예뻐요."

"마음에 들어?"

"네."

그가 설아를 안고는 탕 안으로 들어갔다. 그리고는 그 안에서 그녀의 발목을 잡고는 발찌를 채웠다.

"왠지 야릇한 느낌이에요."

"이게 잠옷이야."

누군 향수가 잠옷이라고 했는데 설아의 잠옷은 발찌가 되었다.

"난 이제 노예인가요?"

"아니, 노예는 나야. 이렇게 설아만 보면 정신 못 차리고 있는데, 노예는 당연히 나지."

"고마워요."

"뭐가?"

"이렇게 사랑해 줘서……. 읍!"

그가 다시 입술을 삼켜 버렸다. 이렇게 욕망 덩어리인 남자가 그녀를 위해 몇 달 동안 섹스를 자제했다는 게 믿어지지 않았다. 그들은 또 한 번 섹스를 한 후에 잠을 이룰 수 있었다. 설아는 오랜만에 남편과 함께 행복한 피로감에 젖어 들었다.

"으으음……."

뭔가 옆구리에 걸쳐져 답답했다. 그래서 정아는 저도 모르게 옆구리의 걸친 걸 밀어냈다. 그러자 이번엔 허벅지에 돌덩어리가 올려졌다.

"아!"

저도 모르게 작은 비명이 터졌다. 아침부터 이게 무슨 난린지 짜증이 나는 정아였다. 다리에 올려진 걸 옆으로 밀어내려 했지만, 꿈쩍도 하지 않았다.

"아이씨!"

저도 모르게 강도 높은 감탄사가 흘러나왔다.

"으으음……. 너무 격한 반응인데?"

"……."

순간 너무 놀란 나머지 정아는 침대에서 떨어질 뻔했다. 아니 떨어지려 한 걸 규인이 그의 품 안에 안았다.

"잘 잤어?"

"……."

규인이 정아의 정수리에 입을 맞추었다.

"안녕히…… 주무셨어요?"

"아니……."

그들은 깔끔한 잠옷 차림으로 잠이 들었었다. 그녀가 섹스가 처음인 관계로 어제는 그냥 키스만 하고 끝을 냈다. 솔직하게 그로선 정아가 매력이 없을 것 같다. 성적 매력이 일도 없는 그녀와 섹스를 하고 싶은 마음이 없었을 것이다.

그러니 손만 잡고 잔 것 아닌가? 영화에서 보면 남자들이 확 덮치던데. 영화와 현실은 큰 차이가 있었다.

"왜 오자고 했어요?"

"어?"

"아무것도 안 할 거면서……."

"아주 위험한 발언을 쉽게 하네."

"뭐가 위험해요?"

정아는 그의 말뜻이 이해가 가지 않았다.

"으윽……. 정아야……."

그가 괴로운지 신음에 가까운 소리를 냈다.

"왜요?"

"거기에 그러면……."

그녀의 엉덩이에 뭔가 딱딱한 것이 닿았다. 순간 정아는 그것이 뭔지 깨달았다.

"어머, 미안해요!"

"후……."

규인이 한숨을 쉬었다.

"내가…… 그렇게 매력이 없어요?"

"그게 아니라, 널 다치게 할까 봐 참은 거야."

"왜 다치게 해요?"

"내가 어제 너무 흥분해 있었거든. 넌 처음이고."

결론은 그녀를 생각해서 안 했다는 말이었다.

"……궁색한 변명 같아요."

정아가 몸을 일으키려 하자 그가 침대와 그 사이에 정아를 가두었다.

"뭐, 뭐 하는 거예요?"

그의 단단한 가슴이 그녀의 가슴을 누르고 있었고 그의 페니스가 그녀의 여성에 닿아 있었다.

"어제 못한 걸 마저 해 보려고……."

"어디 한번 해 봐요."

"겁이 없군. 아니면 날 그렇게 원하는 거야?"

"아니에요."

그의 말에 정아가 새침하게 고개를 돌려 버렸다.

"아닌 게 아닌 것 같은데?"

"저도 알 건 다 안다고요. 애 취급 하지 마세요."

"그래? 그렇다면……."

"흡!"

정아가 피할 틈도 없이 그의 입술이 정아의 입술을 삼켜 버렸다. 그와 키스를 많이 한 건 아니었지만 지금의 키스처럼 뜨거웠던 적은 없었다. 그의 혀가 그녀의 입안으로 들어왔다. 정아는 저도 모르게 그의 혀를 받아들이고 있었다.

"하아……."

그가 거친 신음을 쏟아 냈다. 그의 손이 어제와는 다르게 그녀의 가슴이 아닌 팬티 속으로 훅 하고 들어왔다. 놀란 정아가 몸을 빼려 했지만, 그의 힘을 당할 수가 없었다. 그는 참고 있던 욕망을 분출하는 것 같았다.

쫘악!

그녀의 팬티가 단숨에 찢어지고 잠옷도 순식간에 그녀의 몸에서 사라졌다. 알몸으로 남자의 곁에 누워 있었지만, 이상하게 정아는 창피하지 않았다. 오히려 몸이 뜨거워지고 그가 자신의 몸을 뜨겁게 만져 주길 바라고 있었다.

"헉!"

규인이 갑자기 그녀의 유두를 물자 정아는 몸을 파르르 떨었다. 이것이 어른들의 연애인 것이었다.

츄읍 츄읍.

그가 미친 듯이 그녀의 유두를 빨아들였다.

"예뻐……."

그의 말에 정아는 온몸이 뜨거워졌다. 그의 입술이 가슴에서 점점 아래로 이동 중이었다. 정아는 두렵기도 했지만, 은근히 기대되었다.

"너무 참아서 힘들어."

"……."

그는 이렇게 말하고는 정아의 다리를 벌려 그 사이에 자리를 잡았다.

"저기, 잠깐만요."

정아는 규인의 거대한 페니스를 보고는 말문이 막혔다. 저게 그녀의 몸속에 들어온다면 죽을 것 같았다.

"김 실장님……. 그만해요……. 우리……."

"안 돼."

그녀의 말을 단칼에 잘라 버린 규인이었다. 그는 기어이 그의 페니스를 그녀 안에 넣을 모양이었다. 그가 페니스를 잡고 그녀의 질에 문지르기 시작했다. 부드러운 느낌이 싫지는 않았다.

"저기……. 아악!"

그는 정아가 방심하고 있는 사이에 단숨에 자신의 페니스를 넣었다.

"으윽! 너무 좁아……."

그도 힘이 든 눈치였다. 하지만 막상 그의 페니스가 들어가서부터는 그다지 아프지 않았다. 그가 움직이기 시작했고 정아는 규인을 끌어안고 매달렸다.

정아와 그는 그렇게 하나가 되었다. 비록 나이 차이는 났지만, 정아는 그와 진지하게 만나 볼 생각이었다. 이렇게 된 이상 그는 정아의 남자였다. 정아는 거칠게 그녀를 몰아붙이는 규인과 하루 종일 침대에서 보냈다. 그 누구도 그들을 방해하지 않았다.

『설아의 선택』완결.